LA FORÊT DES PYGMÉES

DU MÊME AUTEUR

LE PLAN INFINI, Fayard, 1994.
LA MAISON AUX ESPRITS, Fayard, 1994.
EVA LUNA, Fayard, 1995.
PAULA, Fayard, 1997.
LES CONTES D'EVA LUNA, LGF, 1998.
D'AMOUR ET D'OMBRE, LGF, 1998.
FILLE DU DESTIN, Grasset, 2000.
PORTRAIT SÉPIA, Grasset, 2001.
APHRODITE, *Contes, recettes et autres aphrodisiaques*, Grasset, 2001.
MON PAYS RÉINVENTÉ, Grasset, 2003.
ZORRO, Grasset, 2005.

LA FORÊT DES PYGMÉES fait suite à :
LA CITÉ DES DIEUX SAUVAGES, Grasset, 2002.
LE ROYAUME DU DRAGON D'OR, Grasset, 2004.

ISABEL ALLENDE

LA FORÊT DES PYGMÉES

roman

Traduit de l'espagnol (Chili)
par
ALEX ET NELLY LHERMILLIER

BERNARD GRASSET
PARIS

L'édition originale de cet ouvrage a été publiée par Areté Random House Mondadori S.A.,
à Barcelone, en 2004, sous le titre :

EL BOSQUE DE LOS PIGMEOS

*Au frère Fernando de la Fuente, missionnaire en Afrique,
dont l'esprit anime cette histoire.*

CHAPITRE 1

La devineresse du marché

SUR un ordre du guide, Michael Mushaha, la caravane d'éléphants s'arrêta. La chaleur de la mi-journée commençait à être suffocante. Les bêtes de l'immense réserve naturelle se reposaient. La vie s'interrompait pendant quelques heures, la terre africaine devenait un enfer de lave ardente, et même les hyènes et les vautours cherchaient l'ombre. Alexander Cold et Nadia Santos montaient un mâle capricieux du nom de Kobi. L'animal s'était pris d'affection pour Nadia, car au cours de ces journées, pour communiquer avec lui, elle avait fait l'effort d'apprendre les bases de la langue des éléphants. Pendant leurs longues promenades, elle lui parlait de son pays, le Brésil, une terre lointaine où il n'y avait pas de créatures aussi imposantes que lui, hormis quelques antiques bêtes fabuleuses cachées dans le cœur

9

impénétrable des montagnes d'Amérique. Kobi appréciait Nadia autant qu'il exécrait Alexander, et il ne perdait pas une occasion d'exprimer ces deux sentiments.

Les cinq tonnes de muscles et de graisse de Kobi firent halte sous des arbres couverts de poussière, dans une petite oasis alimentée par une mare couleur thé au lait. Alexander avait mis au point une technique très personnelle pour dégringoler de trois mètres de haut sans trop se meurtrir, car au bout de cinq jours de safari il n'avait toujours pas obtenu la collaboration de l'animal. Il ne s'aperçut pas que Kobi s'était placé de telle manière qu'en sautant il atterrirait dans la mare, où il s'enfonça jusqu'aux genoux. Boroba, le petit singe noir de Nadia, bondit sur lui. Essayant de s'en débarrasser, Alexander perdit l'équilibre et tomba assis. Il lâcha un juron entre ses dents, se secoua pour se dégager de Boroba et se releva péniblement, aveuglé, ses lunettes dégoulinantes d'eau sale. Il cherchait un coin propre sur son tee-shirt pour les nettoyer lorsqu'il reçut un coup de trompe dans le dos, qui le précipita à plat ventre. Kobi attendit qu'il se fût relevé, puis il fit demi-tour, mit son monumental arrière-train en position et lâcha une bruyante flatulence au visage du garçon. Un chœur d'éclats de rire des autres membres de l'expédition accueillit cette bonne blague.

Nadia n'était pas pressée de descendre, préférant attendre que Kobi l'aidât à retrouver la terre ferme avec dignité. Elle posa le pied sur le genou qu'il lui présenta, s'appuya sur sa trompe et arriva au sol avec la légèreté d'une danseuse. L'éléphant n'avait de ces attentions avec personne d'autre, pas même avec Michael Mushaha, pour lequel il avait du respect, mais aucune affection. C'était une bête qui avait des principes dénués de toute ambiguïté. Promener des touristes sur son dos – un travail comme un autre pour lequel il était rémunéré par une excellente nourriture et des bains de boue – était une chose, faire des tours de cirque pour une poignée de cacahouètes en était une autre, très différente. Il aimait les cacahouètes, il ne pouvait le nier, mais tourmenter des personnes comme Alexander lui procurait davantage de plaisir. Pourquoi ne lui revenait-il pas? Il ne savait trop, c'était quelque chose d'instinctif. Ça l'irritait qu'il fût toujours auprès de Nadia. Il y avait treize animaux dans le troupeau, mais il fallait justement qu'il monte avec la jeune fille; s'immiscer de la sorte entre Nadia et lui était fort peu délicat de sa part. Ne se rendait-il pas compte qu'ils avaient besoin d'intimité pour bavarder? Un bon coup de trompe et un peu de vent fétide de temps en temps étaient le moins que méritait ce garçon. Quand Nadia posa le pied sur la terre ferme et le remercia en lui plantant un baiser sur la trompe, Kobi poussa un long soufflement. Cette jeune fille avait de belles manières, jamais elle ne l'humiliait en lui offrant des cacahouètes.

« Cet éléphant est amoureux de Nadia », se moqua Kate Cold.

Boroba n'aimait pas la tournure qu'avait prise la relation de Kobi avec sa maîtresse. Il observait, assez inquiet.

L'intérêt de Nadia pour la langue des pachydermes pouvait avoir de fâcheuses conséquences pour lui. N'aurait-elle pas l'intention de changer de mascotte? Peut-être le moment était-il venu de feindre d'être malade pour recouvrer toute l'attention de sa maîtresse, mais il craignait qu'elle ne le laissât au campement, ce qui le priverait des extraordinaires promenades dans la réserve. C'était sa seule chance de voir les animaux sauvages et, de plus, il ne voulait pas perdre de vue son rival. Il s'installa sur l'épaule de Nadia, affirmant ses droits, et de là menaça l'éléphant de son poing.

« Et ce singe est jaloux », ajouta Kate.

Partageant le même toit que lui depuis près de deux ans, la vieille journaliste avait l'habitude des changements d'humeur de Boroba. Cela revenait à avoir un petit homme velu dans son appartement. Il en avait été ainsi dès le tout premier jour, car Nadia n'avait accepté d'aller vivre et étudier chez elle, à New York, qu'à condition d'emmener Boroba. Jamais ils ne se séparaient. Ils étaient tellement collés l'un à l'autre qu'ils avaient obtenu une autorisation spéciale pour qu'il pût aller à l'école avec elle. C'était le seul singe, dans l'histoire du système éducatif de la ville, qui assistait régulièrement aux cours. Kate n'aurait pas été étonnée qu'il sût lire. Elle faisait des cauchemars dans lesquels Boroba, assis sur le sofa avec des lunettes sur le nez et un verre de brandy à la main, lisait la rubrique économique du journal.

Kate observa l'étrange trio que formaient Alexander,

Nadia et Boroba. Le singe, jaloux de toute créature qui s'approchait de sa maîtresse, avait au début accepté Alexander comme un mal inéluctable, mais, avec le temps, il s'était pris de tendresse pour lui. Peut-être s'était-il rendu compte que, dans ce cas particulier, il n'avait pas intérêt à poser à Nadia l'ultimatum du « lui ou moi », comme il le faisait d'ordinaire. Qui sait lequel des deux elle aurait choisi? Kate pensa que les deux jeunes gens avaient beaucoup changé au cours de l'année qui venait de s'écouler. Nadia allait avoir quinze ans et son petit-fils dix-huit; il avait déjà le physique et le sérieux d'un adulte.

Nadia et Alexander avaient eux aussi conscience de ces changements. Pendant leurs séparations forcées, ils communiquaient avec une folle ténacité par courrier électronique. Ils passaient leur temps à pianoter sur l'ordinateur dans un dialogue interminable : ils partageaient aussi bien les détails les plus ennuyeux de leur train-train quotidien que les tourments philosophiques propres à l'adolescence. Ils s'envoyaient fréquemment des photos, mais cela ne les avait pas préparés à la surprise qui fut la leur lorsqu'ils se retrouvèrent face à face et constatèrent combien ils avaient grandi. Alexander avait poussé d'un coup, comme un poulain, et atteint la taille de son père. Les traits de son visage s'étaient précisés et, ces derniers mois, il devait se raser tous les jours. De son côté, Nadia n'était plus la créature menue portant des plumes de perroquet derrière l'oreille qu'il avait connue en Amazonie quelques années plus tôt ; on pouvait à présent deviner la femme qu'elle serait bientôt.

La grand-mère et les deux jeunes gens se trouvaient au cœur de l'Afrique, participant au premier safari à dos d'éléphant proposé à des touristes. Le projet avait été conçu par Michael Mushaha, un naturaliste africain diplômé à Londres, qui avait pensé que c'était la meilleure façon d'approcher la faune sauvage. Les éléphants africains ne se domestiquaient pas facilement, comme ceux de l'Inde et d'autres endroits du monde, mais, avec de la patience et de la prudence, Michael y était arrivé. Sur la brochure d'information, il l'expliquait en quelques phrases : « Les éléphants font partie de l'environnement et leur présence n'éloigne pas les autres animaux ; ils n'ont besoin ni d'essence ni de chemin, ils ne polluent pas l'atmosphère, n'attirent pas l'attention. »

Lorsque Kate Cold fut mandatée pour écrire un article à ce sujet, Alexander et Nadia se trouvaient avec elle à Tunkhala, la capitale du Royaume du Dragon d'or, invités par le roi Dil Bahadur et son épouse Pema à faire la connaissance de leur premier enfant et à assister à l'inauguration de la nouvelle statue du Dragon. L'originale, détruite dans une explosion, avait été remplacée par une copie identique, réalisée par un ami joaillier de Kate.

C'était la première fois que le peuple de ce royaume de l'Himalaya allait voir le mystérieux objet de légende, que seul, autrefois, le monarque couronné pouvait approcher. Dil Bahadur avait décidé d'exposer la statue en or et en pierres précieuses dans une salle du palais royal, où les gens étaient venus défiler pour l'admirer et déposer leurs offrandes de fleurs et d'encens. Ç'avait été un spectacle magnifique. Le Dragon, posé sur un socle de bois polychrome, brillait sous la lumière de cent lampes. Quatre soldats, vêtus des anciens uniformes de cérémonie, avec leurs couvre-chefs en cuir et leurs panaches de plumes, montaient la garde, armés de lances ornementales. Dil Bahadur n'avait pas permis qu'un déploiement de mesures de sécurité fît offense au peuple.

La cérémonie officielle du dévoilement de la statue venait de s'achever lorsque Kate Cold fut avertie qu'il y avait pour elle un appel des Etats-Unis. Le système téléphonique du pays était désuet et les communications internationales compliquées, mais après s'être beaucoup égosillé et avoir répété bien des fois son message, le directeur de la revue *International Geographic* avait réussi à faire comprendre à la journaliste la nature de sa prochaine mission. Elle devait partir sur-le-champ pour l'Afrique.

« Je vais devoir emmener mon petit-fils et son amie Nadia qui sont ici avec moi, expliqua-t-elle.

— La revue ne prend pas leurs frais en charge, Kate, répliqua le directeur depuis une distance sidérale.

— Dans ce cas, je n'y vais pas ! », lui répondit-elle en s'époumonant.

Et c'est ainsi que, quelques jours plus tard, elle arriva en Afrique avec les jeunes gens pour y retrouver les deux photographes qui travaillaient toujours avec elle, l'Anglais Timothy Bruce et le Latino-Américain Joel González. L'écrivain s'était promis de ne pas repartir en voyage avec son petit-fils et Nadia, qui lui avaient donné assez de frayeurs les deux fois précédentes, mais elle se dit qu'une promenade touristique en Afrique ne présentait aucun danger.

*

Un employé de Michael Mushaha accueillit les membres de l'expédition lorsqu'ils atterrirent à l'aéroport de Nairobi, capitale du Kenya. Il leur souhaita la bienvenue et les conduisit à l'hôtel pour qu'ils se reposent, car le voyage avait été exténuant : ils avaient pris quatre avions, traversé trois continents et fait des milliers de kilomètres de vol. Le lendemain, ils se levèrent de bonne heure et partirent faire un tour en ville pour visiter un musée et le marché, avant d'embarquer dans le petit avion qui les conduirait au safari.

Le marché se trouvait dans un quartier populaire, au milieu d'une végétation luxuriante. Les ruelles de terre battue étaient bourrées de monde et de véhicules : des motocyclettes sur lesquelles étaient juchées trois ou quatre personnes, des autobus déglingués, des charrettes tirées à la main. On y offrait les produits les plus variés de la terre, de la mer et de la créativité humaine, depuis les cornes de rhinocéros et les poissons dorés du Nil jusqu'aux armes de contrebande. Le groupe se sépara après s'être mis d'accord pour se retrouver au bout d'une heure à un certain carrefour, ce qui était plus facile à dire qu'à faire, car il n'y avait aucun moyen de se situer dans ce tumulte et cette pagaille. Craignant que Nadia ne se perde ou qu'on ne la renverse, Alexander la prit par la main et ils partirent ensemble.

Le marché présentait un échantillon complet de la variété des races et des cultures africaines : nomades du désert ; svelts cavaliers chevauchant des montures décorées ; musulmans coiffés de turbans compliqués qui cachaient la moitié de leur visage ; femmes aux yeux ardents avec des tatouages bleus sur la figure ; bergers nus aux corps peints de boue rouge et de craie blanche. Des centaines d'enfants couraillaient pieds nus au milieu de meutes de chiens. Les femmes étaient un spectacle : certaines arboraient sur leur tête de magnifiques foulards amidonnés qui de loin ressemblaient aux voiles d'un bateau, d'autres avaient le crâne rasé et portaient des colliers de perles qui les couvraient des épaules au menton ; quelques-unes s'enveloppaient dans des mètres et des mètres de tissus aux couleurs chatoyantes, d'autres allaient presque nues. L'air était empli d'un incessant bavardage en plusieurs langues, de musique, de rires, de coups de klaxon, de plaintes d'animaux qu'on tuait sur place. Le sang ruisselait des étals des bouchers et disparaissait dans la poussière du sol, tandis que des vautours noirs volaient juste au-dessus, prêts à s'emparer des viscères.

Emerveillés, Alexander et Nadia se promenaient dans

cette fête de couleurs, s'arrêtant ici et là pour marchander le prix d'un bracelet en verroterie, savourer un gâteau de maïs ou prendre une photo avec le petit appareil qu'ils avaient acheté à la dernière minute à l'aéroport. Tout d'un coup, ils se trouvèrent nez à nez avec une autruche qui, attachée par les pattes, attendait son sort. L'animal – bien plus grand, bien plus fort et plus féroce qu'ils n'avaient imaginé – les observa de haut avec un infini dédain et, sans avertissement préalable, plia son long cou et envoya un coup de bec à Boroba qui, perché sur la tête d'Alexander, était fermement agrippé à ses oreilles. Le singe parvint à esquiver le coup mortel et se mit à crier comme un fou. L'autruche, battant de ses courtes ailes, fonça sur eux jusqu'où le permettait la corde qui la retenait. Par hasard, Joel González apparut à cet instant et put capter l'expression de frayeur d'Alexander et du singe avec son appareil photo, tandis que Nadia les défendait en donnant des tapes à l'attaquant inattendu.

« Cette photo paraîtra en couverture de la revue ! » s'exclama Joel.

*

Fuyant l'autruche hautaine, Nadia et Alexander tournèrent au coin de la rue et se retrouvèrent brusquement dans la partie du marché réservée à la sorcellerie. Il y avait là des sorciers de magie blanche et de magie noire,

des devins, des fétichistes, des guérisseurs, des empoi-
sonneurs, des exorcistes, des prêtres vaudou offrant leurs
services aux clients sous des vélums attachés à quatre
piquets, pour se protéger du soleil. Ils étaient originaires
de centaines de tribus et pratiquaient des cultes divers.
Sans se lâcher la main, les deux amis parcoururent les
petites rues, s'arrêtant devant des bestioles dans des
flacons d'alcool et des reptiles desséchés ; des amulettes
contre le mauvais œil et le mal d'amour ; des herbes, des
lotions et des baumes pour soigner les maladies du corps
et de l'âme ; des poudres pour rêver, oublier ou ressusci-
ter ; des animaux vivants destinés au sacrifice ; des
colliers de protection contre l'envie et la convoitise ; de
l'encre de sang pour écrire aux morts et, enfin, un
immense arsenal d'objets fantastiques pour pallier la
peur de vivre.

Au Brésil, Nadia avait vu des cérémonies vaudou et
elle était plus ou moins familiarisée avec leurs symboles,
mais pour Alexander ce secteur du marché représentait
un monde fascinant. Ils s'arrêtèrent devant un étalage
différent des autres, un toit de paille conique d'où pendaient des rideaux en plastique. Alexander se pencha
pour voir ce qu'il y avait à l'intérieur et deux mains
puissantes se saisirent de ses vêtements et le tirèrent.

Sous le toit, une énorme femme était assise à même le
sol, véritable montagne de chair à la tête couronnée d'un
grand foulard turquoise. Elle était vêtue de jaune et de
bleu, la poitrine couverte de colliers de perles multicolores. Elle se présenta comme une messagère entre le

monde des esprits et le monde matériel, devineresse et prêtresse vaudou. Sur le sol s'étalait une toile peinte de dessins blancs et noirs; elle était entourée de plusieurs sculptures en bois de dieux et de démons, certaines mouillées du sang frais d'animaux sacrifiés, d'autres pleines de clous, dans lesquelles on pouvait voir des offrandes de fruits, de céréales, de fleurs et d'argent. La femme fumait des feuilles noires roulées en cylindre, dont l'épaisse fumée fit pleurer les jeunes gens. Alexander essaya de se libérer des mains qui l'immobilisaient, mais la femme le fixa de ses yeux protubérants, en même temps qu'elle lançait un profond rugissement. Le garçon reconnut la voix de son animal totémique, celle qu'il entendait lorsqu'il entrait en transe, et qu'il émettait lorsqu'il prenait sa forme.

« C'est le jaguar noir ! » s'exclama Nadia près de lui.

La prêtresse obligea le jeune Américain à s'asseoir en face d'elle, et tira de son décolleté une bourse en cuir très usée dont elle vida le contenu sur la toile peinte. C'étaient des coquillages blancs, polis par l'usage. Elle se mit à marmonner quelque chose dans sa langue, sans lâcher le cigare qu'elle tenait entre ses dents.

« Anglais ? *English ?* demanda Alexander.

— Tu viens d'ailleurs, de loin. Que veux-tu de Ma Bangesé ? » répliqua-t-elle, se faisant comprendre dans un mélange d'anglais et de mots africains.

Alexander haussa les épaules et sourit nerveusement, regardant Nadia du coin de l'œil pour voir si elle comprenait ce qu'il se passait. L'adolescente tira deux billets

20

de sa poche, qu'elle posa dans l'une des calebasses où se trouvaient les offrandes d'argent.

« Ma Bangesé peut lire ton cœur, dit la matrone en s'adressant à Alexander.

— Qu'y a-t-il dans mon cœur?

— Tu cherches une médecine pour soigner une femme, dit-elle.

— Ma mère n'est plus malade, son cancer est en rémission..., murmura Alexander, effrayé, ne comprenant pas comment une sorcière d'un marché d'Afrique pouvait connaître l'état de santé de Lisa.

— De toute façon, tu as peur pour elle », dit Ma Bangesé. Elle agita les coquillages dans une main et les fit rouler comme des dés. « Tu n'es pas maître de la vie ou de la mort de cette femme, ajouta-t-elle.

— Vivra-t-elle? demanda Alexander, anxieux.

— Si tu reviens, elle vivra. Si tu ne reviens pas, elle mourra de tristesse, mais pas de maladie.

— Bien sûr que je reviendrai chez moi! s'exclama le jeune homme.

— Ce n'est pas sûr. Je vois un grand danger, mais tu es brave. Tu devras utiliser ton courage, sinon tu mourras et cette jeune fille mourra avec toi, déclara la femme en montrant Nadia.

— Qu'est-ce que ça veut dire? demanda Alexander.

— On peut faire le mal comme on peut faire le bien. Il n'y a pas de récompense à faire le bien, juste de la satisfaction dans ton âme. Quelquefois il faut se battre. C'est toi qui devras décider.

21

— Que dois-je faire ?

— Ma Bangesé voit seulement le cœur, elle ne peut pas montrer le chemin. »

Et, se tournant vers Nadia qui s'était assise près d'Alexander, elle posa un doigt sur son front, entre ses deux yeux.

« Tu es magique et tu as des visions d'oiseau. Tu vois d'en haut, de loin. Tu peux l'aider », dit-elle.

Elle ferma les yeux et se mit à se balancer d'avant en arrière, tandis que des gouttes de sueur coulaient sur son visage et dans son cou. La chaleur était insupportable. Les odeurs du marché leur arrivaient par bouffées : fruits pourris, détritus, sang, essence. Du ventre de Ma Bangesé surgit un son éraillé, une longue lamentation rauque dont le ton monta jusqu'à ébranler le sol, comme si elle provenait du fond même de la terre. Nauséeux, en nage, Nadia et Alexander craignirent que les forces ne leur manquent. L'air de la minuscule enceinte, plein de fumée, devint irrespirable. De plus en plus étourdis, ils tentèrent de fuir, mais ne purent bouger. Une vibration de tambours les secoua, ils entendirent des chiens hurler, leur bouche se remplit d'une salive amère et, devant leurs yeux incrédules, l'énorme femme se réduisit à néant, tel un ballon de baudruche qui se dégonfle, et à sa place apparut un fabuleux oiseau au splendide plumage jaune et bleu et à la crête turquoise, un oiseau de paradis qui déploya l'arc-en-ciel de ses ailes et les enveloppa, s'élevant avec eux.

Les amis furent projetés dans l'espace. Ils purent se

voir semblables à deux traits d'encre perdus dans un kaléidoscope aux couleurs brillantes et aux formes ondoyantes qui changeaient avec une rapidité effroyable. Ils se transformèrent en feux de Bengale, leurs corps se défirent en étincelles, ils perdirent toute notion d'être vivants, la notion du temps et de la peur. Puis les étincelles s'assemblèrent en un tourbillon électrique et de nouveau ils se virent sous forme de deux points minuscules volant entre les dessins du kaléidoscope fantastique. Ils étaient maintenant deux astronautes se tenant par la main, flottant dans l'espace sidéral. Ils ne sentaient pas leur corps, mais ils avaient vaguement conscience du mouvement, et d'être reliés l'un à l'autre. Ils s'accrochèrent à ce contact, parce que c'était la seule manifestation de leur humanité ; leurs mains unies, ils n'étaient pas complètement perdus.

Vert... ils étaient immergés dans un vert absolu. Ils commencèrent à descendre en flèche et, alors que le choc paraissait inévitable, la couleur devint diffuse et au lieu de s'écraser ils tombèrent en flottant comme des plumes, s'enfonçant dans une végétation absurde, la flore cotonneuse d'une autre planète, chaude et humide. Ils se changèrent en méduses transparentes, diluées dans la vapeur de ce lieu. Dans cet état gélatineux, sans squelette pour leur donner forme, sans forces pour se défendre ni voix pour appeler, ils affrontèrent les violentes images qui se présentaient devant eux en une succession rapide, des visions de mort, de sang, de guerre et de forêt dévastée. Une procession de spectres enchaînés défila devant eux, traînant les pieds entre des carcasses de grands animaux. Ils virent des paniers pleins de mains humaines, des femmes et des enfants enfermés dans des cages.

Soudain, ils furent de nouveau eux-mêmes, dans leur corps habituel, et alors se dressa devant eux, avec l'effrayante netteté des pires cauchemars, un ogre menaçant à trois têtes, un géant à peau de crocodile. Les têtes étaient différentes : l'une portait quatre cornes et une crinière de lion hirsute ; la deuxième, chauve et sans yeux, projetait du feu par les narines ; la troisième était un crâne de léopard avec des canines ensanglantées et d'ardentes pupilles de démon. Toutes trois avaient la gueule ouverte et une langue d'iguane. Les énormes griffes du monstre remuèrent lourdement en essayant de les atteindre, ses yeux hypnotiques se fixèrent sur eux, les trois museaux crachèrent une épaisse salive empoisonnée. Les jeunes gens esquivèrent à maintes reprises les féroces coups de pattes, sans pouvoir fuir, parce qu'ils étaient pris dans un bourbier de cauchemars. Ils évitèrent le monstre pendant un temps infini, jusqu'à ce qu'ils se retrouvent brusquement une lance à la main et, désespérés, commencent à se défendre à l'aveuglette. Lorsqu'ils venaient à bout d'une tête, les deux autres fonçaient sur eux et, s'ils réussissaient à les faire reculer, la première revenait à l'attaque. Les lances se brisèrent dans le combat. Mais au moment final, alors qu'ils allaient être dévorés, ils réagirent dans un effort surhumain et se transformèrent en leurs animaux totémiques,

Alexander en jaguar et Nadia en aigle ; or la férocité du premier et les ailes du second ne servaient à rien face à ce formidable ennemi... Leurs cris se perdirent au milieu des mugissements de l'ogre.

« Nadia ! Alexander ! »

La voix de Kate Cold les ramena à la réalité et ils se retrouvèrent assis dans la position même où ils avaient commencé ce voyage hallucinant, dans le marché africain, sous le toit de paille, devant l'énorme femme vêtue de jaune et de bleu.

« On vous a entendus crier, qui est cette femme ? Que s'est-il passé ? demanda la grand-mère.

— Rien, Kate, il ne s'est rien passé », parvint à articuler Alexander, tout tremblant.

Il ne sut expliquer à sa grand-mère l'expérience qu'ils venaient de vivre. La voix profonde de Ma Bangesé sembla leur arriver depuis la dimension du rêve.

« Attention ! les avertit la voyante.

— Que vous est-il arrivé ? répéta Kate.

— Nous avons vu un monstre à trois têtes. Il était invincible..., murmura Nadia, encore tout étourdie.

— Ne vous séparez pas. Ensemble, vous pouvez vous sauver ; séparés, vous mourrez », dit Ma Bangesé.

*

Le lendemain matin le groupe de l'*International Geographic* prit un petit avion jusqu'à la vaste réserve naturelle où les attendaient Michael Mushaha et le safari à dos d'éléphant. Alexander et Nadia se trouvaient encore sous le choc de leur expérience au marché. Alexander en conclut que la fumée du cigare de la sorcière contenait une drogue, mais cela n'élucidait pas le fait que tous deux aient eu exactement les mêmes visions. Nadia n'essaya pas de trouver une explication rationnelle, cet horrible voyage était pour elle une source d'enseignements, une manière d'apprendre, comme on apprend dans les rêves. Les images restèrent gravées, très nettes, dans sa mémoire ; elle était certaine qu'à un moment ou un autre elle devrait avoir recours à elles.

Le petit avion était piloté par sa propriétaire, Angie Ninderera, une aventurière animée d'une énergie contagieuse, qui profita du vol pour faire deux ou trois tours supplémentaires et leur montrer la beauté majestueuse du paysage. Une heure plus tard, ils atterrirent sur un terrain déboisé à trois kilomètres du campement de Mushaha.

Les installations modernes du safari déçurent Kate, qui s'attendait à quelque chose de plus rustique. Plusieurs employés africains, efficaces et aimables, en uniforme kaki et munis de talkies-walkies, étaient chargés d'accueillir les touristes et de s'occuper des éléphants. Il y avait plusieurs tentes, aussi vastes que des suites d'hôtel, et deux constructions légères en bois, qui contenaient les espaces communs et les cuisines. Des moustiquaires blanches pendaient au-dessus des lits, les meubles étaient en bambou et des peaux de zèbre et d'antilope servaient de tapis. Les salles de bains comprenaient des toilettes et des douches ingénieuses d'où coulait une eau tiède. Un générateur fournissait de l'électricité de sept heures à dix heures du soir ; le reste du temps, on se débrouillait avec des bougies et des lampes à pétrole. La nourriture, préparée par deux cuisiniers, se révéla si délicieuse que même Alexander, qui par principe rejetait tout mets dont il ne savait pas épeler le nom, la dévorait. Bref, le campement était plus élégant que la plupart des endroits où Kate avait dû dormir dans sa profession d'écrivain-voyageur. La grand-mère décida que cela enlevait des points au safari ; elle ne manquerait pas d'en faire la critique dans son article.

Une cloche sonnait le matin à six heures moins le quart, ce qui leur permettait de profiter des heures les plus fraîches de la journée, mais ils étaient réveillés plus tôt par le bruit caractéristique des bandes de chauves-souris qui, ayant volé toute la nuit, regagnaient leurs repaires dès que s'annonçait le premier rayon de soleil. A cette heure, l'odeur du café frais imprégnait déjà l'atmosphère. Les visiteurs ouvraient leurs tentes et sortaient s'étirer, tandis que s'élevait l'incomparable soleil d'Afrique, cercle de feu grandiose qui emplissait l'horizon. Dans la lumière de l'aube, le paysage miroitait, il semblait qu'à un moment ou un autre la terre, enveloppée dans une brume rougeâtre, allait s'effacer jusqu'à disparaître, tel un mirage.

Bientôt le campement bouillonnait d'activité, les cuisiniers appelaient à table et Michael Mushaha donnait ses premiers ordres. Après le petit déjeuner il les réunissait pour leur faire une brève conférence sur les animaux, les oiseaux et la végétation qu'ils verraient au cours de la journée. Timothy Bruce et Joel González préparaient leurs appareils photo et les employés amenaient les éléphants. Un éléphanteau de deux ans qui trottait joyeusement à côté de sa mère les accompagnait, le seul à qui on devait de temps en temps rappeler le chemin, car il s'amusait à souffler sur les papillons ou à se baigner dans les mares et les rivières.

Du haut des éléphants, le panorama était superbe. Les grands pachydermes se déplaçaient sans bruit, se fondant dans la nature. Ils avançaient d'un pas calme et pesant, mais pouvaient sans effort couvrir des kilomètres à bonne allure. Aucun, sauf le bébé, n'était né en captivité ; c'étaient des animaux sauvages et, de ce fait, imprévisibles. Michael Mushaha avertit ses hôtes qu'ils devaient respecter les règles : sinon, il ne pouvait garantir leur sécurité. La seule du groupe à enfreindre le règlement était Nadia Santos ; elle avait dès le premier jour établi une relation si particulière avec les éléphants que le directeur du safari décida de fermer les yeux.

Les visiteurs passaient la matinée à parcourir la réserve. Ils communiquaient par gestes, sans parler, afin de ne pas être détectés par les autres animaux. Mushaha ouvrait la marche, juché sur le plus vieux mâle du troupeau ; derrière venaient Kate et les photographes, sur des femelles dont l'une était la mère du bébé ; puis Alexander, Nadia et Boroba sur Kobi. Deux employés du safari, montés sur de jeunes mâles, fermaient la marche, avec les provisions, les tentes pour la sieste et une partie de l'équipement photographique. Ils emportaient aussi un puissant anesthésique, au cas où ils se trouveraient face à un fauve agressif.

Les pachydermes s'arrêtaient en général pour manger les feuilles des arbres mêmes sous lesquels, quelques instants auparavant, se reposait une famille de lions. D'autres fois, ils passaient si près des rhinocéros qu'Alexander et Nadia pouvaient se voir reflétés dans l'œil rond qui, d'en bas, les étudiait avec méfiance. Les troupeaux de buffles et d'impalas ne bronchaient pas à l'arrivée du groupe; peut-être sentaient-ils les êtres humains, mais la puissante présence des éléphants les désorientait. Ils purent passer au milieu de timides zèbres, photographier de près une meute de hyènes se disputant la charogne d'une antilope, et caresser le cou d'une girafe tandis qu'elle les observait avec des yeux de princesse et leur léchait les mains.

« Dans quelques années il n'y aura plus d'animaux sauvages en liberté en Afrique, on ne pourra les voir que dans les parcs et les réserves », se lamenta Michael Mushaha.

A midi, ils s'arrêtaient sous la protection des arbres, déjeunaient du contenu de quelques paniers et somnolaient à l'ombre jusqu'à quatre ou cinq heures de l'après-midi. A l'heure de la sieste, les animaux sauvages se reposaient et l'immense plaine de la réserve s'immobilisait sous les rayons brûlants. Michael Mushaha connaissait le terrain, il savait calculer le temps et la distance; quand l'immense disque du soleil commençait à descendre, ils étaient déjà à proximité du campement et pouvaient voir la fumée qui s'en élevait. Parfois, la nuit, ils ressortaient pour observer les animaux qui venaient boire à la rivière.

CHAPITRE 2

Safari à dos d'éléphant

UNE bande d'une demi-douzaine de mandrills
s'était débrouillée pour démolir les installations.
Les tentes gisaient au sol, il y avait de la farine,
du manioc, du riz, des haricots et des boîtes de conserve
éparpillés de tous côtés, les sacs de couchage déchirés
pendaient aux arbres, des chaises et des tables cassées
s'entassaient au centre. On aurait dit que le campement
avait été balayé par un typhon. Les mandrills, menés par
le plus agressif d'entre eux, s'étaient emparés des marmi-
tes et des poêles et ils les utilisaient comme des gourdins
pour se taper dessus et attaquer quiconque essayait de les
approcher.

« Que leur est-il arrivé? s'exclama Michael Mushaha.

— J'ai l'impression qu'ils sont ivres... », expliqua l'un
des employés.

Les singes tournaient toujours autour du camp, prêts à s'approprier tout ce qui pouvait se manger. La nuit, ils vidaient les poubelles et, si l'on n'enfermait pas soigneusement les provisions, ils les volaient. Peu sympathiques, ils montraient d'ordinaire les dents et grognaient, mais respectaient les humains et se tenaient à prudente distance. Cet assaut était inhabituel.

Devant l'impossibilité de les maîtriser, Mushaha donna l'ordre de tirer des cartouches d'anesthésiant, mais il ne fut pas facile de les atteindre, car ils couraient et sautaient, comme possédés. Enfin, l'un après l'autre, les mandrills reçurent une piqûre de tranquillisant et ils tombèrent raides par terre. Alexander et Timothy Bruce aidèrent à les soulever par les chevilles et les poignets pour les transporter à deux cents mètres du campement, où ils pourraient ronfler sans être dérangés jusqu'à ce que passe l'effet de la drogue. Les corps poilus et malodorants pesaient beaucoup plus que ne le laissait supposer leur taille. Alexander, Timothy et les employés qui les avaient touchés durent se doucher, laver leurs vêtements et se saupoudrer d'insecticide pour se débarrasser des puces.

Tandis que le personnel du safari essayait de mettre un peu d'ordre dans ce fatras, Michael Mushaha enquêta sur ce qui s'était passé. Profitant d'un moment d'inattention des responsables, l'un des mandrills s'était introduit dans la tente de Nadia et de Kate, où celle-ci gardait sa réserve de vodka. Les singes pouvaient sentir l'alcool à distance, même si les bouteilles étaient bien fermées.

Celui-là avait volé une bouteille, brisé le goulot et partagé le contenu avec ses acolytes. A la deuxième lampée ils étaient saouls, et à la troisième ils avaient envahi le campement comme une horde de pirates.

« J'ai besoin de ma vodka pour mes douleurs dans les os, se plaignit Kate, calculant qu'elle devait prendre un soin infini des rares bouteilles qu'elle avait emportées.

— Ne pouvez-vous pas prendre de l'aspirine ? suggéra Mushaha.

— Les pilules sont du poison ! Je n'utilise que des produits naturels », s'écria l'écrivain.

*

Une fois qu'ils eurent maîtrisé les mandrills et réorganisé le campement, quelqu'un remarqua que Timothy Bruce avait la chemise couverte de sang. Avec sa traditionnelle indifférence, l'Anglais admit qu'il avait été mordu.

« Il semble que l'un de ces garçons n'était pas complètement endormi..., dit-il en matière d'explication.

— Laissez-moi voir », exigea Mushaha.

Bruce leva le sourcil gauche. C'était la seule mimique de son impassible visage chevalin, et il l'utilisait invariablement pour exprimer les trois émotions dont il était capable : surprise, doute et ennui. Dans ce cas, il s'agissait de la dernière, car il détestait le tapage, quel qu'il fût ; mais Mushaha insista et il n'eut d'autre alternative que de remonter sa manche. La morsure ne saignait plus, il y avait des croûtes sèches aux endroits où les dents avaient perforé la peau, mais l'avant-bras était enflé.

« Ces singes transmettent des maladies. Je vais vous injecter un antibiotique, mais il vaut mieux qu'un médecin vous voie », annonça Mushaha.

Le sourcil gauche de Bruce monta jusqu'à la moitié du front : décidément, il y avait beaucoup de tapage.

Michael Mushaha appela Angie Ninderera par radio et lui expliqua la situation. La jeune pilote répliqua qu'elle ne pouvait voler de nuit, mais qu'elle arriverait de bon matin le lendemain pour venir chercher Bruce et l'emmener à la capitale, Nairobi. Le directeur du safari ne put s'empêcher de sourire : la morsure du mandrill lui offrait une occasion inespérée de revoir bientôt Angie, pour qui il avait un faible inavoué.

*

Pendant la nuit, Bruce trembla de fièvre et Mushaha ne savait trop si la cause en était sa blessure ou une soudaine crise de malaria, mais en tout cas il s'inquiétait, car il était responsable du bien-être des touristes.

Un groupe de nomades massaïs, qui avait l'habitude de traverser la réserve, était arrivé au campement dans l'après-midi, poussant ses vaches aux immenses cornes. Très grands, minces, beaux et arrogants, ils paraient leur cou et leur tête de colliers de perles très élaborés, s'habillaient de tissus noués à la taille et étaient armés de lances. Ils croyaient être le peuple élu de Dieu ; la terre et ce qu'elle contenait leur appartenait par grâce divine. Cela leur donnait le droit de s'approprier le bétail d'autrui, une coutume qui n'était pas du goût des autres tribus. Comme Mushaha ne possédait pas de bétail, il ne craignait pas qu'ils le volent. L'accord passé avec eux était clair : il leur offrait l'hospitalité lorsqu'ils passaient sur la réserve, mais ils ne pouvaient toucher un seul poil des animaux sauvages.

Comme toujours, Mushaha leur donna de la nourriture et les invita à rester. Les Massaïs n'aimaient pas la compagnie des étrangers, mais ils acceptèrent, car l'un de leurs enfants était malade. Ils attendaient une guérisseuse, qui était en chemin. Réputée dans la région, la femme parcourait d'énormes distances pour soigner ses clients, avec des herbes et la force de la foi. Les membres de la tribu ne pouvaient communiquer avec elle par les moyens modernes, mais, d'une façon ou d'une autre, ils avaient appris qu'elle arriverait le soir même, raison pour laquelle ils demeurèrent sur les domaines de Mushaha. Et, comme ils le supposaient, lorsque le soleil se coucha ils entendirent le tintement lointain des clochettes et des amulettes de la guérisseuse.

Une silhouette maigre, nu-pieds, misérable, surgit dans la poussière rougeâtre du crépuscule. Elle ne portait qu'une courte jupe d'étoffe et son bagage consistait en quelques calebasses, des sacs contenant des amulettes, des médicaments et deux bâtons magiques couronnés de plumes. Ses cheveux, qui n'avaient jamais été coupés, tombaient en longs rouleaux couverts de boue rouge. Elle paraissait très vieille, sa peau pendait en plis sur ses os, mais elle marchait bien droite et ses bras et jambes étaient vigoureux. Le traitement du patient se déroula à quelques mètres du campement.

« La guérisseuse dit que l'esprit d'un ancêtre offensé est entré dans l'enfant. Elle doit l'identifier et le renvoyer dans l'autre monde, qui est le sien », expliqua Michael Mushaha.

Joel González se mit à rire : l'idée qu'une chose de ce genre survînt en plein vingt et unième siècle lui parut très drôle.

« Ne vous moquez pas, mon vieux. Dans quatre-vingts pour cent des cas, la santé du malade s'améliore », lui dit Mushaha.

Il ajouta qu'une fois il avait vu deux personnes se tordre par terre, mordre et cracher de l'écume par la bouche en grognant et aboyant. D'après ce que disaient leurs parents, elles étaient possédées par des hyènes. Cette même guérisseuse les avait guéries.

« Cela s'appelle l'hystérie, allégua Joel.

— Appelez ça comme vous voudrez, mais le fait est qu'ils ont été guéris au moyen d'une cérémonie. Il est rare que la médecine occidentale obtienne le même résultat avec ses drogues et ses électrochocs, répondit Mushaha avec un sourire.

— Allons, Michael, vous êtes un scientifique qui a étudié à Londres, ne me dites pas que...

36

— Avant tout, je suis africain, l'interrompit le naturaliste. En Afrique, les médecins ont compris qu'au lieu
de ridiculiser les guérisseurs ils devaient travailler avec
eux. La magie donne parfois de meilleurs résultats que
les méthodes importées de l'étranger. Les gens y croient,
c'est pourquoi ça marche. L'auto-persuasion fait des
miracles. Ne méprisez pas nos sorciers. »

Kate Cold se prépara à prendre des notes sur la cérémonie et Joel González, honteux de s'être moqué,
prépara son appareil pour la photographier.

L'enfant, nu, fut posé par terre sur une couverture,
entouré des membres de sa nombreuse famille. La vieille
femme se mit à frapper ses bâtons magiques et à faire du
bruit avec ses calebasses, dansant en rond tandis qu'elle
entonnait un chant, qui fut bientôt repris en chœur par
toute la tribu. Au bout d'un moment elle tomba en
transe : son corps tremblait, ses yeux se révulsèrent et
devinrent tout blancs. Alors, sur le sol, l'enfant se raidit,
son corps s'arqua en arrière, seulement appuyé sur la
nuque et les talons.

Nadia sentit l'énergie de la cérémonie la traverser
comme un courant électrique et, sans y penser, poussée
par une émotion inconnue, elle se joignit au chant et à la
danse frénétique des nomades. La séance dura plusieurs
heures, au cours desquelles la vieille sorcière absorba
l'esprit malin qui s'était emparé de l'enfant et le fit entrer
dans son propre corps, comme l'expliqua Mushaha.
Enfin, le petit patient perdit sa rigidité et il se mit à
pleurer, ce qui fut interprété comme un signe de bonne

santé. Sa mère le prit dans ses bras et se mit à le bercer et à l'embrasser, tandis que les autres exprimaient leur joie.

Au bout d'une vingtaine de minutes, la guérisseuse sortit de sa transe et annonça que le patient était débarrassé du mal, que dès à présent il pouvait manger normalement ; ses parents, quant à eux, devaient jeûner pendant trois jours afin de s'attirer les bonnes grâces de l'esprit expulsé. Comme seul aliment et récompense, la vieille femme accepta une calebasse contenant un mélange de lait aigre et de sang frais, que les bergers massaïs recueillaient en faisant une petite entaille sur le cou des vaches. Puis elle se retira pour se reposer avant de réaliser la deuxième partie de son travail : chasser l'esprit qui était maintenant en elle et le renvoyer dans l'au-delà, auquel il appartenait. La tribu, reconnaissante, s'en alla passer la nuit plus loin.

« Si ce système est tellement efficace, nous pourrions demander à cette bonne dame de s'occuper de Timothy, suggéra Alexander.

— Ça ne marche que si l'on y croit, répliqua Mushaha. De plus, la guérisseuse est exténuée, elle doit reprendre des forces avant de s'occuper d'un autre patient. »

Ainsi le photographe anglais continua-t-il à trembler de fièvre sur sa couche le reste de la nuit, tandis que sous les étoiles l'enfant africain absorbait son premier repas depuis une semaine.

*

Angie Ninderera se présenta le lendemain au campement, comme elle l'avait promis à Mushaha lors de leur communication radio. Ils virent son avion dans le ciel et partirent l'accueillir dans une Land Rover à l'endroit où elle atterrissait toujours. Joel González voulait accompagner son ami Timothy à l'hôpital, mais Kate lui rappela que quelqu'un devait prendre les photos pour l'article de la revue.

Tandis qu'on mettait de l'essence dans l'avion et préparait le malade et ses bagages, Angie s'assit sous une tente pour savourer une tasse de café et se reposer. C'était une Africaine à la peau couleur café, pleine de santé, grande, solide et rieuse, d'un âge indéfini ; elle pouvait avoir entre vingt-cinq et quarante ans. Son rire facile et la fraîcheur de sa beauté séduisaient dès le premier regard. Elle raconta qu'elle était née au Botswana et que, munie d'une bourse, elle avait appris à piloter à Cuba. Peu avant de mourir, son père avait vendu sa ferme et le bétail qu'il possédait pour lui faire une dot, mais au lieu d'employer ce capital pour trouver un mari respectable, comme son père le souhaitait, elle s'en était servie pour acheter son premier avion. Angie était un oiseau libre, sans nid. Son métier la conduisait de côté et d'autre : un jour elle portait des vaccins au Zaïre, le lendemain transportait des acteurs et des techniciens pour un film d'aventures dans les plaines du Serengueti, ou un groupe d'audacieux alpinistes au pied du légendaire Kilimandjaro. Elle se vantait d'avoir la force d'un buffle et, pour le démontrer, affrontait au bras de fer tout homme qui osait relever le défi. Elle était née avec une marque en forme d'étoile dans le dos, signe évident de chance selon elle. Grâce à cette étoile, elle avait survécu à d'innombrables aventures. Un jour, au Soudan, elle avait failli être lapidée par une foule; une autre fois, elle s'était perdue cinq jours dans le désert d'Ethiopie, seule et à pied, sans nourriture, avec une unique bouteille d'eau. Mais rien ne pouvait se comparer à cette fois où elle avait dû sauter en parachute et où elle était tombée dans un fleuve peuplé de crocodiles.

« Ça, c'était avant que j'aie mon Cessna Caravan, qui ne tombe jamais en panne », s'empressa-t-elle de préciser lorsqu'elle raconta cette histoire à ses clients de l'*International Geographic*.

— Et comment en êtes-vous sortie vivante? demanda Alexander.

— Les crocodiles se sont amusés à mastiquer la toile du parachute, ce qui m'a donné le temps de nager jusqu'à la rive et de sortir du fleuve en courant. J'en ai réchappé cette fois-là, mais tôt ou tard je mourrai dévorée par des crocodiles, c'est mon destin...

— Comment le savez-vous? s'enquit Nadia.

— Parce qu'une femme qui peut lire l'avenir me l'a dit. Ma Bangesé a la réputation de ne jamais se tromper, répliqua Angie.

— Ma Bangesé? Une grosse dame qui a un emplacement au marché? interrompit Alexander.

— Celle-là même. Elle n'est pas grosse, mais ro-

40

buste », précisa Angie, qui était quelque peu susceptible sur la question du poids.

Alexander et Nadia se regardèrent, surpris par cette étrange coïncidence.

Malgré son volume considérable et ses manières un peu brutales, Angie était très coquette. Elle s'habillait de tuniques fleuries, se parait de lourds bijoux ethniques achetés dans des foires artisanales et avait l'habitude de peindre ses lèvres d'une voyante couleur rose. Elle arborait une coiffure compliquée, faite de douzaines de tresses parsemées de perles colorées. Elle disait que son travail était fatal pour les mains et qu'elle n'était pas disposée à tolérer que les siennes ressemblent à celles d'un mécanicien. Elle avait de longs ongles vernis et, pour protéger sa peau, s'enduisait de graisse de tortue, qu'elle trouvait miraculeuse. Le fait que les tortues soient ridées ne diminuait en rien la confiance qu'elle avait en ce produit.

« Je connais plusieurs hommes amoureux d'Angie », commenta Mushaha, mais il s'abstint de préciser qu'il faisait partie du lot.

Elle lui fit un clin d'œil et expliqua qu'elle ne se marierait jamais, parce qu'elle avait le cœur brisé. Elle était tombée amoureuse une seule fois dans sa vie : d'un guerrier massaï qui avait cinq épouses et dix-neuf enfants.

« Il était très mince et avait des yeux d'ambre, dit Angie.

— Et que s'est-il passé... ? demandèrent à l'unisson Nadia et Alexander.

41

— Il n'a pas voulu m'épouser, conclut-elle avec un soupir tragique.

— Quel idiot! se moqua Michael Mushaha.

— J'avais dix ans et quinze kilos de plus que lui », expliqua Angie.

La pilote termina son café et se prépara au départ. Les amis firent leurs adieux à Timothy Bruce; la fièvre de la nuit l'avait tellement affaibli qu'il n'eut même pas la force de lever son sourcil gauche.

*

Les derniers jours du safari passèrent rapidement, dans le plaisir des excursions à dos d'éléphant. Ils revirent la petite tribu nomade et constatèrent que l'enfant était guéri. En même temps, ils apprirent par radio que Timothy Bruce était toujours à l'hôpital, atteint d'un mélange de malaria et d'infection due à la morsure du mandrill, rebelle aux antibiotiques.

Angie Ninderera revint les chercher dans l'après-midi du troisième jour, et elle dormit au campement afin de décoller de bonne heure le lendemain matin. Dès le premier instant, elle avait noué une chaleureuse amitié avec Kate Cold; toutes deux étaient de bonnes buveuses – Angie de bière, Kate de vodka – et toutes deux disposaient d'un arsenal bien fourni d'histoires à faire dresser les cheveux sur la tête pour captiver leur auditoire. Ce soir-là, alors que le groupe était assis en cercle autour d'un feu de bois, savourant un rôti d'antilope et d'autres délices préparés par les cuisiniers, les deux femmes se disputaient la parole pour éblouir l'assistance de leurs aventures. Même Boroba écoutait les histoires avec intérêt. Le petit singe, quand il n'était pas en compagnie des humains, surveillait Kobi ou jouait avec une famille de trois chimpanzés pygmées, adoptés par Michael Mushaha.

« Ils sont vingt pour cent plus petits et bien plus pacifiques que les chimpanzés normaux, expliqua Mushaha. Chez eux, ce sont les femelles qui commandent. Cela veut dire qu'ils ont une meilleure qualité de vie, qu'il y a moins de compétition et davantage de collaboration ; dans leur communauté, on mange et on dort bien, les bébés sont protégés et le groupe vit heureux. Pas comme chez d'autres singes où les mâles forment des bandes et passent leur temps à se battre.

— Si seulement il en était ainsi chez les humains ! soupira Kate.

— Ces petits animaux nous ressemblent beaucoup : nous partageons une grande partie de notre matériel génétique, même leur crâne est semblable au nôtre. Nous avons sûrement un ancêtre commun, dit Michael Mushaha.

— Dans ce cas, on peut espérer que nous évoluerons comme eux », ajouta Kate.

Angie fumait des cigares, qui selon elle étaient son seul luxe, et elle s'enorgueillissait de la puanteur de son avion. « Que celui qui n'aime pas l'odeur du tabac aille à pied », disait-elle aux clients qui s'en plaignaient. Fumeuse repentie, Kate Cold suivait la main de sa nouvelle amie avec des yeux avides. Elle avait arrêté de fumer depuis plus d'un an, mais la tentation n'avait pas disparu et, lorsqu'elle regardait aller et venir le cigare d'Angie, elle avait envie de pleurer. Elle sortit de son sac sa pipe vide, qu'elle emportait toujours avec elle pour ces moments de détresse, et se mit à la mâchonner tristement. Elle devait admettre que sa toux de tuberculeuse, qui autrefois l'empêchait de respirer, avait guéri. Elle attribuait cela au thé à la vodka et à quelques poudres que lui avait données Walimaï, le chaman d'Amazonie, ami de Nadia. Son petit-fils Alexander imputait le miracle à une amulette d'excrément de dragon, cadeau du roi Dil Bahadur au Royaume interdit, dont il était convaincu qu'elle avait des pouvoirs magiques. Kate ne savait que penser de son petit-fils, autrefois si rationnel et à présent enclin aux chimères. Son amitié avec Nadia l'avait changé. Alexander avait une telle confiance en ce fossile qu'il l'avait réduit en poudre puis dissout dans de la liqueur de riz, et il obligeait sa mère à en boire pour combattre le cancer. Lisa dut porter le reste du fossile à son cou pendant des mois et, maintenant, c'était Alexander qui l'utilisait, ne l'enlevant pas même pour se doucher.

« Il peut soigner les os cassés et d'autres maux, Kate ; il dévie aussi les flèches, les couteaux et les balles, lui affirma son petit-fils.

— A ta place, je n'essaierais pas d'en avoir la preuve », répliqua-t-elle sèchement, mais elle permit en rechignant

44

qu'il lui frottât la poitrine et le dos avec cet excrément de dragon, tout en marmonnant à part elle qu'ils perdaient tous deux la raison.

*

Ce soir-là, autour du feu de bois du campement, Kate Cold et les autres regrettaient d'avoir à faire leurs adieux à leurs nouveaux amis et à ce paradis où ils avaient passé une semaine inoubliable.

« Partir sera une bonne chose, j'ai envie de voir Timothy, dit Joel González pour se consoler.

— Demain nous partirons vers neuf heures, les avertit Angie, en s'envoyant une demi-chope de bière dans le gosier et en tirant sur son cigare.

— Tu as l'air fatigué, Angie, remarqua Mushaha.

— Ces derniers jours ont été pénibles. J'ai dû transporter des vivres de l'autre côté de la frontière, où les gens sont désespérés ; c'est horrible de voir la faim en face, dit-elle.

— Ce peuple est d'une race très noble. Autrefois ils vivaient avec dignité de la pêche, de la chasse et de leurs cultures, mais la colonisation, les guerres et les maladies les ont réduits à la misère. Maintenant ils vivent de la charité. S'il n'y avait pas ces paquets de vivres qu'ils reçoivent, ils seraient déjà tous morts de faim. La moitié des habitants de l'Afrique survit au-dessous du niveau minimum de subsistance, expliqua Michael Mushaha.

45

— Qu'est-ce que ça veut dire? demanda Nadia.

— Qu'ils n'ont pas assez pour vivre. »

Sur cette affirmation, le guide mit un point final aux propos d'après dîner, qui se prolongeaient passé minuit, et annonça qu'il était l'heure de se retirer dans les tentes. Une heure plus tard, la paix régnait sur le campement.

Pendant la nuit, il ne restait qu'un employé de garde qui surveillait et alimentait les feux, mais bientôt il fut lui aussi vaincu par le sommeil. Tandis que le campement se reposait, la vie grouillait aux alentours; sous le grandiose ciel étoilé rôdaient des centaines d'espèces animales, qui à cette heure sortaient en quête de nourriture et d'eau. La nuit africaine était un véritable concert de voix diverses : un occasionnel barrissement d'éléphant, de lointains aboiements de hyènes, les cris perçants de mandrills effrayés par un léopard, le coassement des crapauds, la stridulation des cigales.

*

Peu avant l'aube, Kate se réveilla en sursaut, croyant entendre un bruit tout proche. « J'ai dû rêver », murmura-t-elle en se retournant sur sa couche. Elle essaya de calculer combien de temps elle avait dormi. Ses os craquaient, ses muscles lui faisaient mal, elle avait des crampes. Ses soixante-sept ans bien vécus lui pesaient; elle avait le squelette éreinté par tous ses voyages. « Je suis bien vieille pour ce genre de vie... », pensa l'écrivain, mais aussitôt elle se rétracta, convaincue qu'il ne valait pas la peine de vivre d'une autre manière. Elle souffrait plus de l'immobilité nocturne que de la fatigue de la journée ; les heures sous la tente passaient avec une lenteur accablante. A cet instant elle perçut de nouveau le bruit qui l'avait réveillée. Elle ne put l'identifier, mais il lui sembla que c'étaient des grattements ou des coups de griffes.

Les dernières brumes du sommeil se dissipèrent complètement et Kate se redressa sur son lit, la gorge sèche et le cœur battant. Aucun doute : il y avait quelque chose là, tout près, à peine séparé d'elle par la toile de tente. Avec beaucoup de précautions, pour ne pas faire de bruit, elle tâtonna dans l'obscurité à la recherche de la lampe de poche qu'elle laissait toujours près d'elle. Lorsqu'elle l'eut entre les doigts, elle s'aperçut qu'elle transpirait de peur, et ne put l'allumer avec ses mains moites. Elle allait essayer de nouveau lorsqu'elle entendit la voix de Nadia, qui partageait sa tente.

« Chut, Kate, n'allume pas la lampe..., murmura l'adolescente.

— Que se passe-t-il ?

— Ce sont des lions, ne les effraie pas », dit Nadia.

L'écrivain laissa tomber la torche. Elle sentit ses os s'amollir comme du boudin et un cri viscéral lui resta en travers de la gorge. Un seul coup de griffes d'un lion déchirerait la fine toile de nylon et le félin leur tomberait dessus. Ce ne serait pas la première fois qu'un touriste mourrait ainsi lors d'un safari. Pendant les excursions, elle avait vu des lions de si près qu'elle avait pu compter leurs dents ; elle décida qu'elle n'aimerait pas les sentir dans sa propre chair. Fugacement passa dans son esprit l'image des premiers chrétiens au Colysée de Rome, condamnés à mourir dévorés par les fauves. La sueur dégoulinait sur son visage tandis qu'elle cherchait la torche par terre, coincée dans le filet de la moustiquaire qui protégeait son lit. Elle entendit un ronronnement félin et de nouveaux grattements.

Cette fois la tente fut ébranlée, comme si un arbre lui était tombé dessus. Terrifiée, Kate put se rendre compte que Nadia émettait elle aussi un bruit de chat. Enfin elle trouva la torche, et ses doigts tremblants et mouillés parvinrent à l'allumer. Alors elle vit l'adolescente accroupie, le visage collé à la toile de tente, absorbée dans un échange de ronronnements avec le fauve qui se trouvait de l'autre côté. Le cri coincé dans la gorge de Kate sortit en un terrible hurlement, qui prit Nadia par surprise et la fit tomber à la renverse. Les doigts griffus de Kate saisirent la jeune fille par un bras et se mirent à la tirer. De nouveaux cris, cette fois accompagnés d'effroyables rugissements, rompirent la quiétude du campement.

En quelques secondes, employés et visiteurs se retrouvèrent dehors, malgré les instructions précises de Michael Mushaha qui les avait mille fois avertis du danger qu'il y avait à sortir des tentes la nuit. Secousse après secousse, Kate parvint à traîner Nadia dehors, tandis que celle-ci gigotait, essayant de se libérer. La moitié de la tente s'écroula dans la pagaille, l'une des moustiquaires se détacha et leur tomba dessus, les enveloppant; on aurait dit deux larves en train de lutter pour sortir de leur cocon. Alexander, le premier arrivé, courut vers elles pour essayer de les débarrasser de la moustiquaire. Une fois libre, Nadia le repoussa, furieuse qu'on eût interrompu sa conversation avec les lions de manière si brutale.

Mushaha tira en l'air et les rugissements des fauves s'éloignèrent. Les employés allumèrent des lanternes, empoignèrent leurs armes et partirent explorer les alentours. Les éléphants s'étaient énervés et les soigneurs tentaient de les calmer avant qu'ils ne sortent précipitamment de leurs enclos et ne foncent sur le campement. Affolés par l'odeur des lions, les trois chimpanzés pygmées poussaient des cris perçants et s'accrochaient à la première personne qui passait près d'eux. Pendant ce temps, Boroba s'était perché sur la tête d'Alexander qui essayait en vain de se débarrasser de lui en le tirant par la queue. Dans cette confusion, personne ne comprenait ce qu'il s'était passé.

Joel González sortit en criant, épouvanté :

« Des serpents! Un python!

— Ce sont des lions! », corrigea Kate.

Joel s'arrêta net, désorienté.

« Ce ne sont pas des serpents? hésita-t-il.

— Non, ce sont des lions! répéta Kate.

— Et c'est pour ça que vous m'avez réveillé? marmotta le photographe.

— Couvrez donc ces parties honteuses, je vous en

49

prie! », se moqua Angie Ninderera, qui apparut en pyjama.

Alors seulement, Joel González se rendit compte qu'il était complètement nu; il recula jusqu'à sa tente, couvrant son sexe de ses deux mains.

Michael Mushaha revint peu après avec la nouvelle qu'il y avait des empreintes de plusieurs lions dans les environs, et que la tente de Kate et Nadia était déchirée.

« C'est la première fois qu'une chose pareille arrive dans le campement. Jamais ces animaux ne nous avaient attaqués, commenta-t-il, inquiet.

— Ils ne nous ont pas attaqués! l'interrompit Nadia.

— Ah! C'était donc une visite de politesse! fit Kate, indignée.

— Ils sont venus nous saluer! Si tu ne t'étais pas mise à hurler, Kate, nous serions encore en train de bavarder! »

Nadia fit volte-face et se réfugia dans sa tente où elle dut entrer à quatre pattes, vu qu'il ne restait que deux piquets debout.

« Ne faites pas attention à elle, c'est l'adolescence. Ça lui passera, tout le monde guérit de ce mal », opina Joel González qui avait réapparu, enveloppé d'un drap de bain.

Les autres restèrent là à faire des commentaires et personne ne se rendormit. Ils ranimèrent les feux et gardèrent les lanternes allumées. Boroba et les trois chimpanzés pygmées, encore morts de peur, s'installèrent le plus loin possible de la tente de Nadia, où persistait l'odeur des fauves. Peu après on entendit les battements d'ailes des chauves-souris annonçant l'aube; les cuisiniers allèrent préparer le café et les œufs au bacon du petit déjeuner.

« Je ne t'avais jamais vue aussi nerveuse. Tu te ramollis avec l'âge, grand-mère, dit Alexander, en lui faisant passer la première tasse de café.

— Ne m'appelle pas grand-mère, Alexander.

— Et toi ne m'appelle pas Alexander, mon nom est Jaguar, du moins pour ma famille et mes amis.

— Bah! Fiche-moi la paix, morveux! », répliqua-t-elle en se brûlant les lèvres avec la première gorgée du breuvage fumant.

CHAPITRE 3

Le missionnaire

LES employés du safari chargèrent les bagages dans les Land Rover, puis ils accompagnèrent les étrangers jusqu'à l'avion d'Angie, à quelques kilomètres du campement, dans un secteur dégagé. Pour les visiteurs, c'était la dernière balade sur les éléphants. L'orgueilleux Kobi, que Nadia avait monté tout au long de la semaine, pressentait la séparation et semblait triste, comme l'était le groupe de l'*International Geographic* – y compris Boroba, désolé de quitter les trois chimpanzés avec lesquels il s'était lié d'amitié; pour la première fois de sa vie, il devait admettre qu'il existait des singes aussi intelligents que lui.

Le Cessna Caravan accusait les années de vol et les kilomètres au compteur. Sur son fuselage, une inscription annonçait son nom plein d'arrogance : *Super*

Faucon. Angie lui avait peint une tête, des yeux, un bec et des serres d'oiseau de proie, mais avec le temps la peinture s'était écaillée et, dans la lumière crue du matin, l'appareil avait plutôt l'air d'une pathétique poule déplumée. Les voyageurs frémirent à l'idée de s'en servir comme moyen de transport, sauf Nadia, car comparé au vieux coucou tout rouillé dans lequel son père se déplaçait en Amazonie, le *Super Faucon* d'Angie était magnifique. La même bande de mandrills mal élevés qui avaient bu la vodka de Kate était installée sur les ailes. Les singes étaient occupés à s'épouiller les uns les autres avec une grande attention, comme le font les êtres humains. Kate avait vu en de nombreuses régions du monde ce même rituel affectueux de l'épouillage, qui unissait les familles et créait des liens entre amis. Parfois, les enfants se mettaient en file l'un derrière l'autre, du plus petit au plus grand, se fouillant mutuellement la tête. Elle sourit à la pensée qu'aux Etats-Unis le seul mot « pou » provoquait des frissons d'horreur. Angie se mit à lancer des pierres et des insultes aux singes, mais ceux-ci répondirent par un mépris olympien et ne bougèrent que lorsque les éléphants furent pratiquement sur eux.

Michael Mushaha remit à Angie une ampoule d'anesthésiant pour animaux.

« C'est la dernière qui me reste, peux-tu m'en rapporter une boîte à ton prochain voyage? la pria-t-il.

— Bien sûr.

— Emporte-la comme modèle, il en existe plusieurs

marques différentes et tu peux te tromper. C'est celle-ci dont j'ai besoin.

— Bien », dit Angie en rangeant l'ampoule dans la trousse à pharmacie de l'avion, où elle serait en sécurité.

*

Ils allaient charger les bagages dans l'avion lorsque, des fourrés proches, jaillit un homme que personne n'avait vu jusque-là. Il était vêtu d'un jean, de bottes usées qui montaient jusqu'à mi-jambe et d'une chemise de coton immonde. Il portait un chapeau en toile et, sur le dos, un sac d'où pendaient une marmite noire de suie et une machette. Il était de petite taille, maigre, anguleux, chauve, avec des lunettes aux verres épais, il avait la peau claire, les sourcils sombres et peu fournis.

« Bonjour messieurs-dames ! », dit-il en espagnol, et aussitôt il traduisit en anglais et en français.

« Je suis le frère Fernando, missionnaire catholique, se présenta-t-il en serrant d'abord la main de Michael Mushaha, puis des autres.

— Comment êtes-vous arrivé jusqu'ici ? demanda ce dernier.

— Grâce à la collaboration de quelques camionneurs et en marchant une bonne partie du chemin.

— A pied ? D'où ? Il n'y a aucun village à moins de dizaines de kilomètres d'ici !

— Les chemins sont longs, mais ils conduisent tous à Dieu », répliqua-t-il.

Il expliqua qu'il était espagnol, né en Galice, mais que cela faisait bien des années qu'il n'était pas retourné dans son pays. A peine sorti du séminaire, on l'avait envoyé en Afrique, où il avait rempli son ministère dans différents pays pendant plus de trente ans. Sa dernière destination avait été un village du Rwanda, où il travaillait avec d'autres frères et trois religieuses, dans une petite mission. C'était une région ravagée par la guerre la plus cruelle qu'on ait vue sur le continent; d'innombrables réfugiés fuyaient en tous sens pour échapper à la violence, mais la guerre les rejoignait toujours; la terre était couverte de cendre et de sang, on n'avait rien planté depuis des années, ceux qui échappaient aux balles et aux machettes tombaient, victimes de la faim et des maladies; sur les chemins de cet enfer erraient des veuves et des orphelins faméliques, un grand nombre d'entre eux blessés ou mutilés.

« La mort est à la fête dans ces contrées, conclut le missionnaire.

— J'ai vu ça aussi. Plus d'un million de personnes sont mortes, le carnage continue et le reste du monde s'en fiche, ajouta Angie.

— C'est ici, en Afrique, qu'est née la vie humaine. Nous descendons tous d'Adam et Eve, qui d'après ce que disent les scientifiques étaient africains. Ici se trouve le paradis terrestre évoqué dans la Bible. Dieu a voulu que ce soit un jardin où ses créatures vivent en paix et dans l'abondance, mais voyez vous-mêmes ce qu'en ont fait la haine et la bêtise humaines..., ajouta le missionnaire sur le ton de la prédication.

— Vous êtes parti pour échapper à la guerre? l'interrogea Kate.

— Mes frères et moi avons reçu l'ordre d'évacuer la mission quand les rebelles ont brûlé l'école, mais je ne suis pas un réfugié de plus. La vérité, c'est que j'ai une tâche à accomplir, je dois retrouver deux missionnaires qui ont disparu.

— Au Rwanda? demanda Mushaha.

— Non, ils sont dans un village appelé Ngoubé. Voyez ici... »

L'homme ouvrit une carte et la déplia par terre pour montrer le point où ses compagnons avaient disparu. Les autres se groupèrent autour de lui.

« C'est la zone la plus inaccessible, la plus chaude et la plus inhospitalière de l'Afrique équatoriale. La civilisation n'arrive pas jusque-là, il n'y a pas de moyens de transport en dehors des pirogues qui naviguent sur le fleuve, ni téléphone ni radio, expliqua le frère.

— Comment communique-t-on avec les missionnaires? demanda Alexander.

— Les lettres mettent des mois, mais ils se débrouillent pour nous envoyer des nouvelles de temps en temps. La vie dans ces contrées est dure et très dangereuse. La région est contrôlée par un certain Maurice Mbembelé, un psychopathe, un type bestial qu'on accuse même de commettre des actes de cannibalisme.

Depuis plusieurs mois nous ne savons rien de nos frères. Nous sommes très inquiets. »

*

Alexander observa la carte que le frère Fernando tenait encore sur le sol. Ce morceau de papier ne pouvait donner la moindre idée de l'immensité du continent, avec ses quarante-cinq pays et ses six cents millions d'habitants. Pendant cette semaine de safari avec Michael Mushaha, il avait beaucoup appris, mais il se sentait tout de même perdu devant la complexité de l'Afrique, avec ses différents climats et paysages, ses multiples cultures et croyances, ses innombrables races et langues. L'endroit que le doigt du missionnaire indiquait ne signifiait rien pour lui; il comprit seulement que Ngoubé se trouvait dans un autre pays.

« Je dois me rendre là-bas, dit le frère Fernando.

— Comment? questionna Angie.

— Vous devez être Angie Ninderera, la propriétaire de cet avion, n'est-ce pas? J'ai beaucoup entendu parler de vous. On m'a dit que vous étiez capable de vous poser n'importe où...

— Hé! Vous n'avez pas l'intention de me demander de vous y emmener! s'exclama Angie en levant les deux mains, sur la défensive.

— Pourquoi pas? Il s'agit d'une urgence.

— Parce que l'endroit où vous voulez aller est une

région de forêts marécageuses, on ne peut y atterrir. Parce que personne ayant un brin de jugeote ne s'aventure dans ces parages. Parce que je suis engagée par la revue *International Geographic* pour ramener ces journalistes sains et saufs à la capitale. Parce que j'ai d'autres chats à fouetter, et enfin parce que je ne crois pas que vous puissiez me payer le voyage, répliqua Angie.

— Dieu vous le paierait sans doute, dit le missionnaire.

— Écoutez, il me semble que votre Dieu a déjà trop de dettes. »

Tandis qu'ils discutaient, Alexander prit sa grand-mère par le bras et l'entraîna à l'écart.

« Kate, nous devons aider cet homme, dit-il.

— A quoi penses-tu, Alex, je veux dire, Jaguar?

— Nous pourrions demander à Angie de nous conduire à Ngoubé.

— Et qui se chargera des frais? allégua Kate.

— La revue, Kate. Imagine le formidable reportage que tu pourrais écrire si nous retrouvions les missionnaires perdus.

— Et si on ne les retrouve pas?

— C'est quand même une information, ne le vois-tu pas? Tu n'auras plus jamais une chance comme celle-là, supplia son petit-fils.

— Je dois en parler avec Joel », répliqua Kate – dans ses yeux commençait à briller l'étincelle de la curiosité, que son petit-fils reconnut sur-le-champ.

Joel González pensa que ce n'était pas une mauvaise

idée, puisqu'il ne pouvait rentrer à Londres, où il vivait, Timothy Bruce étant toujours à l'hôpital.

« Il y a des serpents dans ces contrées, Kate?

— Plus que n'importe où au monde, Joel.

— Mais il y a aussi des gorilles. Peut-être pourras-tu les photographier de près. Ce serait une excellente couverture pour l'*International Geographic*..., le tenta Alexander.

— Bon, dans ce cas, je vais avec vous », décida Joel.

Ils convainquirent Angie, avec une liasse de billets que Kate lui mit sous le nez et la perspective d'un vol très difficile, défi auquel la pilote ne put résister. Elle saisit les billets d'un geste vif, alluma son premier cigare de la journée et donna l'ordre de mettre les bagages du missionnaire dans la cabine, tandis qu'elle révisait les différents niveaux et s'assurait que le *Super Faucon* était en état de marche.

« Cet appareil est-il sûr? », demanda Joel González, pour qui le pire, dans son métier, étaient d'abord les reptiles et, tout de suite après, les vols dans des coucous de ce genre.

Comme seule réponse, Angie cracha un jet de salive au tabac à ses pieds. Alex lui donna un coup de coude complice : lui non plus ne trouvait pas ce moyen de transport très sûr, surtout si l'on considérait qu'il était piloté par une femme excentrique transportant une caisse de bière à ses pieds, et qui en plus avait un cigare allumé entre les dents à quelques mètres des bidons d'essence du réapprovisionnement.

Vingt minutes plus tard, le Cessna était chargé et les passagers à leurs places. Tous ne disposaient pas d'un siège : Alex et Nadia s'installèrent dans la queue, sur les ballots, et aucun n'avait de ceinture de sécurité, car Angie les considérait comme une précaution inutile.

« En cas d'accident, les ceintures servent juste à ce que les cadavres ne soient pas dispersés », dit-elle.

Elle mit les moteurs en marche et eut ce sourire d'immense tendresse que ce bruit faisait toujours naître sur ses lèvres. L'avion se secoua comme un chien mouillé, il toussa un peu, puis se mit à rouler sur la piste improvisée. Angie lança un cri de Comanche victorieux quand les roues se détachèrent du sol et que son cher faucon commença à s'élever.

« A la grâce de Dieu », murmura le missionnaire en se signant, et Joel González l'imita.

*

D'en haut, la vue offrait un petit échantillon de la variété et de la beauté du paysage africain. Ils laissèrent derrière eux la réserve naturelle où ils avaient passé la semaine, de vastes plaines rougeâtres et chaudes parsemées d'arbres et d'animaux sauvages. Ils volèrent au-dessus de déserts secs, de bosquets, de collines, de lacs, de fleuves, de villages séparés par de grandes distances. A mesure qu'ils avançaient vers l'horizon, ils reculaient dans le temps.

61

Le bruit des moteurs était un sérieux obstacle à la conversation, mais Alexander et Nadia s'obstinaient à parler à tue-tête. Le frère Fernando répondait à leurs incessantes questions sur le même ton. Ils se dirigeaient vers les forêts d'une zone proche de la ligne équatoriale, leur dit-il. Quelques audacieux explorateurs du dix-neuvième siècle et les colonisateurs français et belges du vingtième avaient brièvement pénétré dans cet enfer vert, mais la mortalité était si élevée – huit hommes sur dix mouraient de fièvres tropicales, ou victimes de crimes ou d'accidents – qu'ils avaient dû renoncer. Après l'indépendance, quand les colons étrangers avaient quitté le pays, les gouvernements successifs avaient étendu leurs tentacules jusqu'aux villages les plus reculés. Ils avaient ouvert des chemins, envoyé des soldats, des instituteurs, des médecins et des bureaucrates, mais la jungle et les terribles maladies arrêtaient la civilisation. Les mission-naires, résolus à implanter le christianisme coûte que coûte, furent les seuls qui persévérèrent et s'enracinèrent dans cette région infernale.

« Il y a moins d'un habitant au kilomètre carré et la population se concentre près des cours d'eau, le reste est inhabité, expliqua le frère Fernando. Personne n'entre dans les marais. Les natifs assurent qu'y vivent les esprits et qu'il y a encore des dinosaures.

— Ça a l'air fascinant ! », dit Alexander.

La description du missionnaire ressemblait à l'Afrique mythologique qu'il s'était représentée lorsque sa grand-mère lui avait annoncé le voyage. Il avait eu une désillusion lorsque, à leur arrivée à Nairobi, il s'était trouvé dans une ville moderne avec de hauts immeubles et une circulation bruyante. Ce qu'il avait vu de plus ressemblant à un guerrier, c'étaient les nomades arrivés avec l'enfant malade au campement de Mushaha. Même les éléphants du safari lui avaient semblé trop domestiqués. Lorsqu'il avait commenté ce fait à Nadia, elle avait haussé les épaules, ne comprenant pas en quoi il avait été déçu par sa première impression de l'Afrique. Elle ne s'attendait à rien en particulier. Alexander en conclut que si l'Afrique avait été peuplée d'extraterrestres, Nadia les aurait admis avec le plus grand naturel, car elle n'anticipait jamais rien. Peut-être maintenant, à l'endroit marqué sur la carte du frère Fernando, trouverait-il la terre magique qu'il avait imaginée.

*

Au bout de plusieurs heures de vol sans inconvénients, si l'on excepte la fatigue, la soif et la nausée des passagers, Angie commença à descendre entre des lambeaux de nuages. La pilote montra au sol une étendue verte interminable, sur laquelle on pouvait distinguer la ligne sinueuse d'un cours d'eau. On n'apercevait aucun signe de vie humaine, mais ils étaient encore à trop haute altitude pour voir les villages, s'il y en avait.

« C'est là, j'en suis sûr ! cria soudain frère Fernando.

— Je vous avais averti, il n'y a nulle part où atterrir! lui répondit Angie en criant elle aussi.

— Descendez, mademoiselle, et Dieu y pourvoira, affirma le missionnaire.

— Il a intérêt, parce qu'il faut mettre de l'essence. »

Le *Super Faucon* commença à descendre en effectuant de grands cercles. Tandis qu'ils se rapprochaient du sol, les passagers constatèrent que le cours d'eau était beaucoup plus large qu'il paraissait vu d'en haut. Angie Ninderera expliqua que vers le sud ils pourraient trouver des villages, mais le frère Fernando insista pour qu'elle se dirige plutôt vers le nord-ouest, vers la région où ses compagnons avaient installé la mission. Elle fit deux tours, de plus en plus près du sol.

« Nous gaspillons le peu de carburant qu'il nous reste! Je vais vers le sud, décida-t-elle enfin.

— Là, Angie! », montra soudain Kate.

Sur une rive du fleuve apparut, comme par enchantement, la frange dégagée d'une plage.

« La piste est très étroite et très courte, Angie, l'avertit Kate.

— Je n'ai besoin que de deux cents mètres, mais je ne crois pas qu'on les ait », répliqua Angie.

Elle fit un tour à basse altitude pour mesurer la plage à vue d'œil et chercher le meilleur angle pour la manœuvre.

« Ce ne sera pas la première fois que j'atterris sur moins de deux cents mètres. Accrochez-vous les enfants, on va galoper! », annonça-t-elle avec un autre de ses typiques cris de guerre.

Jusque-là, Angie Ninderera avait piloté de façon très détendue, une canette de bière entre les genoux et son cigare à la main. A cet instant, son attitude changea. Elle écrasa le cigare dans le cendrier collé au plancher par un ruban adhésif, installa confortablement sa corpulente personne sur le siège, s'accrocha des deux mains au manche et s'apprêta à prendre position, sans cesser de maudire et de hurler comme un Comanche, faisant appel à la chance qui, d'après elle, ne lui faisait jamais défaut, car elle avait pour cela le fétiche qui pendait à son cou. Kate Cold fit chorus avec Angie, criant jusqu'à s'époumoner, rien d'autre ne lui étant venu à l'esprit pour soulager ses nerfs. Nadia Santos ferma les yeux et pensa à son père. Alexander Cold ouvrit bien les siens, invoquant son ami le lama Tensing, dont la prodigieuse force mentale pourrait leur être d'un grand secours dans un moment pareil, mais Tensing se trouvait bien loin. Le frère Fernando se mit à prier à haute voix, en espagnol, accompagné par Joel González. A la fin de la brève plage, telle la muraille de Chine, s'élevait la végétation impénétrable de la forêt. Ils n'avaient qu'une chance d'atterrir; s'ils échouaient, la piste n'était pas assez longue pour reprendre de l'altitude et ils iraient s'écraser contre les arbres.

Le *Super Faucon* descendit brusquement et les premières branches des arbres lui éraflèrent le ventre. Dès qu'elle se trouva au-dessus de la piste improvisée, Angie chercha le sol, priant pour qu'il soit ferme et non semé de rochers. L'avion tomba en faisant des embardées, comme un gros oiseau blessé, tandis qu'à l'intérieur régnait le chaos : les ballots sautaient d'un côté à l'autre, les passagers se cognaient au plafond, la bière roulait et les bidons d'essence dansaient. Angie, les mains crispées sur les instruments de contrôle, serra les freins à fond, essayant de stabiliser l'appareil pour éviter que les ailes se brisent. Les moteurs rugissaient, désespérés, et une forte odeur de caoutchouc brûlé envahit la cabine. L'appareil tremblait, parcourant les derniers mètres de piste dans un nuage de sable et de fumée.

« Les arbres! », cria Kate lorsqu'ils furent presque sur eux.

Angie ne répondit pas à l'observation gratuite de sa cliente : elle aussi les voyait. Elle sentit ce mélange de terreur absolue et de fascination qui l'envahissait lorsqu'elle risquait sa vie, une brusque décharge d'adrénaline qui lui donnait des fourmis sur la peau et faisait accélérer son cœur. Cette peur heureuse était ce qu'il y avait de meilleur dans son métier. Ses muscles se tendirent dans l'effort brutal pour maîtriser l'appareil ; elle luttait corps à corps avec l'avion, tel un cow-boy sur un taureau sauvage. Tout d'un coup, alors que les arbres étaient à deux mètres d'eux et que les passagers croyaient leur dernière heure arrivée, le *Super Faucon* partit en avant, il eut une terrible secousse et plongea le nez dans le sol.

« Malédiction! s'exclama Angie.

— Ne parlez pas ainsi, dit le frère Fernando d'une voix tremblotante du fond de la cabine où il se débattait,

66

enseveli sous les appareils photo. Ne voyez-vous pas que Dieu nous a procuré une piste d'atterrissage ?

— Dites-lui de m'envoyer aussi un mécanicien, parce qu'on a un sérieux problème, brama Angie pour toute réponse.

— Ne nous laissons pas gagner par l'hystérie. Il faut avant tout examiner les dégâts », ordonna Kate Cold en se préparant à descendre, tandis que les autres se traînaient à quatre pattes vers la portière. Le premier à sauter à l'extérieur fut le pauvre Boroba, qui avait rarement eu de plus grande frayeur dans sa vie. Alexander vit que Nadia avait le visage couvert de sang.

« Aigle ! », s'exclama-t-il en essayant de l'extraire du fatras des ballots, des appareils photo et des sièges détachés du sol.

Lorsque enfin ils furent dehors et purent évaluer la situation, ils constatèrent qu'aucun n'était blessé ; seule Nadia saignait du nez. L'avion, en revanche, avait subi des dommages.

« Comme je le craignais, l'hélice est tordue, dit Angie.

— C'est grave ? demanda Alexander.

— Dans des circonstances normales, ce n'est pas grave. Si je trouve une autre hélice, je peux la changer moi-même, mais ici, on est fichus. Où vais-je en trouver une de rechange ? »

Avant que le frère Fernando ait pu ouvrir la bouche, Angie lui fit face, les poings sur les hanches.

« Et ne venez pas me dire que votre Dieu y pourvoira,

si vous ne voulez pas que je me mette vraiment en colère ! »

Le missionnaire garda un silence prudent.

« Où sommes-nous exactement ? demanda Kate.

— Je n'en ai pas la moindre idée », admit Angie.

Le frère Fernando consulta sa carte et conclut qu'ils n'étaient certainement pas très loin de Ngoubé, le village où ses compagnons avaient établi la mission.

« Nous sommes entourés de jungle tropicale et de marécages, il n'y a pas moyen de sortir d'ici sans bateau, dit Angie.

— Alors, faisons du feu. Une tasse de thé et une gorgée de vodka ne nous feront pas de mal », proposa Kate.

CHAPITRE 4

Isolés dans la jungle

À la tombée de la nuit, les membres de l'expédition prirent la décision de camper près des arbres, où ils seraient mieux protégés.

« Y a-t-il des pythons dans ces contrées ? demanda Joel González, en pensant à l'étreinte presque fatale d'un anaconda, en Amazonie.

— Les pythons ne sont pas un problème, on les voit de loin et on peut les tuer d'une balle. Les vipères du Gabon et les cobras de la forêt sont bien pires. Leur venin tue en quelques minutes, dit Angie.

— Nous avons de l'antidote ?

— Pour ceux-là, il n'y a pas d'antidote. Les crocodiles m'inquiètent bien davantage, ces bestioles mangent de tout..., commenta Angie.

— Mais ils restent dans le fleuve, non? demanda Alexander.

— Ils sont tout aussi féroces sur terre. Quand les animaux viennent boire, la nuit, ils les attrapent et les entraînent au fond de l'eau. Ce n'est pas une mort agréable », expliqua Angie.

Elle avait un revolver et une carabine, bien qu'elle n'eût jamais eu l'occasion de s'en servir. En prévision des tours de garde qu'ils devraient faire pendant la nuit, elle expliqua aux autres comment les utiliser. Ils tirèrent quelques coups pour vérifier que les armes étaient en état, mais aucun d'eux ne fut capable de faire mouche à quelques mètres de distance. Le frère Fernando refusa de prendre part à l'exercice car, dit-il, c'est le diable qui charge les armes à feu. Son expérience de la guerre au Rwanda l'avait échaudé.

« Voici ma protection, un *scapulaire*, dit-il en montrant un morceau de tissu qu'il portait pendu au cou par un cordon.

— Quoi? demanda Kate, qui n'avait jamais entendu ce mot.

— C'est un objet saint, béni par le pape », expliqua Joel González en en montrant un semblable sur sa poitrine.

Pour Kate, élevée dans la sobriété de l'Eglise protestante, le culte catholique était aussi pittoresque que les cérémonies religieuses des peuples africains.

« Moi aussi j'ai une amulette, mais je ne crois pas

qu'elle puisse me sauver de la gueule d'un crocodile, dit Angie en montrant une petite bourse en cuir.

— Ne comparez pas votre fétiche de sorcellerie à un scapulaire! répliqua le frère Fernando, offusqué.

— Quelle est la différence? demanda Alexander avec intérêt.

— L'un représente le pouvoir du Christ, l'autre est une superstition païenne.

— Nos croyances s'appellent *religion*, et celles des autres *superstitions* », commenta Kate.

Elle répétait cette phrase devant son petit-fils chaque fois que l'occasion se présentait, afin de lui inculquer le respect des autres cultures. Deux de ses dictons préférés étaient: « Nous, nous parlons une *langue*, les autres parlent des *dialectes* » et « Les Blancs font de l'*art*, les autres peuples, de l'*artisanat* ». Alexander avait essayé d'expliquer les dictons de sa grand-mère en cours de sciences sociales, mais personne n'en avait saisi l'ironie.

Aussitôt éclata une discussion passionnée sur la foi chrétienne et l'animisme africain, à laquelle participa tout le groupe, sauf Alexander, qui portait sa propre amulette au cou et préféra se taire, et Nadia, occupée à parcourir la petite plage d'un bout à l'autre avec la plus grande attention, accompagnée de Boroba. Alexander les rejoignit.

« Que cherches-tu, Aigle? », demanda-t-il.

Nadia s'accroupit et ramassa des morceaux de corde sur le sable.

« J'en ai trouvé plusieurs pareils à ceux-ci, dit-elle.

71

— Ce doit être une sorte de liane...

— Non. Je crois que c'est fabriqué à la main.

— Qu'est-ce que ça peut être?

— Je ne sais pas, mais cela veut dire que quelqu'un est venu ici il n'y a pas longtemps : peut-être reviendra-t-il. Nous ne sommes pas aussi abandonnés que le suppose Angie, déduisit Nadia.

— J'espère que ce ne sont pas des cannibales.

— Ce ne serait vraiment pas de chance, dit-elle en pensant à ce qu'avait dit le missionnaire à propos du fou qui régnait sur la région.

— Je ne vois nulle part d'empreintes humaines, commenta Alexander.

— On ne voit pas non plus d'empreintes animales. Le terrain est mou et la pluie les efface. »

*

Plusieurs fois par jour tombait une forte pluie qui les trempait autant qu'une douche et prenait fin aussi subitement qu'elle avait commencé. Ces averses n'atténuaient pas la chaleur; au contraire, l'humidité la rendait encore plus insupportable. Ils montèrent la tente d'Angie, dans laquelle allaient devoir s'entasser cinq des voyageurs pendant que le sixième monterait la garde. Sur la suggestion du frère Fernando, ils cherchèrent des excréments d'animaux pour allumer un feu, unique manière de tenir les moustiques à distance et de dissimuler l'odeur des êtres humains qui pourrait attirer les fauves des alentours. Le missionnaire les prévint contre les punaises qui pondaient des œufs entre les ongles et la peau : les blessures s'infectaient et il fallait ensuite soulever les ongles avec un couteau pour déloger les larves, un procédé tenant du supplice chinois. Pour les éviter, ils se frottèrent les mains et les pieds avec de l'essence. Il les avisa aussi de ne pas laisser de nourriture à l'air libre, car cela attirait les fourmis, qui pouvaient se révéler plus dangereuses que les crocodiles. Une invasion de termites était une chose terrifiante : la vie disparaissait sur leur passage et il ne restait que de la terre ravagée. Alexander et Nadia en avait entendu parler en Amazonie, mais ils apprirent que leurs cousines africaines étaient encore plus voraces. A la tombée de la nuit, un nuage de minuscules abeilles s'abattit sur eux, les insupportables *mopani* qui, malgré la fumée, envahirent le campement et couvrirent jusqu'à leurs paupières.

« Elles ne piquent pas, elles ne font que sucer la sueur. Mieux vaut ne pas essayer de les chasser, vous vous y habituerez, dit le missionnaire.

— Regardez! », signala Joel González.

Sur la berge avançait une vieille tortue dont la carapace faisait plus d'un mètre de diamètre.

« Elle doit avoir plus de cent ans, estima le frère Fernando.

— Je sais comment préparer une délicieuse soupe de tortue! s'exclama Angie en empoignant une machette. Il faut profiter du moment où elle sort la tête pour...

— Vous n'avez pas l'intention de la tuer..., l'interrompit Alexander.

— La carapace vaut beaucoup d'argent, dit Angie.

— Nous avons des sardines en boîte pour le dîner, lui rappela Nadia, elle aussi opposée à l'idée de manger cette tortue sans défense.

— Il ne faut pas la tuer. Elle répandrait une forte odeur qui pourrait attirer des animaux dangereux », ajouta le frère Fernando.

La bête centenaire s'éloigna d'un pas tranquille vers l'autre extrémité de la plage, se doutant peu qu'elle avait failli finir dans la casserole.

*

Le soleil descendit, les ombres des arbres proches s'allongèrent et, enfin, il fit plus frais sur la plage.

« Ne tournez pas les yeux de ce côté, frère Fernando, je vais faire trempette et je ne voudrais pas vous tenter, se moqua Angie Ninderera.

— Je ne vous conseille pas de vous approcher du fleuve, mademoiselle. On ne sait jamais ce qu'il peut y avoir dans l'eau », répliqua sèchement le missionnaire, sans la regarder.

Mais elle avait déjà retiré son pantalon et son chemisier et courait en petite tenue vers la rive. Elle ne commit pas l'imprudence d'entrer dans l'eau au-delà des genoux et resta sur ses gardes, prête à sortir en courant en cas de danger. Munie de la tasse en fer-blanc qu'elle utilisait pour le café, elle commença à s'asperger la tête avec un plaisir évident. Les autres suivirent son exemple, sauf le missionnaire qui resta le dos tourné au fleuve, occupé à préparer un maigre repas de haricots et de sardines en boîte, et Boroba, qui détestait l'eau.

Nadia fut la première à voir les hippopotames. Dans la pénombre du crépuscule ils se confondaient avec la couleur sombre de l'eau et ils ne se rendirent compte de leur présence que lorsqu'ils furent tout près d'eux. Il y avait deux adultes, plus petits que ceux de la réserve de Michael Mushaha, qui faisaient trempette à quelques mètres de l'endroit où ils se baignaient. Plus tard, ils en virent un troisième sortir la tête entre les postérieurs imposants de ses parents. Discrètement, pour ne pas les provoquer, les amis sortirent de l'eau et reculèrent en direction du campement. Les lourds animaux ne manifestèrent aucune curiosité à l'égard des êtres humains ; ils continuèrent tranquillement leur baignade pendant un long moment, jusqu'à ce que la nuit tombe et qu'ils disparaissent dans l'obscurité. Ils avaient la peau grise et épaisse, comme celle des éléphants, avec des plis profonds. Leurs oreilles étaient rondes et petites, leurs yeux très brillants, couleur café acajou. Deux bourses pendaient de leurs mâchoires, protégeant les énormes canines carrées, capables de broyer un tuyau en métal.

« Ils vont par couple et sont plus fidèles que la plupart des gens. Ils n'ont qu'un petit à la fois et en prennent soin pendant des années », expliqua le frère Fernando.

75

*

Lorsque le soleil se coucha, la nuit tomba rapidement et le groupe se vit entouré par l'infranchissable obscurité de la forêt. Il n'y avait que dans la petite clairière où ils avaient atterri qu'on pouvait voir la lune dans le ciel. Leur solitude était totale. Ils s'organisèrent pour dormir à tour de rôle, tandis que l'un d'eux veillait et gardait le feu allumé. Nadia, qu'on avait dispensée de cette responsabilité car elle était la plus jeune, insista pour accompagner Alexander pendant son tour de garde. Au cours de la nuit défilèrent différents animaux, qui s'approchaient pour boire dans le fleuve, déconcertés par la fumée, le feu et l'odeur des humains. Effrayés, les plus timides reculaient, mais d'autres flairaient l'air, hésitaient et enfin, vaincus par la soif, s'approchaient. Les instructions du frère Fernando, qui avait étudié la flore et la faune d'Afrique pendant trente ans, étaient de ne pas les déranger.

« En général, ils n'attaquent pas les êtres humains, dit-il, sauf s'ils ont faim ou sont agressés.

— Ça, c'est la théorie. Dans la pratique, ils sont imprévisibles et peuvent attaquer n'importe quand, réfuta Angie.

— Le feu les tiendra éloignés. Sur cette plage, je crois que nous sommes à l'abri. Il y aura plus de dangers dans la forêt..., dit le frère Fernando.

— Oui, mais nous n'entrerons pas dans la forêt, le coupa Angie.

— Pensez-vous rester pour toujours sur cette plage? interrogea le missionnaire.

— Nous ne pouvons sortir d'ici par la forêt. La seule route est le fleuve.

— En nageant? insista le frère Fernando.

— Nous pourrions construire un radeau, suggéra Alexander.

— Tu as lu trop de romans d'aventures, mon garçon, répliqua le missionnaire.

— Demain, nous prendrons une décision, pour le moment nous allons nous reposer », ordonna Kate.

Le tour d'Alexander et de Nadia tomba à trois heures du matin. Ils verraient le soleil se lever en compagnie de Boroba. Assis dos à dos, les armes sur les genoux, ils bavardaient tout bas. Ils restaient en contact lorsqu'ils étaient séparés, mais cela ne les empêchait pas d'avoir des tas de choses à se raconter lorsqu'ils se retrouvaient. Leur amitié était très profonde et ils estimaient qu'elle durerait toute leur vie. La véritable amitié, pensaient-ils, résiste au temps, elle est désintéressée et généreuse, elle ne demande rien en échange, si ce n'est de la loyauté. Sans s'être mis d'accord, ils défendaient ce délicat sentiment de la curiosité d'autrui. Ils s'aimaient sans en faire étalage, sans grandes démonstrations, discrètement, silencieusement. Par courrier électronique, ils partageaient des rêves, des pensées, des émotions et des secrets. Ils se connaissaient si bien qu'ils n'avaient pas besoin de longues phrases, un mot leur suffisait parfois pour se comprendre.

Plus d'une fois, sa mère avait demandé à Alexander si Nadia était sa « petite amie », et toujours il avait nié avec la plus grande énergie. Elle n'était pas sa « petite amie » au sens vulgaire du terme. La seule question l'offensait. Sa relation avec Nadia ne pouvait être comparée aux amours qui tournaient souvent la tête de ses amis, ou à ses propres fantasmes à propos de Cecilia Burns, la fille qu'il avait l'intention d'épouser depuis qu'il allait au lycée. L'affection qui le liait à Nadia était unique, intouchable, précieuse. Il se rendait compte qu'une relation aussi intense et pure entre deux adolescents de sexes opposés n'était pas habituelle, c'est pourquoi il n'en parlait pas : personne ne la comprendrait.

*

Une heure plus tard, les étoiles disparurent une à une et le ciel commença à pâlir, d'abord comme une douce lueur et bientôt comme un magnifique incendie, éclairant le paysage de reflets orangés. Le ciel se remplit de divers oiseaux et un concert de trilles réveilla le groupe. Ils se mirent aussitôt à l'œuvre, les uns attisant le feu et préparant le petit déjeuner, les autres aidant Angie Ninderera à démonter l'hélice afin de la réparer.

Ils durent s'armer de bâtons pour tenir à distance les singes qui se jetaient sur le petit campement dans l'intention de voler la nourriture. La bataille les laissa exténués. Les singes se retirèrent au bout de la plage où ils restèrent à l'affût, attendant qu'ils relâchent leur vigilance pour attaquer de nouveau. La chaleur et l'humidité étaient accablantes, ils avaient les vêtements collés au corps, les cheveux mouillés, la peau brûlante. De la forêt émanait une odeur lourde de matière organique en décomposition, se mêlant à la puanteur des excréments qu'ils avaient utilisés pour le feu. La soif les tourmentait et ils devaient prendre soin des dernières bouteilles d'eau qu'ils avaient en réserve dans l'avion. Le frère Fernando proposa d'utiliser l'eau du fleuve, mais Kate dit qu'elle leur donnerait le typhus ou le choléra.

« Nous pouvons la faire bouillir, mais avec cette chaleur il n'y aura pas moyen de la rafraîchir, nous devrons la boire chaude, ajouta Angie.

— Alors, faisons du thé », conclut Kate.

Le missionnaire utilisa la marmite pour prendre de l'eau dans le fleuve et il la fit bouillir. Elle avait une couleur rouille, un goût métallique et une étrange odeur douceâtre, un peu nauséabonde.

Boroba était le seul qui allait dans la forêt pour de brèves incursions, les autres craignant de se perdre dans l'épaisseur du sous-bois. Nadia remarqua qu'il ne cessait d'aller et venir, dans une attitude qui, si elle semblait au début liée à la curiosité, trahit bientôt le désespoir. Elle invita Alexander et tous deux suivirent le singe.

« Ne vous éloignez pas, les enfants, les avertit Kate.

— Nous revenons tout de suite », répliqua son petit-fils.

Boroba les conduisit sans hésiter entre les arbres.

Tandis qu'il sautait de branche en branche, Nadia et Alexander avançaient avec difficulté en s'ouvrant un chemin à travers les épaisses fougères, priant pour ne pas poser le pied sur un serpent ou se trouver nez à nez avec un léopard.

*

Les jeunes gens pénétrèrent dans la végétation sans perdre de vue Boroba. Ils eurent l'impression de suivre une sorte de sentier à peine tracé dans la forêt, peut-être un ancien chemin recouvert par les plantes qu'empruntaient les animaux lorsqu'ils allaient boire au fleuve. Ils étaient couverts d'insectes des pieds à la tête; dans l'impossibilité de s'en débarrasser, ils se résignèrent à les supporter. Mieux valait ne pas penser à toutes les maladies transmises par ces bestioles, de la malaria à la somnolence mortelle provoquée par la mouche tsé-tsé, dont les victimes sombraient dans une profonde léthargie, jusqu'à ce qu'elles meurent, prisonnières du labyrinthe de leurs cauchemars. A certains endroits, ils devaient rompre en tapant dessus les immenses toiles d'araignée qui leur barraient le passage; à d'autres, ils s'enfonçaient jusqu'à mi-cuisse dans une boue gluante.

Soudain, ils perçurent dans le brouhaha continuel de la forêt quelque chose qui ressemblait à une lamentation humaine et les arrêta net. Boroba se mit à sauter, anxieux, leur faisant signe de continuer. Quelques mètres plus loin, ils virent de quoi il retournait. Alexander, marchant en tête, faillit tomber dans un trou qui s'ouvrait devant ses pieds, telle une crevasse. Les plaintes provenaient d'une forme sombre qui gisait dans la fosse et qui, à première vue, avait l'air d'un gros chien.

« Qu'est-ce que c'est ? », murmura Alexander sans oser élever la voix, en reculant.

Les cris de Boroba s'intensifièrent, la créature bougea au fond du trou, et ils s'aperçurent alors que c'était un singe. Il était enveloppé dans un filet qui l'immobilisait complètement. L'animal leva les yeux et, lorsqu'il les vit, se mit à pousser des hurlements en montrant les dents.

« C'est un gorille. Il ne peut pas sortir..., dit Nadia.

— Ça ressemble à un piège.

— Il faut le tirer de là, proposa Nadia.

— Comment ? Il peut nous mordre... »

Nadia se baissa pour être à la hauteur de l'animal pris au piège et commença à parler comme elle le faisait avec Boroba.

« Que lui dis-tu ? demanda Alexander.

— Je ne sais pas s'il me comprend. Tous les singes ne parlent pas la même langue, Jaguar. Pendant le safari, j'ai pu communiquer avec les chimpanzés, mais pas avec les mandrills.

— Ces mandrills étaient des coquins, Aigle. Ils ne t'auraient pas écoutée, même s'ils avaient compris ce que tu disais.

— Je ne connais pas la langue des gorilles, mais j'imagine qu'elle doit ressembler à celle des autres singes.

81

— Dis-lui de rester tranquille et que nous allons voir si nous pouvons le libérer du filet. »

Peu à peu, la voix de Nadia parvint à calmer l'animal prisonnier, mais s'ils essayaient de s'approcher il montrait de nouveau les dents et grognait.

« Il a un bébé! », signala Alexander.

Il était minuscule, il ne devait pas avoir plus de quelques semaines et s'accrochait désespérément au pelage épais de sa mère.

« Allons chercher de l'aide. Il faut couper le filet », décida Nadia.

*

Ils revinrent vers la plage aussi vite que le leur permettait le terrain et racontèrent aux autres ce qu'ils avaient trouvé.

« Cet animal peut vous attaquer. Les gorilles sont pacifiques, mais une femelle avec un bébé est toujours dangereuse », les prévint le frère Fernando.

Mais déjà Nadia avait mis la main sur un couteau et s'en allait, suivie par le reste du groupe. Joel González pouvait à peine croire à sa chance : il allait enfin photographier un gorille. Le frère Fernando s'arma de sa machette et d'un long bâton, Angie emporta le revolver et le fusil. Boroba les conduisit directement au piège où se trouvait le singe qui, se voyant entouré de visages humains, devint fou.

82

« C'est maintenant que nous aurions besoin de l'anesthésiant de Michael Mushaha, remarqua Angie.

— Il a très peur. Je vais essayer de m'approcher. Vous, attendez derrière ! », ordonna Nadia.

Les autres reculèrent de plusieurs mètres et se cachèrent dans les fougères, tandis que Nadia et Alexander s'approchaient centimètre par centimètre, s'arrêtant et attendant. La voix de Nadia continuait son long monologue pour rassurer le pauvre animal pris au piège. Ainsi s'écoulèrent plusieurs minutes, jusqu'à ce que cessent les grognements.

« Jaguar, regarde là-haut », murmura Nadia à l'oreille de son ami.

Alexander leva les yeux et vit, au sommet de l'arbre qu'elle lui indiquait, un visage noir et brillant, aux yeux très rapprochés et au nez aplati, qui les observait avec une grande attention.

« C'est un autre gorille. Et beaucoup plus grand ! répondit Alexander, lui aussi dans un murmure.

— Ne le regarde pas dans les yeux, c'est une menace pour eux et il pourrait se fâcher », lui conseilla-t-elle.

Le reste du groupe le vit aussi, mais personne ne bougea. Les mains de Joel González le démangeaient de l'envie qu'il avait d'utiliser son appareil photo, mais Kate l'en dissuada d'un regard sévère. La chance de se trouver si près de ces grands singes était si rare qu'il ne pouvait la gâcher par un faux mouvement. Une demi-heure plus tard, il ne s'était rien passé ; dans l'arbre, le gorille restait tranquillement à son poste d'observation et la forme

83

blottie sous le filet gardait le silence. Seules sa respiration agitée et la manière dont elle serrait son bébé révélaient son angoisse.

A quatre pattes, Nadia commença à avancer vers le piège, observée d'en bas par la femelle terrorisée et d'en haut par le mâle. Alexander la suivit, le couteau entre les dents, se sentant vaguement ridicule, comme s'il se trouvait dans un film de Tarzan. Lorsque Nadia tendit la main pour toucher l'animal sous le filet, les branches de l'arbre où se tenait l'autre gorille bougèrent.

« S'il attaque mon petit-fils, tu le tues sur-le-champ », souffla Kate à Angie.

Angie ne répondit pas. Bien que l'animal ne fût qu'à un mètre de distance, elle craignait de ne pas être capable de tirer : la carabine tremblait entre ses mains.

La femelle, sur le qui-vive, suivait les mouvements des jeunes gens, mais elle paraissait un peu plus calme, comme si elle avait compris l'explication, maintes fois répétée par Nadia, que ces gens n'étaient pas les mêmes que ceux qui avaient posé le piège.

« Du calme, du calme, nous allons te libérer », murmurait Nadia comme une litanie.

Enfin, la main de l'adolescente toucha le pelage noir du singe, qui se ramassa à son contact et montra les dents. Nadia ne retira pas sa main et peu à peu l'animal se calma. Sur un signe de Nadia, Alexander commença à ramper prudemment pour la rejoindre. Avec une infinie lenteur, pour ne pas l'effrayer, il caressa aussi le dos de la gorille, jusqu'à ce qu'elle se familiarise avec sa présence.

Il prit une profonde respiration, frotta l'amulette qu'il portait sur la poitrine pour se donner du courage et empoigna le couteau pour couper la corde. La réaction de la femelle, en voyant la lame de métal près de sa peau, fut de se mettre en boule pour protéger le bébé de son corps. La voix de Nadia lui arrivait de loin, pénétrant son esprit terrorisé, la tranquillisant, tandis qu'elle sentait sur son dos le frôlement du couteau et les tiraillements du filet. Couper les cordes s'avéra plus long qu'ils ne l'avaient supposé, mais Alexander parvint enfin à tailler une ouverture pour libérer la prisonnière. Il fit un signe à Nadia et tous deux reculèrent de quelques pas.

« Dehors! Tu peux sortir maintenant! », ordonna la jeune fille.

Le frère Fernando s'avança prudemment à quatre pattes et il passa son bâton à Alexander, qui l'utilisa pour piquer délicatement la masse blottie sous le filet. Cela produisit l'effet attendu : la femelle leva la tête, flaira l'air et regarda autour d'elle avec curiosité. Elle tarda un peu à s'apercevoir qu'elle pouvait bouger, et se leva alors en secouant le filet. Nadia et Alexander la virent debout, le bébé sur sa poitrine, et ils durent se couvrir la bouche pour ne pas crier d'excitation. Ils ne bougèrent pas. La gorille s'accroupit, serrant son petit d'une main contre sa poitrine, et resta à observer les jeunes gens avec une expression concentrée.

Alexander frissonna en voyant combien l'animal était proche. Il sentit sa chaleur et un visage noir et ridé apparut à dix centimètres du sien. Il ferma les yeux, en sueur. Lorsqu'il les rouvrit, il vit vaguement une gueule rose remplie de dents jaunes ; les verres de ses lunettes étaient embués, mais il n'osa pas les enlever. L'haleine de la gorille le frappa en plein nez, elle avait une odeur agréable d'herbe fraîchement coupée. Tout à coup, la petite main curieuse du bébé attrapa ses cheveux et les tira. Alexander, submergé de bonheur, tendit un doigt et le petit singe s'y accrocha comme le font les nouveau-nés. Cette démonstration de confiance ne fut pas du goût de la mère qui poussa Alexander, l'envoyant au sol, mais sans agressivité. Elle lança un grognement emphatique, sur le ton de qui pose une question, en deux bonds s'éloigna vers l'arbre où attendait le mâle, et tous deux se perdirent dans le feuillage. Nadia aida son ami à se relever.

« Vous avez vu ? Il m'a touché ! s'exclama Alexander, en bondissant d'enthousiasme.

— C'est bien, les enfants, approuva le frère Fernando.

— Qui a pu poser ce filet ? », demanda Nadia, pensant qu'il était fait de la même matière que les bouts de corde qu'elle avait trouvés sur la plage.

CHAPITRE 5

La forêt ensorcelée

DE retour au campement, Joel González impro-
visa une canne à pêche avec un bambou et du
fil de fer tordu, puis il s'installa sur la berge
dans l'espoir d'attraper quelque chose à manger, tandis
que les autres commentaient la récente aventure. Le frère
Fernando fut d'accord avec la théorie de Nadia : il y
avait un espoir que quelqu'un vînt les secourir, car le
filet indiquait une présence humaine. A un moment ou
un autre, les chasseurs reviendraient chercher leur
butin.

« Pourquoi chassent-ils les gorilles ? Leur chair est
mauvaise et leur peau très laide, voulut savoir Alexander.

— Leur chair est acceptable quand on n'a rien d'autre
à manger. Leurs organes sont utilisés en sorcellerie, avec
la peau et le crâne on fait des masques, et on vend les

87

mains transformées en cendriers. Les touristes en raffolent, expliqua le missionnaire.

— Quelle horreur !

— Dans la mission, au Rwanda, nous avions un gorille de deux ans, le seul que nous ayons pu sauver. Ils tuaient les mères et nous apportaient parfois les pauvres bébés qui restaient abandonnés. Ce sont des animaux très sensibles et ils meurent de tristesse, s'ils ne sont pas morts de faim avant.

— Au fait, vous n'avez pas faim ? demanda Alexander.

— Laisser partir la tortue n'était pas une bonne idée, nous aurions pu avoir un dîner superbe », fit remarquer Angie.

Les coupables gardèrent le silence. Angie avait raison : dans ces circonstances, ils ne pouvaient se payer le luxe de faire du sentiment, il fallait d'abord penser à survivre.

« Que s'est-il passé avec la radio de l'avion ? demanda Kate.

— J'ai envoyé plusieurs messages pour demander du secours, mais je ne crois pas qu'ils aient été reçus, nous sommes très loin. Je continuerai à essayer d'entrer en contact avec Michael Mushaha. Je lui ai promis de l'appeler deux fois par jour. Il va sûrement s'étonner de ne pas recevoir de nouvelles, répliqua Angie.

— A un moment ou un autre, nous allons manquer à quelqu'un et il partira à notre recherche, les consola Kate.

— Nous sommes fichus : mon avion en morceaux, nous perdus et affamés, bredouilla Angie.

— Mais que vous êtes pessimiste! Dieu ne veut pas la mort du pécheur. Vous verrez que nous ne manquerons de rien », répliqua le frère Fernando.

Angie attrapa le missionnaire par les épaules et le souleva de quelques centimètres pour le regarder de tout près, les yeux dans les yeux.

« Si vous m'aviez écoutée nous ne serions pas dans ce guêpier! s'exclama-t-elle, furibonde.

— C'est moi qui ai pris la décision de venir ici, Angie », intervint Kate.

Les membres du groupe se dispersèrent sur la plage, chacun vaquant à ses occupations. Avec l'aide d'Alexander et de Nadia, Angie avait réussi à démonter l'hélice et, après l'avoir examinée sous tous les angles, elle confirma ce dont ils se doutaient déjà : ils ne pourraient la réparer avec les moyens du bord. Ils étaient bel et bien coincés.

N'imaginant pas vraiment que quelque chose viendrait se prendre à son rudimentaire hameçon, Joel González tomba presque à la renverse de surprise lorsqu'il sentit le fil donner une secousse. Les autres accoururent pour l'aider et enfin, après un bon moment d'efforts, ils sortirent de l'eau une carpe de belle taille. Le poisson donna des coups de queue sur le sable pendant les longues minutes que dura son agonie; pour Nadia, le tourment dura une éternité, car elle ne supportait pas de voir les animaux souffrir.

« La nature est ainsi faite, fillette. Les uns meurent pour que d'autres puissent vivre », la consola le frère Fernando.

Il ne voulut pas ajouter que Dieu leur avait envoyé la carpe, comme il le pensait, pour ne pas provoquer la fureur d'Angie Ninderera. Après avoir nettoyé le poisson, ils l'enveloppèrent dans des feuilles et le firent rôtir; jamais ils n'avaient goûté un mets aussi délicieux. La chaleur sur la plage était infernale. Ils improvisèrent un coin ombragé à l'aide de bâches attachées sur des bâtons et s'allongèrent pour se reposer, observés par les singes et les gros lézards verts sortis prendre le soleil.

*

Le groupe somnolait, en sueur sous l'ombre précaire des bâches, lorsque soudain surgit de la forêt, à l'autre bout de la plage, une véritable tornade soulevant des nuages de sable. Au début, ils crurent que c'était un rhinocéros, tant son arrivée était tapageuse, mais très vite ils s'aperçurent qu'il s'agissait d'un gros sanglier au pelage hérissé et aux défenses menaçantes. La bête fonça à l'aveuglette sur le campement sans leur laisser l'opportunité de saisir les armes qu'ils avaient posées de côté pendant leur sieste. Ils eurent à peine le temps de s'écarter lorsqu'elle attaqua, échouant sur les bouts de bois qui soutenaient les bâches et les jetant à terre. Depuis les ruines de la tente, elle les observait avec des yeux malveillants, en soufflant bruyamment.

Angie Ninderera courut chercher son revolver et ses mouvements attirèrent l'attention de l'animal qui se prépara à attaquer de nouveau. Il gratta le sable avec ses sabots de devant, baissa la tête et chargea en direction d'Angie, dont la corpulence faisait une cible parfaite.

Alors que la fin d'Angie semblait inéluctable, le frère Fernando s'interposa entre elle et le sanglier en agitant un morceau de toile. La bête s'arrêta net, fit demi-tour et s'élança vers lui, mais à l'instant du choc le missionnaire escamota son corps par une passe de danse. Furieux, le sanglier prit de la distance et revint à la charge, s'empêtrant à nouveau dans l'étoffe sans toucher l'homme. Entre-temps, Angie avait saisi son revolver, mais elle n'osait pas tirer, car l'animal tournait autour du frère Fernando, si près qu'ils se confondaient.

Le groupe comprit qu'il assistait à la plus originale des corridas. Le missionnaire utilisait la toile comme une cape, il provoquait l'animal et l'excitait aux cris de « Olé, toro ! ». Il le feintait, se plaçait devant lui, le rendait fou. En peu de temps la bête était épuisée, sur le point de s'écrouler, écumant et les pattes tremblantes. Alors l'homme lui tourna le dos et, avec la suprême arrogance d'un torero, s'éloigna de plusieurs pas en traînant la cape, tandis que le sanglier s'efforçait de rester sur ses pattes. Angie en profita pour le tuer de deux balles dans la tête. Un chœur d'applaudissements et de sifflements salua l'audacieuse prouesse du frère Fernando.

« Eh bien ! Quel immense plaisir je me suis offert ! Je n'avais pas toréé depuis trente-cinq ans ! », s'exclama-t-il.

Il sourit pour la première fois depuis qu'il les connaissait et leur raconta que le rêve de sa jeunesse avait été de suivre les traces de son père, un célèbre torero. Mais Dieu avait eu d'autres projets pour lui : de terribles fièvres l'avaient rendu presque aveugle et il avait dû abandonner les corridas. Il se demandait ce qu'il allait faire de sa vie lorsqu'il avait appris, par le curé de son village, que l'Eglise recrutait des missionnaires pour l'Afrique. Il ne s'était présenté à l'appel que par désespoir, mais avait bientôt découvert qu'il avait la vocation. Etre missionnaire exigeait les mêmes vertus que toréer : le courage, la résistance et la foi pour affronter les difficultés.

« Combattre un taureau est facile. Servir le Christ est bien plus compliqué, conclut le frère Fernando.

— A en juger par la démonstration que vous nous avez faite, il semble qu'il ne soit nécessaire d'avoir de bons yeux ni pour l'une, ni pour l'autre chose, dit Angie, émue qu'il lui eût sauvé la vie.

— Maintenant nous avons de la viande pour plusieurs jours. Il faut la faire cuire pour la conserver plus longtemps, dit le frère Fernando.

— Tu as photographié la corrida ? », demanda Kate à Joel González.

L'homme dut admettre que dans l'excitation du moment il avait complètement oublié ses devoirs.

« Moi, je l'ai ! », dit Alexander en brandissant le minuscule appareil automatique qu'il avait toujours avec lui.

Le seul qui put ôter le cuir et arracher les viscères du sanglier fut le frère Fernando, car dans son village il avait vu bien des fois tuer le cochon. Il enleva sa chemise et se mit au travail. Il n'avait pas de bons couteaux, aussi la tâche fut-elle laborieuse et peu ragoûtante. Tandis qu'il travaillait, Alexander et Joel González, armés de bâtons, éloignaient les vautours qui volaient en rond au-dessus de leurs têtes. Au bout d'une heure, la viande dont ils pouvaient tirer profit fut prête. Ils jetèrent les restes au fleuve, pour éviter les mouches et les animaux carnivores qui allaient sans doute arriver, attirés par l'odeur du sang. Le missionnaire détacha les défenses du cochon sauvage à l'aide du couteau et, après les avoir nettoyées avec du sable, les donna à Alexander et Nadia.

« Pour que vous les emportiez aux Etats-Unis, en souvenir, dit-il.

— Si nous sortons vivants d'ici », ajouta Angie.

*

Durant une grande partie de la nuit tombèrent de brèves averses qui rendaient bien difficile l'entretien du feu. Ils l'abritèrent sous une bâche, mais il s'éteignait souvent et ils se résignèrent finalement à le laisser mourir. C'est pendant le tour de garde d'Angie que survint le seul incident, qu'elle décrivit ensuite comme une « miraculeuse échappée ». Un crocodile, frustré de n'avoir pu s'emparer d'une proie sur la berge du fleuve, s'aventura jusqu'à s'approcher de la faible lueur de la braise et de la lampe à pétrole. Angie, blottie sous une bâche pour ne pas être mouillée, ne l'entendit pas. Elle ne se rendit compte de sa présence que lorsqu'il fut si près d'elle qu'elle put voir sa gueule ouverte à moins d'un mètre de ses jambes. En une fraction de seconde la prédiction de Ma Bangesé, la devineresse du marché, se rappela à elle et elle crut sa dernière heure arrivée, mais elle n'eut pas la présence d'esprit d'utiliser le fusil posé à côté d'elle. L'instinct et la frayeur la firent reculer d'un bond et pousser des hurlements épouvantables qui réveillèrent ses compagnons. Le crocodile hésita quelques secondes et revint aussitôt à la charge. Angie se mit à courir, trébucha et tomba, roulant sur le côté pour échapper à l'animal.

Le premier qui accourut aux cris d'Angie fut Alexander, qui venait de sortir de son sac de couchage, car c'était son tour de garde. Sans penser à ce qu'il faisait, il prit la première chose qui lui tomba sous la main, et de toutes ses forces assena un coup sur le museau de la bête. Le garçon criait plus qu'Angie, distribuant à l'aveuglette des coups de pied dont la moitié ne touchaient pas le crocodile. Les autres se précipitèrent aussitôt à son secours et Angie, une fois revenue de sa surprise, se mit à tirer à la carabine, sans viser. Deux balles atteignirent leur cible, mais sans pénétrer dans les épaisses écailles du saurien. Finalement, le tapage et les coups d'Alexander firent renoncer l'animal à son dîner et, indigné, il partit en direction du fleuve en donnant des coups de queue.

« C'était un crocodile! s'exclama Alexander en bégayant, tout tremblant, ne pouvant croire qu'il s'était battu avec l'un de ces monstres.

— Viens que je t'embrasse, fiston, tu m'as sauvé la vie! », l'appela Angie, et elle le pressa sur son opulente poitrine.

Alexander sentit ses côtes craquer et il fut suffoqué par un mélange d'odeur de peur et de parfum de gardénia, tandis qu'Angie le couvrait de baisers sonores, riant et pleurant nerveusement.

Joel González s'approcha pour examiner l'arme qu'Alexander avait utilisée.

« C'est mon appareil photo! », s'exclama-t-il.

Effectivement. L'étui en cuir noir était déchiré, mais le lourd appareil allemand avait résisté sans dommage apparent à sa rude rencontre avec le crocodile.

« Pardon, Joel. La prochaine fois, je prendrai le mien », dit Alexander en montrant son petit appareil de poche.

*

Au lever du jour il cessa de pleuvoir et ils en profitèrent pour laver leurs vêtements avec un fort savon à la créosote qu'Angie avait dans ses bagages; puis ils les mirent à sécher au soleil. Ils déjeunèrent de viande rôtie, de crackers et de thé. Ils étaient en train de discuter de la manière de construire un radeau, comme Alexander l'avait suggéré le premier jour, pour flotter jusqu'au village le plus proche en aval, lorsque apparurent deux embarcations sur le fleuve. Le soulagement et la joie furent si explosifs que tous coururent en poussant des cris d'allégresse, comme des naufragés qu'ils étaient. En les voyant, les embarcations s'arrêtèrent à une certaine distance et les membres d'équipage commencèrent à ramer en sens inverse, s'éloignant. Il y avait deux hommes dans chacune d'elles, vêtus de shorts et de tee-shirts. Angie les salua à grands cris en anglais et dans les autres langues locales dont elle put se souvenir, les suppliant de revenir : ils étaient prêts à les payer s'ils les aidaient. Les hommes parlèrent quelques minutes entre eux et finalement, vaincus par la curiosité ou la cupidité, ils se remirent à ramer vers eux, s'approchant prudemment de la berge. Ils constatèrent qu'il y avait là une robuste femme, une étrange grand-mère, deux adolescents, un type maigre avec de grosses lunettes et un autre homme qui n'avait pas non plus l'air redoutable; ils formaient un groupe plutôt cocasse. Une fois convaincus que ces personnes ne représentaient aucun danger, malgré les armes que tenait la grosse dame, ils saluèrent par gestes et débarquèrent.

Les nouveaux arrivants se présentèrent comme des pêcheurs venant d'un village situé à quelques kilomètres au sud. Ils étaient forts, massifs, presque aussi larges que hauts, ils avaient la peau très sombre et étaient armés de machettes. D'après le frère Fernando, c'étaient des Bantous.

Du fait de la colonisation, la seconde langue de la région était le français. A la surprise de son petit-fils,

Kate le parlait plutôt bien et elle put ainsi échanger quelques phrases avec les pêcheurs. Le frère Fernando et Angie connaissaient plusieurs langues africaines, et ce que les autres ne réussirent pas à exprimer en français, ils le traduisirent. Ils racontèrent l'accident, leur montrèrent l'avion en panne et leur demandèrent de l'aide pour sortir de là. Les Bantous burent les bières tièdes qu'ils leur offrirent et dévorèrent quelques morceaux de sanglier, mais ils ne s'attendrirent que lorsqu'ils se furent mis d'accord sur un prix et qu'Angie leur eût distribué des cigarettes, qui eurent le pouvoir de les détendre.

Entre-temps, Alexander avait jeté un coup d'œil dans les pirogues et, comme il n'avait vu aucun matériel de pêche, il en avait conclu que ces types mentaient et qu'il ne fallait pas leur faire confiance. Les autres membres du groupe n'étaient pas tranquilles non plus.

*

Tandis que les hommes des embarcations se restauraient, buvaient et fumaient, le groupe d'amis s'écarta pour discuter de la situation. Angie conseilla de ne pas les perdre de vue, car ils pourraient les assassiner pour les voler, même si le frère Fernando pensait qu'ils étaient envoyés par le ciel pour les aider dans leur mission.

« Ces hommes nous conduiront en amont, à Ngoubé, dit-il. D'après la carte...

— Comment pouvez-vous avoir une idée pareille!

l'interrompit Angie. Nous irons vers le sud, au village de ces hommes, où il doit y avoir un moyen de communication. Il me faut trouver une autre hélice et revenir chercher mon avion.

— Nous sommes tout près de Ngoubé. Je ne peux abandonner mes compagnons, qui sait dans quelles difficultés ils se trouvent, allégua le frère Fernando.

— Vous ne croyez pas que nous avons déjà assez d'ennuis? répliqua la pilote.

— Vous ne respectez pas le travail des missionnaires! s'exclama le frère Fernando.

— Et vous, vous respectez les religions africaines peut-être! Pourquoi essayez-vous d'imposer vos croyances? répliqua Angie.

— Calmez-vous! Nous avons des choses plus urgentes à régler, les pressa Kate.

— Je suggère que nous nous séparions. Ceux qui le désirent vont vers le sud avec vous, ceux qui veulent m'accompagner vont dans l'autre pirogue à Ngoubé, proposa le frère Fernando.

— Pas question! Ensemble nous sommes plus en sécurité, interrompit Kate.

— Pourquoi ne pas soumettre cela au vote? suggéra Alexander.

— Parce que dans ce cas précis, jeune homme, la démocratie ne s'applique pas, déclara le missionnaire d'un ton sentencieux.

— Eh bien alors, laissons Dieu décider, rétorqua Alexander.

— Comment ça?

— Lançons une pièce en l'air : face nous allons vers le sud, pile nous allons vers le nord. La décision est entre les mains de Dieu ou de la chance, comme vous voudrez », expliqua le jeune homme en sortant une pièce de sa poche.

Angie Ninderera et le frère Fernando hésitèrent quelques instants, puis ils éclatèrent de rire. L'idée leur parut d'un humour irrésistible.

« D'accord ! », s'exclamèrent-ils à l'unisson.

Les autres approuvèrent également. Alexander tendit la pièce à Nadia qui la jeta en l'air. Le groupe retint sa respiration jusqu'à ce que la pièce tombe sur le sable.

« Pile ! nous allons vers le nord ! cria triomphalement le frère Fernando.

— Je vous donne trois jours en tout. Si dans ce délai vous n'avez pas retrouvé vos amis, nous revenons, entendu ? rugit Angie.

— Cinq jours.

— Quatre.

— C'est bien, quatre jours mais pas une minute de moins », approuva le missionnaire à contrecœur.

*

Convaincre les soi-disant pêcheurs de les emmener à l'endroit indiqué sur la carte s'avéra plus compliqué que prévu. Les hommes expliquèrent que personne ne s'aventurait de ce côté sans l'autorisation du roi Kosongo, qui n'avait aucune sympathie pour les étrangers.

« Roi? Dans ce pays il n'y a pas de roi, il y a un président et un parlement, c'est censé être une démocratie... », dit Kate.

Angie leur expliqua qu'en plus du gouvernement national, certains clans et tribus d'Afrique avaient des rois, et même des reines, dont le rôle était plus symbolique que politique, comme celui des souverains de quelques pays d'Europe.

« Les missionnaires ont mentionné dans leurs lettres un certain roi Kosongo, mais ils faisaient davantage référence au commandant Maurice Mbembelé. Il semble que ce soit le militaire qui gouverne, dit le frère Fernando.

— Peut-être ne s'agit-il pas du même village, suggéra Angie.

— Je n'ai aucun doute là-dessus, c'est le même.

— Il ne me semble pas prudent de nous introduire dans la gueule du loup, commenta Angie.

— Nous devons savoir ce qui est arrivé aux missionnaires, dit Kate.

— Que savez-vous sur Kosongo, frère Fernando? demanda Alexander.

— Pas grand-chose. Il paraît que Kosongo est un usurpateur; le commandant Mbembelé l'a mis sur le trône. Autrefois il y avait une reine, mais elle a disparu. On suppose qu'ils l'ont tuée, car personne ne l'a vue depuis plusieurs années.

— Et qu'ont raconté les missionnaires à propos de Mbembelé ? insista Alexander.

— Il a fait deux ans d'études en France, d'où il fut expulsé à la suite d'ennuis avec la police », expliqua le frère Fernando.

Il ajouta que, de retour dans son pays, Maurice Mbembelé était entré dans l'armée, mais que là aussi il avait eu des problèmes en raison de son caractère violent et indiscipliné. Il avait été accusé d'avoir mis fin à une révolte en assassinant plusieurs étudiants et en incendiant des maisons. Ses supérieurs avaient enterré l'affaire pour éviter qu'elle parût dans la presse, et ils s'étaient débarrassés de l'officier en l'expédiant à l'endroit le plus ignoré de la carte, dans l'espoir que les fièvres des marais et les moustiques le guériraient de son mauvais caractère ou mettraient fin à ses jours. Là, Mbembelé s'était perdu dans la nature avec une poignée de ses hommes les plus loyaux, et peu après il avait réapparu à Ngoubé. D'après ce qu'avaient raconté les missionnaires dans leurs lettres, Mbembelé avait pris ses quartiers dans le village, d'où il contrôlait la zone. C'était une brute, il imposait aux personnes les châtiments les plus cruels. Ils disaient même qu'en plus d'une occasion il avait mangé le foie et le cœur de ses victimes.

« C'est du cannibalisme rituel, on pense ainsi acquérir le courage et la force de l'ennemi vaincu, précisa Kate.

— Idi Amin, un dictateur ougandais, avait l'habitude de servir au dîner ses ministres rôtis au four, ajouta Angie.

— Le cannibalisme n'est pas aussi rare qu'on le croit, je l'ai vu à Bornéo il y a quelques années, expliqua Kate.

— Tu as vraiment assisté à des actes de cannibalisme, Kate... ? demanda Alexander.

— Ça s'est passé lorsque j'étais à Bornéo, pour un reportage. Je n'ai pas vu comment on faisait cuire les personnes, si c'est à cela que tu fais référence, fiston, mais je l'ai appris de première main. Par précaution, je n'ai mangé que des haricots en boîte, lui répondit sa grand-mère.

— Je crois que je vais devenir végétarien », conclut Alexander, écœuré.

Le frère Fernando leur raconta que le commandant Mbembelé ne voyait pas d'un bon œil la présence des missionnaires chrétiens sur son territoire. Il était persuadé qu'ils ne feraient pas long feu : s'ils ne mouraient pas de quelque maladie tropicale ou d'un accident opportun, ils seraient vaincus par la fatigue et les privations. Il leur avait permis de construire une petite école et un dispensaire, pour y entreposer les médicaments qu'ils avaient apportés, mais il n'autorisa pas les enfants à assister aux cours ni les malades à s'approcher de la mission. Les frères avaient passé leur temps à enseigner des notions d'hygiène aux femmes, jusqu'à ce que cela aussi leur fût interdit. Ils vivaient isolés, sous la menace constante, à la merci des caprices du roi et du commandant.

Le frère Fernando soupçonnait, d'après les rares informations que les missionnaires avaient réussi à envoyer, que Kosongo et Mbembelé finançaient leur règne de terreur grâce à la contrebande. Cette région était riche en diamants et autres pierres précieuses. En plus, il y avait de l'uranium, qui n'avait pas encore été exploité.

« Et les autorités ne font rien contre ça? demanda Kate.

— Où croyez-vous être, madame? A ce que je vois, vous ne savez pas comment les choses se passent dans ces contrées », répliqua le frère Fernando.

*

Les Bantous acceptèrent de les emmener jusqu'au territoire de Kosongo en échange d'argent, de bière et de tabac, outre deux couteaux.

Le reste des provisions fut mis dans des sacs; ils cachèrent au fond l'alcool et les cigarettes, bien plus appréciés que l'argent et qui pourraient leur servir à payer des services et des bakchichs. Boîtes de sardines et pêches au sirop, allumettes, sucre, lait en poudre et savon étaient également précieux.

« Personne ne touchera à ma vodka, ronchonna Kate Cold.

— Le plus indispensable, ce sont les antibiotiques, les cachets contre la malaria et le sérum contre les morsures de serpent », dit Angie en emballant la trousse d'urgence de l'avion, qui contenait aussi l'ampoule d'anesthésiant que Michael Mushaha lui avait confiée comme échantillon.

Les Bantous retournèrent les embarcations et les soulevèrent avec un bâton pour improviser deux toits, sous lesquels ils se reposèrent après avoir bu et chanté à tue-tête jusqu'à fort tard. Apparemment, ils ne craignaient rien des Blancs, ni des animaux. Les autres, en revanche, ne se sentaient pas en sécurité. Accrochés à leurs armes et leurs ballots, ils ne fermèrent pas l'œil de la nuit afin de surveiller les pêcheurs qui dormaient à poings fermés. Peu après cinq heures, le jour se leva. Le paysage, enveloppé d'une mystérieuse brume, ressemblait à une délicate aquarelle. Tandis que les étrangers, épuisés, s'occupaient des préparatifs du départ, les Bantous couraient sur le sable en donnant des coups de pied dans un ballon en chiffons, improvisant un match de football animé.

Le frère Fernando éleva un petit autel couronné d'une croix faite de deux bouts de bois, et appela à la prière. Les Bantous s'approchèrent par curiosité, les autres par politesse, mais la solennité qu'il donna à l'acte parvint à tous les émouvoir, y compris Kate, qui avait vu tant de rites différents au cours de ses voyages qu'aucun ne l'impressionnait plus.

Ils chargèrent les étroites pirogues, en répartissant au mieux le poids des passagers et des bagages, et laissèrent dans l'avion ce qu'ils ne purent emporter.

« J'espère que personne ne viendra en notre absence », dit Angie en donnant une tape d'adieu au *Super Faucon*.

C'était le seul capital qu'elle avait en ce monde et elle craignait qu'on lui vole jusqu'à la dernière vis. « Quatre

104

jours, ce n'est pas beaucoup », murmura-t-elle en son for intérieur, mais son cœur se serra, plein de sombres pressentiments. Quatre jours, dans cette jungle, étaient une éternité.

Ils partirent vers huit heures du matin. Ils tendirent les bâches en guise de vélum sur les pirogues pour se protéger du soleil, qui dardait impitoyablement ses rayons au-dessus de leurs têtes lorsqu'ils avançaient au milieu du fleuve. Tandis que les étrangers souffraient de la soif et de la chaleur, harcelés par des mouches et des abeilles, les Bantous ramaient sans effort à contre-courant, s'encourageant les uns les autres par des blagues et de grandes gorgées de vin de palme transporté dans des bidons en plastique. Ils l'obtenaient de la manière la plus simple : ils faisaient une entaille en forme de V à la base des troncs de palmiers, accrochaient une calebasse au-dessous et attendaient qu'elle se remplît de la sève de l'arbre, qu'ils laissaient ensuite fermenter.

Il y avait un brouhaha d'oiseaux dans l'air et une fête de divers poissons dans l'eau ; ils virent des hippopotames, peut-être la famille rencontrée sur la berge la première nuit, et des crocodiles de deux espèces, les uns gris et les autres, plus petits, couleur café. Angie, à l'abri dans la pirogue, en profita pour les couvrir d'injures. Les Bantous voulurent chasser au lacet l'un des plus grands, dont ils pourraient vendre la peau un bon prix, mais Angie devint hystérique et les autres n'acceptèrent pas non plus de partager l'espace réduit de l'embarcation avec l'animal, même si on lui attachait les pattes et la gueule : ils avaient eu l'occasion d'apprécier ses rangées de dents renouvelables et la force de ses coups de queue.

Une espèce de serpent sombre passa en frôlant l'une des pirogues, et soudain il se gonfla, se transformant en un oiseau aux ailes rayées de blanc et à la queue noire, qui s'éleva et se perdit dans la forêt. Plus tard, une grande ombre vola au-dessus de leurs têtes et Nadia lança un cri de reconnaissance : c'était un aigle couronné. Angie raconta qu'elle avait vu l'un d'eux emporter une gazelle dans ses serres. Des nénuphars blancs flottaient entre les grandes feuilles charnues, formant des îles qu'ils devaient éviter avec soin pour que les bateaux ne se prennent pas dans leurs racines. La végétation était dense sur les deux berges, d'où pendaient des lianes, des fougères, des racines et des branches. De temps à autre surgissaient des points de couleurs dans le vert uniforme de la nature : des orchidées violettes, rouges, jaunes, roses.

*

Ils naviguèrent une grande partie de la journée vers le nord. Les rameurs, infatigables, ne changèrent pas le rythme de leurs mouvements, même à l'heure la plus chaude, alors que les autres étaient à moitié évanouis. Ils ne s'arrêtèrent pas pour manger ; ils durent se contenter de crackers, d'eau en bouteille et d'une poignée de sucres. Personne ne voulut de sardines, dont la seule odeur leur retournait l'estomac.

Vers le milieu de l'après-midi – le soleil était encore haut, mais la chaleur avait un peu diminué –, l'un des Bantous montra la rive. Les pirogues s'arrêtèrent. Le fleuve se divisait en un bras large, qui continuait vers le nord, et un étroit canal qui s'enfonçait dans la végétation sur la gauche. A l'entrée du canal, ils virent sur la terre ferme quelque chose qui ressemblait à un épouvantail. C'était une statue en bois de taille humaine, vêtue de raphia, de plumes et de bandes de peau, qui avait une tête de gorille, avec la bouche ouverte sur un cri terrifiant. Dans les orbites se trouvaient deux pierres incrustées. Le tronc était plein de clous et la tête couronnée d'une roue de bicyclette incongrue en guise de chapeau, d'où pendaient des os et des mains desséchées, peut-être de singes. Plusieurs pantins tout aussi terrifiants et des crânes d'animaux l'entouraient.

« Ce sont des poupées sataniques de sorcellerie! s'exclama le frère Fernando en faisant le signe de croix.

— Ils sont un peu plus laids que les saints des églises catholiques », lui répondit Kate d'un ton sarcastique.

Joel González et Alexander saisirent leurs appareils photo.

Les Bantous, terrorisés, annoncèrent qu'ils n'iraient pas plus loin, et Kate eut beau les tenter avec plus d'argent et de cigarettes, ils refusèrent de continuer. Ils expliquèrent que ce macabre autel marquait la frontière du territoire de Kosongo. Son domaine s'étendait à partir de là vers l'intérieur, personne ne pouvait y péné-trer sans son autorisation. Ils ajoutèrent qu'ils pourraient atteindre le village avant la tombée de la nuit en suivant une piste dans la forêt. Ce n'était pas très loin, dirent-ils, seulement une heure ou deux de marche. Ils devaient se guider d'après les arbres marqués d'entailles de machette. Les rameurs amarrèrent les fragiles embarcations sur la plage et, sans attendre les instructions, commencèrent à jeter les paquets à terre.

Kate leur régla une partie de ce qui leur était dû et, avec son mauvais français et l'aide du frère Fernando, parvint à leur expliquer qu'ils devaient revenir les cher-cher au même endroit dans quatre jours, alors ils rece-vraient le reste de la somme promise et, en récompense, des cigarettes et des boîtes de pêches au sirop. Les Bantous acceptèrent avec des sourires feints. Ils reculè-rent en trébuchant, grimpèrent dans leurs pirogues et s'éloignèrent comme si des démons étaient à leurs trousses.

« Quels types excentriques ! commenta Kate.

— Je crains que nous ne les revoyions pas, ajouta Angie, inquiète.

— Mieux vaut nous mettre en route avant que la nuit tombe », dit le frère Fernando, chargeant son sac sur le dos et empoignant deux ballots.

CHAPITRE 6

Les Pygmées

LA piste annoncée par les Bantous était invisible. En réalité, le terrain se révéla être un bourbier parsemé de racines et de branches, où les pieds s'enfonçaient souvent dans une molle crème d'insectes, de sangsues et de vers. Des rats aussi gros et grands que des chiens s'enfuyaient à leur passage. Par chance, ils portaient des bottes qui leur arrivaient à mi-jambe et les protégeaient au moins des serpents. L'humidité était telle qu'Alexander et Kate choisirent de retirer leurs lunettes embuées, tandis que le frère Fernando, qui sans les siennes ne voyait rien ou presque, devait les essuyer toutes les cinq minutes. Dans cette végétation luxuriante, il n'était pas facile de découvrir les arbres marqués à la machette.

Une fois de plus, Alexander constata que le climat des

tropiques épuisait le corps et produisait une lourde indifférence dans l'âme. Il regretta le froid propre et vivifiant des montagnes enneigées qu'il avait l'habitude d'escalader avec son père et qu'il aimait tant. Il se dit que s'il se sentait accablé, sa grand-mère devait être au bord de la crise cardiaque, mais Kate se plaignait rarement. L'écrivain n'était pas disposée à se laisser vaincre par la vieillesse. Elle disait que les années se remarquent lorsque le dos se voûte et qu'on émet des bruits – toux, raclements de gorge, craquements d'os, gémissements –, raison pour laquelle elle marchait très droite et en silence.

Le groupe avançait presque à tâtons, tandis que les singes leur lançaient des projectiles depuis les arbres. Les amis avaient une idée générale de la direction à suivre, mais aucune de la distance qui les séparait du village, et encore moins du genre d'accueil qui les y attendait.

*

Ils marchèrent pendant plus d'une heure, mais progressèrent peu, il était impossible de presser le pas sur ce terrain. Ils durent traverser plusieurs marécages avec de l'eau jusqu'à la taille. Dans l'un d'eux, Angie Ninderera fit un faux pas et poussa un cri lorsqu'elle comprit qu'elle s'enfonçait dans des sables mouvants et que ses efforts pour s'en libérer étaient inutiles. Le frère Fernando et Joel González saisirent une extrémité de la carabine et elle s'agrippa des deux mains à l'autre bout; ils la hissèrent ainsi sur la terre ferme. Pendant la manœuvre, Angie lâcha le paquet qu'elle tenait.

« J'ai perdu mon sac! s'exclama-t-elle lorsqu'elle vit celui-ci s'enfoncer irrémédiablement dans la boue.

— Peu importe, mademoiselle, l'essentiel est que nous ayons pu vous tirer de là, répliqua le frère Fernando.

— Comment ça, peu importe? Il y avait mes cigares et mon rouge à lèvres! »

Kate poussa un soupir de soulagement : du moins n'aurait-elle plus à sentir la merveilleuse odeur du tabac d'Angie, la tentation était trop forte.

Ils profitèrent d'une mare pour se laver un peu, mais ils durent se résigner à la boue enfoncée dans leurs bottes. Ils avaient en outre la désagréable sensation d'être observés depuis la végétation.

« Je crois qu'on nous épie », dit finalement Kate, incapable de supporter la tension plus longtemps.

Ils se mirent en cercle, armés de leur arsenal très réduit : le revolver et la carabine d'Angie, une machette et deux couteaux.

« Que Dieu nous protège », marmotta le frère Fernando, invocation qui s'échappait de plus en plus souvent de ses lèvres.

Quelques minutes plus tard surgirent de l'épaisseur de la végétation, prudemment, des silhouettes humaines aussi petites que des enfants; le plus grand n'atteignait pas un mètre cinquante. Ils avaient la peau d'une couleur café tirant sur le jaune, les jambes courtes, les bras et le buste longs, les yeux très écartés, le nez aplati, les cheveux ramassés en mottes.

« Ce sont sûrement les fameux Pygmées de la forêt », dit Angie en les saluant d'un geste.

Ils étaient à peine couverts de cache-sexe ; l'un d'eux avait une chemisette dépenaillée qui lui descendait jusqu'à mi-mollet. Ils étaient armés de lances, mais ne les brandissaient pas de façon menaçante : ils les utilisaient comme des bâtons. Ils portaient un filet enroulé sur une perche, qu'ils chargeaient à deux. Nadia s'aperçut qu'il était semblable à celui qui avait attrapé le gorille à l'endroit où ils avaient atterri en avion, bien loin de là. Les Pygmées répondirent au salut d'Angie avec un sourire confiant et quelques mots de français, puis ils se lancèrent dans un incessant bavardage dans leur langue, que personne ne comprit.

« Pouvez-vous nous emmener à Ngoubé ? les interrompit le frère Fernando.

« Ngoubé ? Non ! Non ! s'exclamèrent les Pygmées.

— Nous devons aller à Ngoubé », insista le missionnaire.

L'homme vêtu de la chemisette s'avéra être celui qui pouvait le mieux communiquer, car en plus de son vocabulaire réduit en français il parlait quelques mots d'anglais. Il se présenta comme étant Béyé-Dokou. Un autre le montra du doigt et dit qu'il était le *tuma* de son clan, autrement dit le meilleur chasseur. Béyé-Dokou le fit taire d'une poussée amicale, mais l'expression satisfaite de son visage montrait combien il était fier de ce titre. Les autres se mirent à rire aux éclats, se moquant de lui à qui mieux mieux. Tout soupçon de vanité était très mal vu chez les Pygmées. Béyé-Dokou enfonça la tête dans les épaules, honteux. Avec quelque difficulté, il parvint à expliquer à Kate qu'ils ne devaient pas s'approcher du village, car c'était un endroit très dangereux, mais s'en éloigner au plus vite.

« Kosongo, Mbembelé, Sombé, soldats... », répétait-il, et il faisait des grimaces de terreur.

Lorsqu'ils lui firent savoir qu'ils devaient aller à Ngoubé à tout prix et que les pirogues ne reviendraient pas les chercher avant quatre jours, il eut l'air très inquiet, s'entretint longuement avec ses compagnons et proposa enfin de les guider par une route secrète de la forêt jusqu'à l'endroit où ils avaient laissé l'avion.

« C'est probablement eux qui ont posé le filet dans lequel est tombé le gorille, commenta Nadia.

— Il semble que l'idée d'aller à Ngoubé ne leur paraisse pas très raisonnable, commenta Alexander.

— J'ai entendu dire qu'ils sont les derniers êtres humains capables de vivre dans la jungle marécageuse. Ils peuvent se déplacer dans la forêt en s'orientant instinctivement. Mieux vaut les suivre avant qu'il ne soit trop tard, dit Angie.

— Maintenant que nous sommes là, nous continuerons jusqu'au village de Ngoubé. N'est-ce pas ce que nous avions décidé ? dit Kate.

— A Ngoubé », répéta le frère Fernando.

113

Les Pygmées exprimèrent par des mimiques éloquentes leur opinion sur l'extravagance que cela représentait, mais ils acceptèrent finalement de les guider. Ils laissèrent le filet sous un arbre et, sans plus de manières, s'emparèrent des sacs à dos et des paquets des étrangers, qu'ils chargèrent sur leur dos, puis partirent en trottant entre les fougères, avec une telle hâte qu'il était presque impossible de les suivre. Ils étaient très forts et agiles; chacun portait plus de trente kilos, mais cela ne les gênait pas, les muscles de leurs jambes et de leurs bras semblaient d'acier; tandis que les membres de l'expédition haletaient, sur le point de défaillir de fatigue et de chaleur, eux couraient à petites foulées et les pieds tournés vers l'extérieur, comme des canards, sans le moindre effort et sans cesser de discuter.

*

Béyé-Dokou leur parla des trois personnages qu'il avait mentionnés auparavant, le roi Kosongo, le commandant Mbembelé et Sombé, qu'il décrivit comme un terrible sorcier.

Il leur expliqua que le roi Kosongo ne touchait jamais le sol avec ses pieds : s'il le faisait, la terre tremblait. Il dit qu'il avait le visage couvert, pour que personne ne voie ses yeux, car ils étaient si puissants qu'un seul regard pouvait tuer. Kosongo n'adressait la parole à personne, parce que sa voix était semblable au tonnerre : elle laissait les gens sourds et terrorisait les animaux. Le roi ne parlait qu'à travers la Bouche royale, un personnage de la cour entraîné à supporter la puissance de sa voix, dont le travail consistait aussi à goûter sa nourriture, pour éviter qu'on ne l'empoisonne ou que la magie noire n'ait de prise sur lui à travers les aliments. Il les avertit de toujours garder la tête plus basse que celle du roi. En sa présence, il fallait se mettre à plat ventre et ramper.

Le petit homme à la chemisette jaune décrivit Mbembelé en train de pointer une arme invisible, de tirer et de tomber à terre, comme mort, ou de donner des coups de lance et de couper des mains et des pieds avec une machette ou une hache. L'imitation ne pouvait être plus claire. Il ajouta qu'ils ne devaient jamais le contrarier ; mais il fut évident que celui qu'ils craignaient le plus était Sombé. Le seul nom du sorcier plongeait les Pygmées dans la terreur.

Le sentier était invisible, mais leurs petits guides l'avaient parcouru bien des fois et ils n'avaient nul besoin, pour avancer, de consulter les marques sur les arbres. Ils passèrent devant une clairière où se dressaient d'autres poupées vaudou semblables à celles qu'ils avaient vues un peu plus tôt, mais celles-ci étaient d'une couleur rougeâtre, semblable à la rouille. En s'approchant, ils virent qu'il s'agissait de sang séché. Tout autour s'amoncelaient des tas d'ordures, des cadavres d'animaux, des fruits pourris, des morceaux de manioc, des calebasses contenant divers liquides, peut-être du vin de palme et d'autres alcools. L'odeur était insupportable. Le frère

Fernando se signa et Kate rappela à Joel González tétanisé qu'il était là pour prendre des photos.

« J'espère que ce n'est pas du sang humain, mais celui d'animaux sacrifiés, murmura le photographe.

— Le village des ancêtres », dit Béyé-Dokou en indiquant l'étroit sentier qui partait du mannequin et se perdait dans la forêt.

Il expliqua qu'il fallait faire un détour pour aller à Ngoubé, parce qu'on ne pouvait traverser le territoire des ancêtres, où rôdaient les esprits des morts. C'était une règle de sécurité élémentaire : seul un idiot ou un fou s'aventurerait dans ce secteur.

« Ce sont les ancêtres de qui ? », voulut savoir Nadia.

Béyé-Dokou eut un peu de mal à comprendre la question, mais il finit par la saisir, avec l'aide du frère Fernando.

« Ce sont nos ancêtres, précisa-t-il en montrant ses compagnons et en faisant des gestes pour indiquer qu'ils étaient de petite taille.

— Kosongo et Mbembelé ne s'approchent pas non plus du village fantôme des Pygmées ? insista Nadia.

— Personne ne s'en approche. Si les esprits sont dérangés, ils se vengent. Ils pénètrent dans le corps des vivants, s'emparent de leur volonté, provoquent des maladies, des souffrances et même la mort », répondit Béyé-Dokou.

Les Pygmées indiquèrent aux étrangers qu'ils devaient se presser, car durant la nuit sortaient aussi les esprits des animaux, pour chasser.

116

« Comment savez-vous si c'est un fantôme d'animal ou un animal ordinaire ? demanda Nadia.

— Parce que le spectre n'a pas l'odeur de l'animal. Un léopard qui sent l'antilope ou un serpent qui sent l'éléphant est un spectre, lui expliquèrent-ils.

— Il faut donc avoir un bon odorat et s'approcher beaucoup pour les distinguer... », se moqua Alexander.

Béyé-Dokou leur raconta qu'autrefois ils n'avaient pas peur de la nuit ou des esprits des animaux, uniquement des ancêtres, car ils étaient protégés par Ipemba-Afua. Kate voulut savoir s'il s'agissait d'une divinité. Il la détrompa : c'était une amulette sacrée, qui appartenait à sa tribu depuis des temps immémoriaux. D'après la description qu'ils parvinrent à saisir, il s'agissait d'un os humain, et il contenait une poudre éternelle qui soignait de nombreux maux. Ils avaient utilisé cette poudre une infinité de fois pendant de nombreuses générations, sans qu'elle se tarisse. Chaque fois qu'ils ouvraient l'os, ils le trouvaient plein de ce produit magique. Ipemba-Afua représentait l'âme de leur peuple, dirent-ils, c'était sa source de santé, de force et de chance pour la chasse.

« Où est-il ? », demanda Alexander.

Il les informa, les larmes aux yeux, qu'Ipemba-Afua avait été dérobé par Mbembelé et qu'il se trouvait à présent entre les mains de Kosongo. Tant que le roi avait l'amulette, eux n'avaient plus d'âme, ils étaient à sa merci.

*

Ils entrèrent dans Ngoubé avec les dernières lueurs du jour, alors que ses habitants commençaient à allumer des torches et des feux pour éclairer le village. Ils passèrent devant de maigres plantations de manioc, de café et de bananiers, deux hauts enclos en bois – peut-être pour les animaux – et une rangée de huttes sans fenêtre, aux murs tordus et aux toits en ruine. Quelques vaches aux longues cornes ruminaient dans l'herbe, et de toutes parts s'ébattaient des poulets à moitié déplumés, des chiens faméliques et des singes sauvages. Quelques mètres plus loin s'ouvrait une avenue vers la place centrale assez large, entourée d'habitations plus décentes, des cabanes en terre aux toits de zinc, de paille, ou en tôle ondulée.

L'arrivée des étrangers provoqua des cris et en quelques minutes les habitants du village accoururent pour voir ce qu'il se passait. Par leur aspect on aurait dit des Bantous, comme les hommes des pirogues qui les avaient emmenés jusqu'à la bifurcation du fleuve. Des femmes en haillons et des enfants nus formaient une masse compacte d'un côté de la place, à travers laquelle quatre hommes plus grands que le reste de la population, sans aucun doute d'une autre race, se frayèrent un passage. Ils étaient vêtus de pantalons militaires en loques, équipés de très vieux fusils et de ceinturons de cartouches. L'un d'eux portait un casque d'explorateur orné de plumes, un tee-shirt et des sandales en plastique, les autres avaient le torse et les pieds nus ; ils arboraient des bandes de peau de léopard nouées autour des biceps ou de la tête, des cicatrices rituelles sur les joues et les bras. Elles formaient des lignes de points, comme si sous la peau avaient été incrustées des petites pierres ou des perles.

Avec l'apparition des soldats, l'attitude des Pygmées changea, l'assurance et la joyeuse camaraderie qu'ils avaient montrées dans la forêt disparurent brusquement ; ils jetèrent leur chargement au sol, baissèrent la tête et se retirèrent comme des chiens battus. Béyé-Dokou fut le seul à oser faire un petit geste d'adieu aux étrangers.

Les soldats pointèrent leurs armes sur les nouveaux venus et ils aboyèrent quelques mots en français.

« Bonsoir », salua Kate en français ; elle était en tête de file et rien d'autre ne lui vint à l'esprit.

Les soldats ignorèrent sa main tendue, ils les encerclèrent et les poussèrent du canon de leurs armes contre le mur d'une cabane, sous les regards curieux des villageois.

« Kosongo, Mbembelé, Sombé... », cria Kate.

Les hommes hésitèrent devant le pouvoir de ces noms et commencèrent à discuter dans leur langue. Ils firent attendre le groupe pendant un moment qui leur parut interminable, tandis que l'un d'eux allait chercher des instructions.

Alexander remarqua qu'à quelques personnes manquaient une main ou les oreilles. Il vit aussi que plusieurs enfants, qui observaient la scène à quelque distance, avaient d'horribles ulcères sur le visage. Le frère Fernando lui expliqua qu'ils étaient provoqués par un virus transmis par les mouches ; il avait vu la même chose dans les campements de réfugiés au Rwanda.

« Cela se soigne avec de l'eau et du savon, mais apparemment, il n'y a même pas ça ici, ajouta-t-il.

— N'avez-vous pas dit que les missionnaires avaient un dispensaire ? demanda Alexander.

— Ces ulcères sont un très mauvais signe, mon fils ; ils signifient que mes frères ne sont pas ici, autrement ils les auraient soignés », répliqua le missionnaire, inquiet.

Bien plus tard, alors que la nuit était noire, le messager revint avec l'ordre de les conduire à l'Arbre à Palabres, où se réglaient les affaires du gouvernement. Ils leur firent signe de prendre leurs bagages et de les suivre.

*

La foule s'écarta pour les laisser passer et le groupe traversa la place qui divisait le village. Au centre, ils virent que s'élevait un arbre magnifique dont les branches couvraient la largeur de l'enceinte, tel un parapluie. Le tronc faisait environ trois mètres de diamètre et d'épaisses racines aériennes tombaient en de longs tentacules qui s'enfonçaient dans le sol. L'imposant Kosongo attendait là.

Le roi était sur une plate-forme, assis sur un siège en

velours rouge et bois doré aux pieds courbes, dans un vieux style français, Louis XV peut-être. De chaque côté se dressait une défense d'éléphant posée verticalement, et plusieurs peaux de léopard couvraient le sol. Une série de statues en bois aux expressions terrifiantes et de poupées de sorcellerie entourait le trône. Trois musiciens vêtus de vestes bleues d'uniforme militaire, mais sans pantalons et nu-pieds, frappaient des bâtons. Des torches fumantes et deux feux de bois éclairaient la nuit, donnant à la scène un aspect théâtral.

Kosongo était paré d'un manteau entièrement brodé de coquillages, de plumes et d'autres objets inattendus, tels que bouchons de bouteille, rouleaux de pellicule et balles, le tout devant peser une quarantaine de kilos. Il portait en outre un monumental couvre-chef d'un mètre de haut, décoré de quatre cornes en or, symboles de puissance et de courage. Il arborait des colliers de canines de lion, plusieurs amulettes et une peau de python enroulée autour de la taille. Un rideau de perles de verre et d'or cachait son visage. Un bâton en or massif, avec une tête desséchée de singe à l'extrémité, lui servait de sceptre ou de crosse. Du bâton pendait un os sculpté de délicats dessins ; par sa taille et sa forme, on aurait dit un tibia humain. Les étrangers pensèrent que ce devait être Ipemba-Afua, l'amulette qu'avaient décrite les Pygmées. Le roi portait aux doigts de volumineux anneaux d'or en forme d'animaux, et d'épais bracelets du même métal couvraient ses bras jusqu'aux coudes. Son aspect était aussi impressionnant que celui des souverains d'Angleterre le jour de leur couronnement, mais dans un tout autre style.

Formant un demi-cercle autour du trône se trouvaient les gardes et les assistants du roi. Ils paraissaient bantous, comme le reste de la population du village ; en revanche, vu sa stature, le roi était apparemment de la même race que les soldats. Comme il était assis, on avait du mal à imaginer sa taille, mais il paraissait gigantesque, bien que cela pût être aussi l'effet du manteau et du couvre-chef. On ne voyait nulle part le commandant Maurice Mbembelé et le sorcier Sombé.

Femmes et Pygmées ne faisaient pas partie de l'entourage royal, mais derrière la cour masculine se tenaient une vingtaine de très jeunes femmes, qui se distinguaient du reste des habitants de Ngoubé parce qu'elles étaient vêtues de tissus aux couleurs voyantes et parées de lourds bijoux en or. Dans la lumière vacillante des torches, le métal jaune brillait sur leur peau sombre. Quelques-unes portaient un bébé dans les bras, et plusieurs petits enfants s'ébattaient autour d'elles. Ils en déduisirent qu'il s'agissait de la famille du roi et remarquèrent que ces femmes semblaient aussi soumises que les Pygmées. Apparemment, leur position sociale ne leur procurait aucune fierté, seulement de la peur.

Le frère Fernando leur apprit que la polygamie est courante en Afrique et que le nombre d'épouses et d'enfants est souvent un signe de pouvoir économique et de prestige. Dans le cas d'un roi, le nombre d'enfants reflète la prospérité de sa nation. Sous cet aspect, comme sous beaucoup d'autres, l'influence du christianisme et de la culture occidentale n'avait pas modifié les coutumes. Le missionnaire suggéra que les femmes de Kosongo n'avaient sans doute pas choisi leur sort, mais qu'elles avaient été obligées de se marier.

Les quatre grands soldats poussèrent les étrangers, en leur indiquant qu'ils devaient se prosterner devant le roi. Lorsque Kate tenta de lever les yeux, un coup sur la tête l'en dissuada aussitôt. Ils demeurèrent ainsi, avalant la poussière de la place, humiliés et tremblants, pendant de longues et inconfortables minutes, jusqu'à ce que cessent les coups répétés des bâtons des musiciens et qu'un son métallique mette fin à leur attente. Les prisonniers osèrent lever les yeux sur le trône : l'étrange monarque agitait une clochette en or.

Lorsque l'écho de la clochette s'éteignit, l'un des conseillers s'avança et le roi lui dit quelque chose à l'oreille. L'homme s'adressa aux étrangers dans un mélange de français, d'anglais et de bantou pour annoncer, en guise d'introduction, que Kosongo avait été désigné par Dieu et avait la mission divine de gouverner. Les étrangers plongèrent à nouveau le nez dans la poussière, sans avoir le courage de remettre cette affirmation en cause. Ils comprirent qu'il s'agissait de la Bouche royale, comme le leur avait expliqué Béyé-Dokou. L'émissaire demanda ensuite quel était le but de cette visite sur les terres du magnifique souverain Kosongo. Son ton menaçant ne laissa aucun doute sur ce qu'il pensait de tout ça. Personne ne répondit. Les seuls qui comprirent ses paroles furent Kate et le frère Fernando, mais ils étaient embarrassés, ils ignoraient le protocole et ne voulaient pas risquer de commettre un impair ; peut-être la question n'était-elle que rhétorique et Kosongo n'attendait-il pas de réponse.

Le roi observa un silence absolu pendant quelques secondes, puis il agita de nouveau la clochette, ce qui fut interprété par le peuple comme un ordre. Le village entier, sauf les Pygmées, se mit à crier et à menacer du poing, refermant le cercle autour du groupe de visiteurs. Bizarrement, cela ne ressemblait pas à une révolte populaire, mais à un acte théâtral exécuté par de mauvais acteurs ; il n'y avait pas le moindre enthousiasme dans ce tumulte, certains riaient même sous cape. Les soldats, qui disposaient d'armes à feu, couronnèrent la manifestation collective par une salve inattendue de coups tirés en l'air, qui provoqua une fuite précipitée sur la place. Adultes, enfants, singes, chiens et poules coururent se réfugier le plus loin possible et les seuls qui restèrent sous l'arbre furent le roi, sa cour réduite, son harem terrorisé et les prisonniers, couchés à terre, se couvrant la tête de leurs bras, persuadés que leur dernière heure était arrivée.

*

Le calme revint bientôt dans le village. Une fois la mitraillade terminée et le bruit dissipé, la Bouche royale répéta sa question. Cette fois Kate Cold se mit à genoux, avec le peu de dignité que lui permettaient ses vieux os, restant au-dessous de la hauteur du souverain à l'humeur changeante, comme Béyé-Dokou les en avait avertis, et elle s'adressa avec fermeté à l'intermédiaire, en essayant toutefois de ne pas le provoquer.

« Nous sommes des journalistes et des photographes », dit-elle en montrant vaguement ses compagnons.

Le roi murmura un mot à son assistant, que celui-ci répéta.

« Tous ? »

— Non, Votre Sérénissime Majesté, cette dame est propriétaire de l'avion qui nous a transportés jusqu'ici et le monsieur qui a des lunettes est un missionnaire », expliqua Kate en montrant Angie et le frère Fernando. Et elle ajouta, avant qu'il ne la questionne sur Alexander et Nadia : « Nous sommes venus de très loin pour nous entretenir avec Votre Très Originale Majesté, car sa réputation a dépassé les frontières et s'est répandue à travers le monde. »

Kosongo, qui paraissait savoir bien mieux le français que la Bouche royale, fixa son regard sur la journaliste avec une expression de profond intérêt, mais aussi de méfiance.

« Que voulez-vous dire, vieille femme ? demanda-t-il par l'intermédiaire de l'autre personnage.

— A l'étranger, votre personne suscite une grande curiosité, Votre Très Haute Majesté. »

— Comment cela ? dit la Bouche royale.

125

— Vous avez réussi à imposer la paix, la prospérité et l'ordre dans cette région, Votre Très Absolue Majesté. Des informations nous sont parvenues qui disent que vous êtes un vaillant guerrier, on connaît votre autorité, votre sagesse et votre richesse. On dit que vous êtes aussi puissant que l'ancien roi Salomon. »

Kate poursuivit son discours, s'embrouillant dans les mots, car elle n'avait pas parlé le français depuis vingt ans, et dans ses idées, car elle ne croyait pas trop à son plan. On était en plein vingt-et-unième siècle : il ne restait plus de ces petits rois barbares de mauvais films, qui s'effrayaient d'une éclipse de soleil opportune. Elle supposa que Kosongo était un peu passé de mode, mais ce n'était pas un idiot : une éclipse de soleil ne suffirait pas à le convaincre. Elle imagina cependant qu'il devait être sensible à la flatterie, comme la plupart des hommes de pouvoir. Il n'était pas dans son caractère de jeter des fleurs à qui que ce soit, mais elle avait constaté au cours de sa longue vie qu'on peut dire à un homme le com0pliment le plus ridicule et qu'en général il le croit. Son seul espoir était que Kosongo morde à ce grossier hameçon.

Ses doutes se dissipèrent bien vite, car sa tactique d'enjôlement eut l'effet attendu. Kosongo était convaincu de son origine divine. Pendant des années personne n'avait remis son pouvoir en question ; la vie et la mort de ses sujets dépendaient de ses caprices. Il considéra normal qu'un groupe de journalistes traverse la moitié du monde pour l'interviewer ; ce qui était étrange, c'est qu'ils ne l'aient pas fait plus tôt. Il décida de les recevoir comme ils le méritaient.

Kate Cold se demanda d'où venait tout cet or, car le village était l'un des plus pauvres qu'elle eût connus. Quelles autres richesses y avait-il entre les mains du roi? Quelle était la relation qui liait Kosongo et le commandant Mbembelé? Sans doute tous deux avaient-ils l'intention de se retirer pour jouir de leur fortune dans un endroit plus agréable que cet imbroglio de marais et de jungle. Pendant ce temps, les habitants de Ngoubé vivaient dans la misère, coupés du monde extérieur, sans électricité, sans eau potable, sans éducation ni médicaments.

CHAPITRE 7

Prisonniers de Kosongo

D'UNE main Kosongo agita la clochette en or et, de l'autre, il ordonna aux habitants du village, qui restaient cachés derrière les cases et les arbres, d'approcher. L'attitude des soldats changea, ils se penchèrent même pour aider les étrangers à se relever et apportèrent des petits sièges à trois pieds qu'ils mirent à leur disposition. La population revint prudemment.

« Fête ! Musique ! Nourriture ! », ordonna Kosongo par le truchement de la Bouche royale, indiquant aux étrangers terrorisés qu'ils pouvaient prendre place sur les sièges.

Le visage du roi, couvert du rideau de perles, se tourna vers Angie. Se sentant observée, elle essaya de disparaître derrière ses compagnons, mais son volume était en fait impossible à dissimuler.

« Je crois qu'il me regarde. Ses yeux ne tuent pas, comme on le prétend, mais j'ai l'impression qu'ils me déshabillent », murmura-t-elle à Kate.

— Peut-être a-t-il l'intention de te faire entrer dans son harem, répliqua celle-ci en plaisantant.

— Pas même morte ! »

Kate admit en son for intérieur qu'Angie, bien qu'elle ne fût plus si jeune, pouvait rivaliser en beauté avec n'importe laquelle des épouses de Kosongo. En Afrique, les filles se mariaient à la puberté et la pilote pouvait être considérée comme une femme mûre ; mais sa silhouette haute et forte, ses dents très blanches et sa peau brillante dégageaient un grand charme. La journaliste sortit de son sac à dos l'une de ses précieuses bouteilles de vodka et la posa aux pieds du monarque, mais celui-ci ne parut pas impressionné. D'un geste méprisant, Kosongo autorisa ses sujets à profiter du modeste cadeau. La bouteille passa de main en main parmi les soldats. Le roi sortit alors une cartouche de cigarettes des plis de son manteau et les soldats les distribuèrent aux hommes du village, une à chacun. Les femmes, qui n'étaient pas considérées de la même espèce que les hommes, furent ignorées. Ils n'en offrirent pas non plus aux étrangers, au désespoir d'Angie qui commençait à ressentir les effets du manque de nicotine.

Les épouses du roi n'étaient pas mieux loties que le reste de la population féminine de Ngoubé. Un vieux inflexible avait pour tâche de les maintenir en ordre, disposant pour cela d'une fine tige de bambou qu'il n'hésitait pas à utiliser pour les frapper aux jambes quand l'envie l'en prenait. Apparemment, il n'était pas mal vu de maltraiter les reines en public.

Le frère Fernando s'enhardit jusqu'à demander des nouvelles des missionnaires absents et la Bouche royale répondit qu'il n'y avait jamais eu de missionnaires à Ngoubé. Il ajouta qu'aucun étranger n'était passé dans le village depuis des années, hormis un anthropologue venu mesurer les crânes des Pygmées, qui était reparti en courant quelques jours plus tard, car il n'avait supporté ni le climat ni les moustiques.

« Ça, c'était sûrement Ludovic Leblanc », soupira Kate.

Elle se souvint que Leblanc, son grand ennemi et associé dans la Fondation Diamant, lui avait donné à lire son essai sur les Pygmées de la forêt équatoriale, publié dans une revue scientifique. D'après Leblanc, les Pygmées constituaient la société la plus libre et la plus égalitaire que l'on connaisse. Hommes et femmes vivaient en étroite camaraderie, les époux chassaient ensemble et se partageaient à parts égales le soin des enfants. Ils ne connaissaient pas de hiérarchie, les seules charges honorifiques étant celles de « chef », de « guérisseur », et de « meilleur chasseur », mais ces positions n'apportaient ni pouvoir ni privilèges, uniquement des devoirs. Il n'y avait pas de différence entre hommes et femmes, ou entre jeunes et vieux ; les enfants ne devaient pas obéissance à leurs parents. Il n'existait aucune violence entre les membres du clan. Ils vivaient en groupes familiaux, aucun ne possédait plus de biens qu'un autre, ils ne produisaient que l'indispensable à leur consommation quotidienne. Il n'y avait pas d'incitation à l'accumulation de biens, car dès qu'une personne acquérait quelque chose, sa famille avait le droit de le lui prendre. Ils partageaient tout. C'était un peuple farouchement indépendant, qui n'avait jamais été asservi, même par les colonisateurs européens, mais récemment nombre d'entre eux avaient été réduits en esclavage par les Bantous.

Kate n'était jamais sûre des informations que contenaient les travaux académiques de Leblanc, mais son intuition lui disait que, s'agissant des Pygmées, le sentencieux professeur pouvait être dans le vrai. Pour la première fois, Kate se prit à regretter son associé. Discuter avec Leblanc était le sel de sa vie, cela entretenait son esprit combatif ; elle ne devait pas passer trop de temps loin de lui, car son caractère pouvait s'amollir. La vieille journaliste ne craignait rien tant que l'idée de devenir une petite grand-mère inoffensive.

Le frère Fernando avait la certitude que la Bouche royale mentait en ce qui concernait les missionnaires perdus et il insista avec ses questions, jusqu'à ce que Kate et Angie lui rappellent le protocole. Il était évident que le sujet ennuyait le roi. Kosongo avait l'air d'une bombe à retardement prête à exploser et eux se trouvaient dans une position très vulnérable.

132

*

Pour fêter les visiteurs, on leur offrit des calebasses contenant du vin de palme, quelques feuilles ayant l'apparence d'épinards et du pudding de manioc; mais aussi une corbeille pleine de gros rats qui avaient été rôtis sur les feux et assaisonnés d'un filet d'huile orangée, obtenue à partir de graines de palme. Alexander ferma les yeux, pensant avec nostalgie aux boîtes de sardines qu'il avait dans son sac, mais un coup de pied de sa grand-mère le ramena à la réalité. Il n'était pas prudent de refuser le dîner offert par le roi.

« Ce sont des rats, Kate! s'exclama-t-il en essayant de contrôler sa nausée.

— Ne sois pas assommant. Ils ont le goût de poulet, répliqua-t-elle.

— C'est ce que tu as dit des serpents en Amazonie et ce n'était pas vrai », lui rappela son petit-fils.

Le vin de palme s'avéra être un épouvantable breuvage doux et nauséabond, que les amis goûtèrent par politesse, mais qu'ils ne purent avaler. Pour leur part, les soldats et les autres hommes du village le burent à grandes lampées, jusqu'à ce que plus aucun ne fût sobre. Ils relâchèrent la surveillance, mais les prisonniers n'avaient nulle part où s'enfuir, entourés qu'ils étaient par la jungle, les miasmes des marécages et le danger des bêtes sauvages. Les rats rôtis et les feuilles étaient finalement meilleurs que ne le laissait supposer leur aspect ; le pudding de manioc avait en revanche le goût du pain trempé dans de l'eau savonneuse, mais ils avaient faim et se gavèrent de nourriture sans faire la fine bouche. Nadia se contenta des épinards amers, mais Alexander se surprit à sucer avec beaucoup de plaisir les petits os d'une patte de rat. Sa grand-mère avait raison : on aurait dit du poulet. Ou plutôt du poulet fumé.

Tout à coup, Kosongo agita de nouveau sa clochette en or.

« Maintenant, je veux mes Pygmées ! », cria la Bouche royale aux soldats, ajoutant à l'adresse des visiteurs : « J'ai de nombreux Pygmées, ce sont mes esclaves. Ils ne sont pas humains, ils vivent dans la forêt, comme les singes. »

On apporta sur la place plusieurs tambours de tailles différentes, certains si grands qu'ils devaient être portés par deux hommes, d'autres faits de peaux tendues sur des calebasses ou des bidons d'essence rouillés. Sur un ordre des soldats, le petit groupe des Pygmées, celui qui avait emmené les étrangers jusqu'à Ngoubé et qui restait à l'écart, fut poussé vers les instruments. Les hommes s'installèrent à leur poste, tête basse, réticents, n'osant pas désobéir.

« Ils doivent jouer de la musique et danser pour que leurs ancêtres guident un éléphant jusqu'à leurs filets. Demain ils partent à la chasse et ne peuvent rentrer bredouilles », expliqua Kosongo par l'entremise de la Bouche royale.

Béyé-Dokou frappa quelques coups d'essai, comme pour donner le ton et s'échauffer, puis les autres se joignirent à lui. L'expression de leurs visages changea, ils paraissaient transfigurés, leurs yeux brillaient, leurs corps remuaient au rythme de leurs mains, tandis que le volume s'amplifiait et que le tempo s'accélérait. Ils semblaient incapables de résister à la magie de la musique qu'ils créaient eux-mêmes. Leurs voix s'élevèrent en un chant extraordinaire, qui ondulait dans l'air tel un serpent et s'arrêtait brusquement pour introduire un contrepoint. Les tambours prirent vie, entrant en compétition les uns avec les autres, s'unissant, palpitant, animant la nuit. Alexander calcula qu'une demi-douzaine d'orchestres de percussions avec des amplificateurs électriques ne pourraient égaler cela. Les Pygmées reproduisaient avec leurs grossiers instruments les voix de la nature, certaines délicates, comme celle de l'eau sur les pierres ou du saut des gazelles ; d'autres profondes, semblables à des pas d'éléphants, à des coups de tonnerre ou au galop des buffles ; d'autres encore étaient des lamentations d'amour, des cris de guerre ou des gémissements de douleur. La musique augmentait en intensité et en rapidité, atteignant son apogée, puis diminuait jusqu'à devenir un soupir presque inaudible. Ainsi se répétaient les cycles, jamais égaux, tous magnifiques, pleins de grâce et d'émotion, que seuls pourraient égaler les meilleurs musiciens de jazz.

Sur un autre signal de Kosongo ils amenèrent les femmes, que les étrangers n'avaient pas vues jusqu'alors.

On les gardait dans les enclos d'animaux qu'ils avaient vus à l'entrée du village. Elles étaient de race pygmée, toutes jeunes, seulement vêtues de jupes de raphia. Elles s'avancèrent en traînant les pieds, dans une attitude humiliée, tandis que les gardes leur donnaient des ordres à grands cris et les menaçaient. Lorsqu'ils les virent, les musiciens eurent une réaction comme de paralysie : les tambours se turent brusquement et pendant quelques instants seul vibra leur écho dans la forêt.

Les gardes levèrent leurs bâtons et les femmes se serrèrent les unes contre les autres, s'étreignant pour se protéger. Immédiatement les instruments résonnèrent à nouveau avec un éclat neuf. Alors, devant le regard impuissant des visiteurs se produisit un dialogue muet entre elles et les musiciens. Tandis que les hommes frappaient les tambours en exprimant toute la gamme des émotions humaines, depuis la colère et la douleur jusqu'à l'amour et la nostalgie, les femmes dansaient en rond, balançant leurs jupes de raphia, levant les bras, frappant le sol de leurs pieds nus, répondant par leurs mouvements et leur chant à l'appel angoissé de leurs compagnons. Le spectacle était empreint d'une intensité primitive et douloureuse absolument insupportable.

Nadia enfouit son visage dans ses mains ; Alexander la serra dans ses bras avec fermeté, la retenant, car il craignait que son amie ne bondît au milieu de la place dans l'intention de mettre fin à cette danse dégradante. Kate s'approcha pour les avertir de ne faire aucun faux mouvement qui pourrait s'avérer fatal. Il suffisait de voir

136

Kosongo pour comprendre ses raisons : il paraissait possédé. Il frémissait au rythme des tambours comme secoué par un courant électrique, toujours assis dans le fauteuil qui lui servait de trône. Les ornements du manteau et du chapeau tintinnabulaient, ses pieds marquaient la cadence, ses bras s'agitaient en faisant sonner ses bracelets d'or. Plusieurs des membres de sa cour et même les soldats ivres se mirent à danser aussi, et ce fut ensuite au tour des autres habitants du village. Il y eut bientôt une foule de gens en train de se tortiller et de sauter.

*

La folie collective prit fin aussi subitement qu'elle avait commencé. Sur un signe qu'ils furent les seuls à percevoir, les musiciens cessèrent de frapper sur leurs tambours et la pathétique danse de leurs compagnes s'arrêta. Les femmes se regroupèrent et reculèrent en direction des enclos. Lorsque les tambours se turent, Kosongo s'immobilisa sur-le-champ et le reste de la population suivit son exemple. Seule la sueur qui coulait sur ses bras nus rappelait sa danse sur le trône. Alors les étrangers remarquèrent qu'il portait aux bras les mêmes cicatrices rituelles que les quatre soldats et que, comme eux, il avait des brassards en peau de léopard aux biceps. Ses courtisans s'empressèrent de remettre le lourd manteau sur ses épaules et de redresser le couvre-chef, qui était posé de travers.

La Bouche royale expliqua aux étrangers que s'ils ne partaient pas très vite ils devraient assister à Ezenji, la danse des morts, que l'on pratiquait lors des funérailles et des exécutions. Ezenji était aussi le nom du grand esprit. Comme il fallait s'y attendre, cette nouvelle ne fut pas reçue avec enthousiasme par les membres du groupe. Avant que quelqu'un osât demander des détails, le même personnage leur communiqua, au nom du roi, qu'on allait les conduire à leurs « appartements ».

Quatre hommes soulevèrent la plate-forme sur laquelle se trouvait le fauteuil royal et emportèrent Kosongo en direction de sa demeure, suivi de ses femmes qui portaient les deux défenses d'éléphant et guidaient leurs enfants. Les porteurs avaient tellement bu que le trône tanguait dangereusement.

Kate et ses amis prirent leurs paquets et suivirent deux Bantous munis de torches qui les conduisirent en éclairant le sentier. Ils étaient escortés par un soldat portant un brassard en léopard et un fusil. L'effet du vin de palme et de la danse effrénée les avait mis de bonne humeur ; ils avançaient en riant, blaguant et se donnant des tapes bonasses dans le dos, mais cela ne rassura pas les amis, car il était évident qu'ils les emmenaient comme des prisonniers.

Lesdits « appartements » étaient en réalité une construction rectangulaire en terre au toit de paille, plus grande que les autres cases, à l'autre bout du village, à la lisière de la jungle. Elle comportait deux trous dans le mur en guise de fenêtres et une entrée sans porte. Les hommes qui portaient les torches éclairèrent l'intérieur, et ceux qui allaient y passer la nuit virent avec dégoût des milliers de blattes s'enfuir par terre vers les coins de la pièce.

« Ce sont les bestioles les plus anciennes au monde, elles existent depuis trois cents millions d'années, dit Alexander.

— Cela ne les rend pas plus agréables, remarqua Angie.

— Les blattes sont inoffensives, ajouta Alexander, mais en réalité il n'en était pas très sûr.

— Y a-t-il des serpents, ici? demanda Joel González.

— Les pythons n'attaquent pas dans l'obscurité, se moqua Kate.

— Quelle est cette horrible odeur? demanda Alexander.

— Il est possible que ce soit de l'urine de rat ou des excréments de chauve-souris, expliqua le frère Fernando sans se troubler, car il avait vécu des aventures semblables au Rwanda.

— Voyager avec toi est toujours un plaisir, grand-mère, se moqua Alexander.

— Ne m'appelle pas grand-mère. Si les installations ne te conviennent pas, tu n'as qu'à aller au Sheraton.

— Je meurs d'envie de fumer! gémit Angie.

— Voilà l'occasion de te débarrasser de ce vice », répliqua Kate sans beaucoup de conviction, car elle aussi regrettait sa vieille pipe.

L'un des Bantous alluma d'autres torches accrochées

aux murs, et le soldat leur donna l'ordre de ne pas sortir jusqu'au lendemain. S'il restait des doutes quant à ses paroles, un geste menaçant de son arme les dissipa.

Le frère Fernando voulut savoir s'il y avait des latrines à proximité et le soldat se mit à rire; l'idée lui parut très drôle. Le missionnaire insista, l'autre perdit patience et le poussa de la crosse de son fusil, le jetant à terre. Kate, habituée à se faire respecter, s'interposa d'un air très décidé, se plantant devant l'agresseur et, avant que celui-ci ne s'en prît aussi à elle, elle lui mit une boîte de pêches au sirop dans la main. L'homme prit la boîte et sortit; quelques minutes plus tard, il revint avec un seau en plastique qu'il tendit à Kate sans autre explication. Ce récipient cabossé serait la seule installation sanitaire.

« Que signifient ces lanières en peau de léopard et ces cicatrices sur les bras? Les quatre soldats ont les mêmes, commenta Alexander.

— Dommage que nous ne puissions entrer en contact avec Leblanc; il pourrait sûrement nous donner une explication, dit Kate.

— Je crois que ces hommes appartiennent à la Fraternité du Léopard. C'est une confrérie secrète qui existe dans plusieurs pays d'Afrique, dit Angie. Ils sont recrutés à l'adolescence et marqués de ces cicatrices, ils peuvent ainsi se reconnaître n'importe où. Ce sont des guerriers mercenaires, ils combattent et tuent pour de l'argent. Ils ont la réputation d'être brutaux. Ils font le serment de s'entraider leur vie durant et de tuer leurs ennemis mutuels. Ils n'ont ni famille ni attachements d'aucune sorte en dehors du lien avec leurs Frères du Léopard.

— Solidarité négative. Autrement dit, tout acte commis par l'un des nôtres est justifié, aussi horrible soit-il, expliqua le frère Fernando. C'est le contraire de la solidarité positive, qui unit les gens pour construire, planter, nourrir, protéger les faibles, améliorer les conditions de vie. La solidarité négative est celle de la guerre, de la violence, du crime.

— Je vois que nous sommes entre de bonnes mains... », soupira Kate à bout de forces.

Le groupe se prépara à passer une mauvaise nuit, surveillé à la porte par les deux gardes bantous armés de machettes. Le soldat se retira. Dès qu'ils se furent installés par terre, avec leurs ballots en guise d'oreillers, les blattes revinrent se promener sur eux. Ils durent se résigner à leurs petites pattes qui s'introduisaient dans leurs oreilles, grattaient leurs paupières et fouinaient sous leurs vêtements. Angie et Nadia, qui avaient des cheveux longs, nouèrent des foulards autour de leur tête afin d'éviter que les insectes n'aillent s'y nicher.

« Là où il y a des blattes, il n'y a pas de serpents », dit Nadia.

L'idée venait de lui traverser l'esprit et elle eut le résultat attendu : Joel González, qui jusque-là était un paquet de nerfs, se calma comme par enchantement, heureux d'avoir les blattes pour compagnes.

*

Dans la nuit, lorsque ses amis furent enfin vaincus par le sommeil, Nadia résolut d'agir. La fatigue des autres était si grande qu'ils réussirent à dormir au moins quelques heures, malgré les rats, les blattes et la proximité menaçante des hommes de Kosongo. Nadia, très perturbée quant à elle par le spectacle des Pygmées, décida d'aller voir ce qu'il se passait dans les enclos où elle avait vu disparaître les femmes après la danse. Elle retira ses bottes et mit la main sur une lampe de poche. Les deux gardes, assis à l'extérieur, leur machette sur les genoux, ne constituaient pas un obstacle pour elle qui depuis trois ans pratiquait l'art de l'invisibilité que lui avaient appris les Indiens d'Amazonie. Les *Gens de la brume* disparaissaient, fondus dans la nature, avec leurs corps peints, silencieux, se déplaçant avec légèreté et une concentration mentale si profonde qu'ils ne pouvaient la soutenir qu'un temps limité. Cette « invisibilité » avait permis à Nadia de se tirer de plusieurs mauvais pas, raison pour laquelle elle s'y exerçait souvent. Elle entrait et sortait de sa classe sans que ses compagnons ou ses professeurs s'en aperçoivent, et ensuite aucun ne se souvenait si ce jour-là elle avait été ou non en cours. Elle circulait dans le métro bondé de New York sans être vue, et pour le vérifier se plaçait à quelques centimètres d'un autre passager en le regardant droit dans les yeux, sans qu'il manifestât une quelconque réaction. Kate Cold, qui vivait avec Nadia, était la principale victime de cet entraînement obstiné, car elle ne savait jamais très bien si l'adolescente était là ou si elle l'avait rêvée.

La jeune fille ordonna à Boroba de rester sagement dans la case, car elle ne pouvait l'emmener avec elle, puis elle respira profondément à plusieurs reprises, jusqu'à ce que son anxiété fût tout à fait calmée, et elle se concentra pour disparaître. Lorsqu'elle fut prête, son corps se déplaça dans un état quasi hypnotique. Elle passa par-dessus les corps de ses amis endormis sans les toucher, et se glissa vers la sortie. Dehors les gardes, las et intoxiqués par le vin de palme, avaient décidé de monter la garde à tour de rôle. L'un d'eux était affalé contre le mur et ronflait, tandis que l'autre scrutait l'épaisseur de la jungle, un peu effrayé, car il craignait les spectres de la forêt. Nadia s'avança sur le seuil, l'homme se tourna vers elle et, l'espace d'un instant, leurs regards se croisèrent. Le garde eut l'impression d'être en présence de quel-qu'un, mais aussitôt cette impression s'estompa et une somnolence irrésistible l'obligea à bâiller. Il resta à sa place, luttant contre le sommeil, la machette abandon-née sur le sol, tandis que la mince silhouette de la jeune fille s'éloignait.

Nadia traversa le village dans le même état éthéré, sans attirer l'attention des quelques personnes qui demeuraient éveillées. Elle passa près des torches qui éclairaient les constructions en terre de l'enceinte royale.

Un singe insomniaque sauta d'un arbre et tomba à ses pieds, la faisant revenir quelques instants dans son corps, mais elle retrouva aussitôt sa concentration et continua son chemin. Elle ne sentait pas son poids, elle avait l'impression de flotter. Elle arriva ainsi aux enclos, deux périmètres rectangulaires faits de troncs plantés en terre, attachés par des lianes et des lanières de cuir. Une partie de chaque enclos avait un toit de paille, l'autre moitié restant à ciel ouvert. La porte était fermée par une lourde barre, qu'on ne pouvait ouvrir que de l'extérieur. Personne ne surveillait.

La jeune fille fit le tour des enclos en tâtant la palissade de ses mains, sans oser allumer sa lampe-torche. C'était une clôture solide et haute, mais une personne déterminée pouvait mettre à profit les aspérités du bois et les nœuds des cordes pour grimper. Elle se demanda pourquoi les femmes pygmées ne s'enfuyaient pas. Après avoir fait deux fois le tour et constaté qu'il n'y avait personne dans les environs, elle décida de lever la barre de l'une des portes. Dans son état d'invisibilité, elle ne pouvait se déplacer qu'avec beaucoup de précautions, et donc agir comme elle le faisait normalement; elle dut sortir de sa transe pour forcer la porte.

*

Les bruits de la forêt peuplaient la nuit: appels d'animaux et d'oiseaux, murmures dans les arbres et soupirs de la terre. Nadia pensa qu'avec raison les gens ne sortaient pas du village la nuit : il était facile d'attribuer ces bruits à des êtres surnaturels. Ses efforts pour ouvrir la porte ne furent pas silencieux, car le bois grinçait. Des chiens s'approchèrent en aboyant, mais Nadia leur parla dans la langue canine et aussitôt ils se turent. Elle crut entendre les pleurs d'un enfant, mais ils cessèrent quelques secondes plus tard ; elle revint mettre son épaule sous la barre, plus lourde qu'elle n'avait imaginé. Enfin elle réussit à sortir la poutre de ses supports, entrouvrit le portail et se glissa à l'intérieur.

Ses yeux s'étaient alors habitués à la nuit et elle put se rendre compte qu'elle se trouvait dans une sorte de cour. Sans savoir ce qu'elle allait rencontrer, elle avança en silence vers la partie couverte, évaluant les possibilités de retraite en cas de danger. Elle décida qu'elle ne pouvait s'aventurer dans l'obscurité et, après une brève hésitation, alluma sa torche. Le rai de lumière éclaira une scène tellement inattendue que Nadia laissa échapper un cri et en lâcha presque la lampe. Quelque douze ou quinze silhouettes minuscules se tenaient debout au fond de l'espace, le dos contre la palissade. Elle crut d'abord que c'étaient des enfants, mais comprit vite qu'il s'agissait des femmes qui avaient dansé pour Kosongo. Elles paraissaient aussi terrorisées qu'elle l'était elle-même, mais elles ne firent pas le moindre bruit ; elles se contentèrent de regarder l'intruse avec des yeux exorbités.

« Chuuut ! fit Nadia en posant un doigt sur ses lèvres. Je ne vais pas vous faire de mal, je suis une amie... », ajouta-t-elle en brésilien, sa langue natale, puis elle le répéta dans toutes les langues qu'elle connaissait.

Les prisonnières ne comprirent pas toutes ses paroles, mais elles devinèrent ses intentions. L'une d'elles fit un pas en avant, mais elle resta courbée, le visage caché, et tendit un bras à l'aveuglette. Nadia s'approcha et la toucha. L'autre recula, craintive, mais ensuite elle osa jeter un regard de côté et dut être satisfaite du visage de la jeune étrangère, car elle sourit. Nadia tendit de nouveau sa main et la femme fit de même ; leurs doigts s'entrelacèrent et ce contact physique s'avéra être la forme la plus transparente de communication.

« Nadia, Nadia, se présenta la jeune fille en touchant sa poitrine.

— Jena », répliqua l'autre.

Bientôt toutes entourèrent Nadia, l'examinant avec curiosité tandis qu'elles chuchotaient et riaient entre elles. Une fois découvert le langage commun des caresses et des mimiques, le reste fut aisé. Les femmes pygmées expliquèrent qu'elles avaient été séparées de leurs compagnons, que Kosongo obligeait à chasser des éléphants, non pour la viande mais pour les défenses, qu'il vendait à des contrebandiers. Le roi avait un autre clan d'esclaves qui exploitait une mine de diamants un peu plus au nord. C'est ainsi qu'il avait gagné sa fortune. Pour toute récompense les chasseurs avaient quelques cigarettes, un peu de nourriture et le droit de voir leur famille un moment. Quand l'ivoire et les diamants n'étaient pas suffisants, le commandant Mbembelé intervenait. Il y

146

avait de nombreux châtiments, le plus supportable étant la mort, le plus atroce, la perte de leurs enfants, vendus comme esclaves aux contrebandiers. Jena ajouta qu'il restait très peu d'éléphants dans la forêt et que les Pygmées devaient aller les chasser de plus en plus loin. Les hommes étaient peu nombreux et elles ne pouvaient les aider comme elles l'avaient toujours fait. Les éléphants devenant rares, le sort de leurs enfants s'avérait des plus incertains.

Nadia n'était pas sûre d'avoir bien compris. Elle supposait l'esclavage abandonné depuis longtemps, mais la mimique des femmes ne laissait place à aucune ambiguïté. Kate lui confirmerait ensuite que dans certains pays il y a encore des esclaves. Les Pygmées, considérés comme des créatures exotiques, étaient achetés pour exécuter des tâches dégradantes ou, s'ils avaient de la chance, amuser les riches ou encore être exhibés dans les cirques.

Les prisonnières racontèrent qu'à Ngoubé elles faisaient les travaux les plus pénibles : planter, transporter l'eau, nettoyer et même construire les cases. Tout ce qu'elles souhaitaient, c'était retrouver leurs familles et retourner dans la forêt, où leur peuple avait vécu en liberté pendant des milliers d'années. Nadia leur montra par gestes qu'elles pouvaient grimper à la palissade et s'enfuir, mais elles répliquèrent que les enfants étaient enfermés dans l'autre enclos, surveillés par deux grand-mères, et qu'elles ne pouvaient s'enfuir sans eux.

« Où sont vos maris ? », demanda Nadia.

Jena lui indiqua qu'ils vivaient dans la forêt et qu'ils

147

n'avaient la permission de venir au village que lorsqu'ils apportaient de la viande, des peaux ou de l'ivoire. Les musiciens qui avaient joué du tambour pendant la fête de Kosongo étaient leurs maris, dirent-elles.

CHAPITRE 8

L'amulette sacrée

APRÈS avoir fait ses adieux aux femmes pygmées et leur avoir promis de les aider, Nadia revint dans la case comme elle en était sortie, en utilisant l'art de l'invisibilité. En arrivant, elle constata qu'il n'y avait qu'un garde, l'autre était parti et, grâce au vin de palme, celui qui restait ronflait comme un bébé, ce qui offrait un avantage inespéré. Silencieuse comme un écureuil, la jeune fille se glissa auprès d'Alexander; elle le réveilla en posant sa main sur sa bouche et en quelques mots lui raconta ce qu'il s'était passé dans l'enclos des esclaves.

« C'est horrible, Jaguar, nous devons faire quelque chose.

— Quoi, par exemple?

— Je ne sais pas. Autrefois, les Pygmées vivaient dans

la forêt et ils avaient des relations normales avec les habitants du village. En ce temps-là, il y avait une reine appelée Nana-Asanté. Elle appartenait à une autre tribu et venait de très loin, les gens croyaient qu'elle avait été envoyée par les dieux. C'était une guérisseuse, elle savait utiliser les plantes médicinales et les exorcismes. Elles m'ont dit qu'autrefois il y avait de larges chemins dans la forêt, faits par les pattes de centaines d'éléphants, mais maintenant il en reste très peu et la forêt a englouti les chemins. Les Pygmées sont devenus des esclaves quand on leur a pris l'amulette magique, comme l'a dit Béyé-Dokou.

— Sais-tu où elle est ?

— C'est l'os taillé que nous avons vu sur le sceptre de Kosongo », expliqua Nadia.

Ils discutèrent un long moment, proposant plusieurs idées, toutes plus risquées les unes que les autres. Finalement, ils s'accordèrent sur le fait qu'il fallait avant tout récupérer l'amulette et la rapporter à la tribu, afin de leur rendre confiance et courage. Peut-être, ainsi, les Pygmées sauraient-ils imaginer une façon de libérer leurs femmes et leurs enfants.

« Si nous récupérons l'amulette, j'irai chercher Béyé-Dokou dans la forêt, dit Alexander.

— Tu te perdras.

— Mon animal totémique m'aidera. Le jaguar peut s'orienter n'importe où et il voit dans l'obscurité, répliqua Alexander.

— Je vais avec toi.

— C'est un risque inutile, Aigle. Si j'y vais seul, j'aurai plus de mobilité.

— Nous ne pouvons nous séparer. Souviens-toi de ce qu'a dit Ma Bangesé au marché : si nous nous séparons, nous mourrons.

— Et tu y crois ?

— Oui. La vision que nous avons eue est un avertissement : quelque part nous attend un monstre à trois têtes.

— Il n'existe pas de monstre à trois têtes, Aigle.

— Comme dirait le chaman Walimaï : *peut-être ou peut-être pas*, répliqua-t-elle.

— Comment obtiendrons-nous l'amulette ?

— Boroba et moi nous en chargerons », dit Nadia avec une grande assurance, comme si c'était la chose la plus simple au monde.

Le singe était d'une dextérité ahurissante lorsqu'il s'agissait de s'emparer de quelque chose, ce qui à New York posait d'ailleurs des problèmes. Nadia passait son temps à rendre les objets que le petit animal lui apportait en cadeaux, mais dans le cas présent sa mauvaise habitude pourrait être une bénédiction. Boroba était petit, silencieux et très habile de ses mains. Le plus difficile serait de découvrir où l'on gardait l'amulette et de déjouer la vigilance des gardes. Jena, l'une des Pygmées, avait dit à Nadia qu'elle se trouvait dans la case du roi, où elle l'avait vue lorsqu'elle allait nettoyer. Cette nuit, la population était ivre et la surveillance très réduite. Ils avaient vu peu de soldats avec des armes à feu, uniquement ceux de la Fraternité du Léopard, mais il pouvait y en avoir d'autres. Ils ne savaient pas de combien d'hommes disposait Mbembelé, mais le fait que le commandant n'ait pas paru pendant la fête de la veille pouvait vouloir dire qu'il était absent de Ngoubé. Ils devaient agir tout de suite, décidèrent-ils.

« Ça ne va pas plaire du tout à Kate, Jaguar. Souviens-toi que nous lui avons promis de ne pas aller au-devant des ennuis, dit Nadia.

— Nous avons déjà un ennui assez grave. Je vais lui laisser un mot pour qu'elle sache où nous allons. Tu as peur ? demanda le garçon.

— J'ai peur de te suivre, mais j'ai encore plus peur de rester ici.

— Mets tes bottes, Aigle. Nous avons besoin d'une lampe de poche, de piles de rechange et d'au moins un couteau. La forêt est infestée de serpents, je crois qu'il nous faut une ampoule d'antidote contre le venin. Crois-tu que nous pouvons emprunter le revolver d'Angie ? suggéra Alexander.

— As-tu l'intention de tuer quelqu'un, Jaguar ?

— Bien sûr que non !

— Alors ?

— Parfait, Aigle. Nous irons sans arme », soupira Alexander, résigné.

Les amis rassemblèrent ce dont ils avaient besoin, se déplaçant discrètement entre les sacs à dos et les paquetages de leurs compagnons. En cherchant l'antidote dans la trousse d'urgence d'Angie, ils virent l'anesthésiant pour animaux et, pris d'une soudaine impulsion, Alexander le glissa dans sa poche.

« Pourquoi prends-tu ça? demanda Nadia.

— Je ne sais pas, mais ça peut nous servir », répliqua Alexander.

Nadia sortit la première, elle franchit sans se faire voir la courte distance éclairée par la torche et se cacha dans l'ombre. De là elle pensait attirer l'attention des gardes pour permettre à Alexander de la suivre, mais elle vit que l'unique garde continuait à dormir, l'autre n'étant pas revenu. Il fut très facile à Alexander et Boroba de la rejoindre.

*

La demeure du roi était une enceinte de pisé composée de plusieurs cases qui donnait l'impression d'être provisoire. Pour un monarque couvert d'or des pieds à la tête, possédant un harem important et de supposés pouvoirs divins, le « palais » était d'une modestie suspecte. Alexander et Nadia en déduisirent que Kosongo ne pensait pas faire de vieux os à Ngoubé, raison pour laquelle il n'avait pas construit quelque chose de plus élégant et de plus confortable. Une fois l'ivoire et les diamants épuisés, il s'en irait le plus loin possible jouir de sa fortune.

Le secteur du harem était entouré d'une palissade dans laquelle on avait fiché des torches tous les dix mètres, aussi se trouvait-il bien éclairé. Les torches – des morceaux de bois enveloppés de chiffons trempés dans la résine – dégageaient une fumée noire et une odeur pénétrante. Devant la clôture se dressait une construction plus grande, ornée de dessins géométriques noirs et pourvue d'une porte aussi large que haute. Les jeunes gens supposèrent qu'elle abritait le roi, car la taille de la porte permettait le passage des porteurs de la plate-forme sur laquelle se déplaçait Kosongo. A coup sûr, l'interdiction de poser les pieds par terre ne s'appliquait pas à l'intérieur de sa maison ; dans l'intimité, Kosongo devait se déplacer sur ses deux pieds, montrer son visage et parler sans avoir besoin d'un intermédiaire, comme toute personne normale. A peu de distance s'élevait un autre édifice rectangulaire, large et bas, sans fenêtres, relié à la maison royale par un couloir au toit de paille, qui était sans doute la caserne où logeaient les soldats.

Deux gardes bantous, armés de fusils, marchaient autour de l'enceinte. Alexander et Nadia les observèrent de loin pendant un bon moment et en vinrent à la conclusion que Kosongo ne craignait pas d'être attaqué, car la surveillance était une plaisanterie. Les gardes, toujours sous l'effet du vin de palme, faisaient leur ronde en titubant, s'arrêtant pour fumer lorsqu'ils en avaient envie et pour bavarder chaque fois qu'ils se croisaient. Ils les virent même boire au goulot d'une bouteille, qui contenait probablement de l'alcool. Ils n'aperçurent aucun des soldats de la Fraternité du Léopard, ce qui les rassura un peu, car ils avaient l'air plus redoutable que les gardes bantous. De toute façon, l'idée de s'introduire dans l'édifice sans savoir qui ils allaient trouver à l'intérieur était d'une folle témérité.

« Tu attends ici, Jaguar, je vais y aller la première. Je t'avertirai par un cri de chouette lorsque tu pourras envoyer Boroba », décida Nadia.

Le plan ne plut pas à Alexander, mais il n'en avait pas de meilleur. Nadia savait se déplacer sans être vue et personne ne ferait attention à Boroba, car il y avait des singes partout dans le village. La main sur le cœur il dit au revoir à son amie, et aussitôt elle disparut. Il fit un effort pour la voir et pendant quelques secondes y parvint, bien qu'elle fût à peine un voile flottant dans la nuit. Malgré la tension du moment, Alexander ne put s'empêcher de sourire en constatant combien l'art de l'invisibilité était efficace.

Nadia profita de ce que les gardes étaient en train de fumer pour s'approcher de l'une des fenêtres de la résidence royale. Sans le moindre effort elle grimpa sur le rebord et, de là, jeta un coup d'œil à l'intérieur. Il faisait sombre, mais un peu de la lumière des torches et de la lune entrait par les fenêtres – de simples ouvertures sans vitres ni persiennes. Constatant qu'il n'y avait personne, elle se glissa à l'intérieur.

Les gardes terminèrent leur cigarette et firent un autre tour de l'enceinte royale. Enfin, un cri de chouette vint mettre un terme à l'anxieuse attente d'Alexander. Le garçon lâcha Boroba et celui-ci partit d'un bond en direction de la fenêtre où il avait vu sa maîtresse pour la dernière fois. Pendant plusieurs minutes, aussi longues que des heures, il ne se passa rien. Soudain, Nadia surgit comme par enchantement auprès de son ami.

« Comment ça s'est passé ? demanda Alexander en se retenant pour ne pas l'embrasser.

— Très facile. Boroba sait ce qu'il doit faire.

— Cela veut dire que tu as trouvé l'amulette.

— Kosongo doit être autre part avec l'une ou l'autre de ses femmes. Il y avait des hommes qui dormaient par terre et d'autres qui jouaient aux cartes. Le trône, la plate-forme, le manteau, le chapeau, le sceptre et les deux défenses d'éléphant sont là. J'ai aussi vu des coffres où, je suppose, sont gardés les bijoux en or, expliqua Nadia.

— Et l'amulette ?

— Elle était avec le sceptre, mais je n'ai pu la retirer parce que j'aurais perdu mon invisibilité. Boroba va le faire.

— Comment ? »

Nadia montra la fenêtre et Alexander vit une fumée noire qui commençait à s'en échapper.

« J'ai mis le feu au manteau royal », dit Nadia.

Presque tout de suite on entendit de grands cris, les gardes qui se trouvaient à l'intérieur sortirent en courant, de la caserne surgirent plusieurs soldats ; bientôt le village fut réveillé et l'endroit se remplit de gens qui se précipitaient avec des seaux d'eau pour éteindre le feu. Boroba profita de la confusion pour s'emparer de l'amulette et sortir par la fenêtre. Quelques instants plus tard, il retrouva Nadia et Alexander, et tous trois allèrent se perdre dans la forêt.

*

Sous la voûte des arbres régnait une obscurité quasi totale. Malgré la vision nocturne du jaguar invoquée par Alexander, il était presque impossible d'avancer. C'était l'heure des serpents et des bêtes venimeuses, des fauves en quête de nourriture ; mais le danger le plus immédiat était de tomber dans un marécage et de périr englouti par la boue.

Alexander alluma sa lampe de poche et examina ce qui l'entourait. Il ne craignait pas d'être vu depuis le village, car l'épaisse végétation les entourait, mais il devait économiser les piles. Ils s'enfoncèrent dans le sous-bois en luttant avec les racines et les lianes, évitant les mares, trébuchant sur des obstacles invisibles, enveloppés du murmure incessant de la forêt.

« Et maintenant, qu'allons-nous faire ? demanda Alexander.

— Attendre qu'il fasse jour, Jaguar, nous ne pouvons continuer dans cette obscurité. Quelle heure est-il ?

— Presque quatre heures, répondit le garçon en consultant sa montre.

— Dans peu de temps il fera jour et nous pourrons nous déplacer. J'ai faim, j'ai été incapable de manger les rats du dîner, dit Nadia.

157

— Si le frère Fernando était là, il dirait que Dieu y pourvoira », dit Alexander en riant.

Ils s'installèrent du mieux qu'ils purent au milieu des fougères. L'humidité trempait leurs vêtements, des épines les piquaient, des bestioles leur couraient dessus. Ils sentaient le frôlement des animaux se glissant tout près d'eux, des battements d'ailes ; l'haleine lourde de la terre leur emplissait les narines. Depuis son aventure en Amazonie, Alexander ne partait jamais en excursion sans un briquet, car il savait que frotter des pierres n'était pas la façon la plus rapide d'allumer un feu. Ils voulurent en faire un petit pour se sécher et effrayer les fauves, mais ils ne trouvèrent pas de bois sec, et, après plusieurs tentatives, durent renoncer.

« Cet endroit est plein d'esprits, dit Nadia.

— Tu y crois ? demanda Alexander.

— Oui, mais je n'en ai pas peur. Tu te souviens de l'épouse de Walimaï ? C'était un esprit amical.

— Ça, c'était en Amazonie, on ne sait pas comment sont ceux d'ici. Les gens ont sûrement de bonnes raisons de les craindre, dit Alexander.

— Si tu voulais m'effrayer, tu as réussi », répliqua Nadia.

Alexander passa un bras autour des épaules de son amie et la serra contre lui, essayant de la réchauffer et de la rassurer. Ce geste, autrefois si naturel entre eux, était à présent chargé d'une signification nouvelle.

« Walimaï a enfin retrouvé son épouse, lui dit Nadia.

— Il est mort ?

158

— Oui, ils vivent maintenant tous les deux dans le même monde.

— Comment le sais-tu?

— Te souviens-tu quand je suis tombée dans le précipice et me suis cassé l'épaule au Royaume interdit? Walimaï m'a tenu compagnie jusqu'à ce que tu arrives avec Tensing et Dil Bahadur. Quand le chaman est apparu à côté de moi, j'ai su que c'était un esprit; maintenant, il peut se déplacer en ce monde comme en d'autres, expliqua Nadia.

— C'était un ami, tu l'appelais en utilisant un sifflet et il venait toujours, lui rappela Alexander.

— Si j'en ai besoin, il viendra comme il est venu m'aider au Royaume interdit. Les esprits voyagent loin », l'assura Nadia.

*

Malgré la peur et l'inconfort, ils commencèrent bientôt à dodeliner de la tête, car cela faisait vingt-quatre heures qu'ils n'avaient pas dormi. Ils avaient eu trop d'émotions depuis le moment où l'avion d'Angie Ninderera avait été accidenté. Ils ne surent combien de minutes ils dormirent, ni combien de serpents et autres animaux les frôlèrent. Ils se réveillèrent en sursaut lorsque Boroba leur tira les cheveux à deux mains en poussant des cris de terreur. Il faisait encore nuit. Alexander alluma la lampe de poche et son rai de lumière tomba en plein sur un visage noir, presque au-dessus du sien. Tous deux, la créature et lui, poussèrent simultanément un cri et reculèrent. La lampe roula au sol et plusieurs secondes s'écoulèrent avant que le garçon ne la retrouve. Pendant ce temps, Nadia parvint à réagir et attrapa le bras d'Alexander, lui murmurant de garder son calme. Ils sentirent une énorme main les tâter à l'aveuglette et tout à coup saisir Alexander par la chemise, le secouant avec une force extraordinaire. Le garçon ralluma la torche, mais sans braquer directement la lumière sur son attaquant. Dans la pénombre, ils s'aperçurent qu'il s'agissait d'un gorille.

« *Tampo kachi*, que le bonheur soit sur vous... »

Le salut du Royaume interdit fut la première et unique chose qui vint à l'esprit d'Alexander, trop effrayé pour penser. Nadia salua quant à elle dans la langue des singes, car elle la reconnut avant de la voir grâce à la chaleur qu'elle irradiait et à l'odeur d'herbe fraîchement coupée de son haleine : c'était la femelle gorille qu'ils avaient sauvée du piège quelques jours plus tôt et, comme alors, elle portait son bébé accroché au pelage épais de son ventre. Elle les observait de ses yeux intelligents et curieux. Nadia se demanda comment elle était arrivée jusque-là, elle avait dû parcourir des kilomètres dans la forêt, chose peu habituelle chez ces animaux.

La femelle lâcha Alexander et posa sa main sur le visage de Nadia, la poussant un peu, avec douceur, comme pour une caresse. En souriant, celle-ci lui rendit son salut par une autre poussée, qui ne parvint pas à faire bouger la gorille, même de quelques millimètres, mais établit une sorte de dialogue. L'animal leur tourna le dos et fit quelques pas, puis il revint, approcha de nouveau son visage, émit quelques doux grognements et, sans prévenir, mordilla délicatement l'oreille d'Alexander.

« Que veut-elle? demanda-t-il, alarmé.

— Que nous la suivions, elle va nous montrer quelque chose. »

Ils n'eurent pas à marcher longtemps. Tout d'un coup, en quelques bonds, l'animal grimpa jusqu'à une sorte de nid situé dans les branches d'un arbre. Alexander tourna sa torche dans cette direction et un chœur de grognements peu rassurants répondit à son geste. Il dévia aussitôt le faisceau de lumière.

« Il y a plusieurs gorilles dans cet arbre, ce doit être une famille, dit Nadia.

— Cela veut dire qu'il y a un mâle et plusieurs femelles avec leurs bébés. Le mâle peut être dangereux.

— Si notre amie nous a amenés jusqu'ici, c'est que nous sommes les bienvenus.

— Qu'allons-nous faire? J'ignore le protocole entre humains et gorilles dans ce cas », plaisanta Alexander, très nerveux.

Ils attendirent de longues minutes, immobiles sous le grand arbre. Les grognements cessèrent. Finalement, fatigués, les adolescents s'assirent entre les racines de l'immense arbre, Boroba serré contre la poitrine de Nadia, tremblant de peur.

« Ici nous pouvons dormir tranquilles, nous sommes

protégés. La gorille veut nous rendre la faveur que nous lui avons faite, assura Nadia à Alexander.

— Crois-tu que ce genre de sentiments existe chez les animaux, Aigle ? douta-t-il.

— Pourquoi pas ? Les animaux parlent entre eux, ils forment des familles, ils aiment leurs enfants, ils se regroupent en société, ils ont de la mémoire. Boroba est plus intelligent que la plupart des personnes que je connais, répliqua Nadia.

— En revanche, mon chien Poncho est plutôt stupide.

— Tout le monde n'a pas le cerveau d'Einstein, Jaguar.

— C'est sûr, Poncho ne l'a pas, sourit Alexander.

— Mais Poncho est l'un de tes meilleurs amis. Chez les animaux, l'amitié existe aussi. »

Ils dormirent aussi profondément que dans un lit de plumes ; la proximité des grands singes leur donnait une sensation de totale sécurité, ils ne pouvaient être mieux protégés.

Quelques heures plus tard, ils se réveillèrent sans savoir où ils se trouvaient. Alexander regarda sa montre et s'aperçut qu'ils avaient dormi plus longtemps que prévu ; il était plus de sept heures du matin. La chaleur du soleil faisait s'évaporer l'humidité du sol et la forêt, enveloppée dans une brume chaude, ressemblait à un bain turc. D'un bond ils se levèrent et jetèrent un coup d'œil autour d'eux. L'arbre aux gorilles était vide, et un instant ils doutèrent de la véracité des événements de la nuit.

Peut-être cela avait-il été un rêve, mais les nids se trouvaient bien là dans les branches et quelques pousses tendres de bambou, aliment préféré des gorilles, étaient posées près d'eux, en offrande. Et comme si cela ne suffisait pas, ils comprirent que plusieurs paires d'yeux noirs les observaient depuis le feuillage. La présence des gorilles était si proche et si palpable qu'ils n'avaient pas besoin de les voir pour savoir qu'ils les surveillaient.

« *Tampo kachi*, salua Alexander.

— Merci », dit Nadia dans la langue de Boroba.

Un long cri rauque leur répondit depuis la végétation impénétrable de la forêt.

« Je crois que ce grognement est un signe d'amitié », dit Nadia en riant.

*

L'aube s'annonça dans le village de Ngoubé avec une brume épaisse, semblable à une grosse fumée, qui pénétra par la porte et par les ouvertures qui servaient de fenêtres. Malgré l'inconfort de la case, les amis avaient dormi d'un sommeil profond et ne s'étaient pas aperçus qu'il y avait eu un début d'incendie dans l'une des habitations royales. Kosongo eut peu de dommages à déplorer, car les flammes avaient été immédiatement éteintes. La fumée dissipée, on vit que le feu avait pris sur le manteau royal, ce qui fut interprété comme un très mauvais présage, et qu'il avait gagné l'une des peaux

163

de léopard, laquelle s'était enflammée comme de l'amadou en provoquant une épaisse fumée. Les prisonniers ne furent mis au courant de tout cela que quelques heures plus tard.

A travers la paille de la toiture filtraient les premiers rayons du soleil. Dans la lumière de l'aube, les amis purent examiner leur environnement et constater qu'ils se trouvaient dans une case longue et étroite, aux épais murs de terre brune. Sur l'un d'eux se trouvait un calendrier de l'année précédente, apparemment gravé avec la pointe d'un couteau. Sur un autre ils virent des versets du Nouveau Testament et une grossière croix de bois.

« C'est la mission, j'en suis sûr, dit le frère Fernando, tout ému.

— Comment le savez-vous ? questionna Kate.

— Je n'ai aucun doute. Regardez... », dit-il.

Il sortit de son sac à dos une feuille de papier pliée en quatre et l'étala soigneusement. C'était un dessin au crayon fait par les missionnaires disparus. On y voyait clairement la place centrale du village, l'Arbre à Palabres avec le trône de Kosongo, les cases, les enclos, une construction plus grande indiquée comme étant la résidence du roi, une autre semblable qui servait de caserne pour les soldats. A l'endroit précis où ils se trouvaient, le dessin indiquait la mission.

« C'est ici que les frères faisaient l'école et recevaient les malades. Il doit y avoir tout près un jardin potager qu'ils ont planté, et un puits.

— Pourquoi avaient-ils besoin d'un puits s'il pleut ici toutes les deux minutes? Il y a plus d'eau qu'il n'en faut dans ces parages, commenta Kate.

— Ce ne sont pas eux qui ont creusé le puits, il était là avant. Dans leurs lettres, les frères se référaient au puits entre guillemets, comme si c'était quelque chose de spécial. Cela m'a toujours intrigué...

— Qu'ont-ils bien pu devenir? demanda Kate.

— Je ne partirai pas d'ici sans le savoir. Je dois voir le commandant Mbembelé », décida le frère Fernando.

Les gardes leur apportèrent un régime de bananes et un pot de lait plein de mouches en guise de petit déjeuner, puis ils regagnèrent leur poste à l'entrée, indiquant ainsi que les étrangers n'avaient pas l'autorisation de sortir. Kate arracha une banane et se retourna pour la donner à Boroba. C'est alors qu'ils s'aperçurent qu'Alexander, Nadia et le petit singe n'étaient plus là.

*

Kate fut très inquiète lorsqu'elle constata que personne ne les avait vus depuis la veille.

« Peut-être les jeunes gens sont-ils allés faire un tour... », suggéra le frère Fernando sans beaucoup de conviction.

Kate sortit comme une furie avant que le garde à la porte ne pût l'arrêter. Dehors, le village s'éveillait, des enfants et quelques femmes allaient et venaient, mais on ne voyait aucun homme, car aucun ne travaillait. De loin elle vit les femmes pygmées qui avaient dansé la veille ; les unes allaient chercher de l'eau au fleuve, les autres se dirigeaient vers les cases des Bantous ou vers les plantations. Elle courut les interroger au sujet des jeunes disparus, mais elle ne put communiquer avec elles – à moins qu'elles n'aient pas voulu lui répondre. Elle parcourut le village en appelant Alexander et Nadia à grands cris, mais ne les vit nulle part ; elle ne réussit qu'à réveiller les poules et attirer l'attention de deux soldats de la garde de Kosongo, qui commençaient justement leur ronde. Ils l'attrapèrent par les bras sans ménagement et la traînèrent du côté des cases royales.

« Ils emmènent Kate ! », cria Angie en voyant la scène de loin.

Elle glissa le revolver dans sa ceinture, attrapa son fusil et fit signe aux autres de la suivre. Ils devaient agir comme des invités, dit-elle, non comme des prisonniers. Le groupe écarta les deux vigiles de la porte de quelques bourrades et courut dans la direction où l'on avait emmené l'écrivain.

Pendant ce temps, les soldats maintenaient Kate au sol et s'apprêtaient à la rouer de coups, mais ils n'en eurent pas le temps, car ses amis firent irruption, criant en espagnol, en anglais et en français. L'attitude audacieuse des étrangers déconcerta les soldats ; ils n'avaient pas l'habitude qu'on leur tînt tête. A Ngoubé existait une loi : on ne pouvait toucher un soldat de Mbembelé.

166

Si cela arrivait par accident, ou par erreur, c'était des coups de fouet; autrement, on le payait de sa vie.

« Nous voulons voir le roi! », exigea Angie, appuyée par ses compagnons.

Le frère Fernando aida Kate à se relever; elle était pliée en deux par une forte crampe dans les côtes. Elle se donna deux coups de poing dans les flancs, ce qui l'aida à retrouver son souffle.

Ils étaient dans une grande case de pisé au sol de terre battue, sans aucune espèce de meubles. Sur les murs ils virent deux têtes de léopard empaillées et, dans un coin, un autel avec des fétiches vaudou. Dans un autre coin, sur un tapis rouge, se trouvaient un réfrigérateur et un téléviseur, symboles de richesse et de modernité, mais inutiles, car il n'y avait pas l'électricité à Ngoubé. La pièce avait deux portes et plusieurs ouvertures par lesquelles entrait un peu de lumière.

C'est alors qu'on entendit des voix, et aussitôt les soldats se mirent au garde-à-vous. Les étrangers se tournèrent vers l'une des portes, où un homme à l'aspect de gladiateur faisait son entrée. Ils ne doutèrent pas qu'il s'agissait du célèbre Maurice Mbembelé. Il était très grand et robuste, avec une musculature d'haltérophile, un cou et des épaules impressionnants, des pommettes marquées, des lèvres épaisses et bien dessinées, un nez cassé de boxeur, le crâne rasé. Ils ne virent pas ses yeux, car il portait des lunettes de soleil aux verres réfléchissants qui lui donnaient un air particulièrement sinistre. Il portait un pantalon de l'armée, des bottes, un large ceinturon en cuir noir et il était torse nu. Il arborait les cicatrices de la Fraternité du Léopard et des lanières en peau autour des bras. Deux soldats presque aussi grands que lui l'accompagnaient.

En voyant les muscles puissants du commandant, Angie resta bouche bée d'admiration ; d'un coup sa fureur disparut et elle se sentit honteuse comme une collégienne. Kate Cold comprit qu'elle était sur le point de perdre sa meilleure alliée et elle fit un pas en avant.

« Commandant Mbembelé, je suppose ? », demanda-t-elle.

L'homme ne répondit pas, il se contenta d'observer le groupe d'étrangers avec une expression impénétrable, comme s'il portait un masque.

« Commandant, deux personnes de notre équipe ont disparu », annonça Kate.

Le militaire accueillit la nouvelle par un silence glacé.

« Ce sont les deux jeunes gens, mon petit-fils et son amie Nadia, ajouta Kate.

— Nous voulons savoir où ils sont, ajouta Angie lors-qu'elle eut recouvré ses esprits après le coup de foudre passionné qui l'avait momentanément laissée muette.

— Ils n'ont pu aller bien loin, ils doivent être dans le village... », bredouilla Kate.

La journaliste avait la sensation de s'enfoncer dans un bourbier ; elle avait perdu pied, sa voix tremblait. Le silence se fit insupportable. Au bout d'une minute qui parut interminable, ils entendirent enfin la voix ferme du commandant.

« Les gardes négligents seront punis. »

Ce fut tout. Il fit demi-tour et partit par où il était arrivé, suivi de ses deux acolytes et de ceux qui avaient maltraité Kate. Ils riaient et faisaient des commentaires. Le frère Fernando et Angie saisirent une partie de la plaisanterie : les jeunes Blancs qui avaient pris la fuite étaient vraiment des idiots, ils mourraient dans la forêt, dévorés par des fauves ou des fantômes.

*

Voyant que personne ne les surveillait ni ne paraissait s'intéresser à eux, Kate et ses compagnons revinrent dans la case qu'on leur avait assignée comme résidence.

« Ces enfants se sont évaporés ! Ils me causent toujours des soucis ! Je jure qu'ils vont me le payer ! s'exclama Kate en tirant sur les courtes mèches grises qui couronnaient sa tête.

— Ne jurez pas. Prions plutôt », proposa le frère Fernando.

Il s'agenouilla au milieu des blattes qui circulaient tranquillement sur le sol, et se mit à prier. Personne ne l'imita, tous étant occupés à faire des conjectures et à élaborer des plans.

Angie était d'avis que le plus raisonnable serait de négocier avec le roi pour qu'il leur prête un bateau, seule façon de sortir du village. Joel González pensait que ce n'était pas le roi qui dirigeait le village, mais le commandant Mbembelé, qui ne semblait pas disposé à les aider, aussi convenait-il peut-être d'obtenir des Pygmées qu'ils les guident sur les sentiers secrets de la forêt, qu'eux seuls connaissaient. Kate n'avait pas l'intention de partir tant que les adolescents ne seraient pas revenus.

Tout d'un coup, le frère Fernando, qui ne s'était pas encore relevé, intervint pour leur montrer une feuille de papier qu'il avait découverte sur l'un des paquets en s'agenouillant pour prier. Kate la lui arracha des mains et s'approcha de l'une des ouvertures par où entrait la lumière.

« C'est un mot d'Alexander ! »

D'une voix brisée, l'écrivain lut le bref message de son petit-fils : « *Nadia et moi allons essayer d'aider les Pygmées. Distrayez Kosongo. Ne vous inquiétez pas, nous reviendrons bientôt.* »

« Ces enfants sont fous, commenta Joel González.

— Non, c'est là leur état naturel. Que pouvons-nous faire ? gémit la grand-mère.

— Ne nous demandez pas de prier, frère Fernando. Il y a sûrement quelque chose de plus efficace ! s'exclama Angie.

— Je ne sais ce que vous comptez faire, mademoiselle. Quant à moi, je suis certain que tous deux vont revenir. Pendant ce temps, je vais en profiter pour enquêter sur le sort des frères missionnaires », répliqua l'homme en se mettant debout et en secouant les blattes accrochées à son pantalon.

CHAPITRE 9

Les chasseurs

ILS errèrent au milieu des arbres, sans savoir où ils allaient. Alexander découvrit une sangsue collée à sa jambe, gonflée de son sang ; il la détacha sans faire de simagrées. Il en avait déjà fait l'expérience en Amazonie et n'en avait plus peur, mais elles lui répugnaient toujours autant. Il n'y avait pas moyen de s'orienter dans cette végétation exubérante ; tout leur paraissait identique. Les seules taches d'une autre couleur que le vert immuable de la forêt étaient les orchidées et le vol fugace d'un oiseau au joyeux plumage. Ils marchaient sur une terre rougeâtre et molle, trempée de pluie et semée d'obstacles, où ils risquaient à chaque instant de faire un faux pas. Il y avait des marécages traîtres cachés sous un manteau de feuilles flottantes. Ils devaient écarter les lianes, qui en certains endroits formaient de véritables rideaux, et éviter les épines effilées de certaines plantes. La forêt n'était pas aussi impénétrable qu'ils en avaient eu l'impression au début; des trouées entre les cimes des arbres permettaient aux rayons du soleil de filtrer.

Alexander avait son couteau à la main, prêt à le planter dans le premier animal comestible à sa portée, mais aucun ne lui donna cette satisfaction. Plusieurs rats passèrent entre ses jambes, mais ils étaient trop vifs. Les jeunes gens durent apaiser leur faim avec des fruits inconnus au goût amer. Comme Boroba en mangeait, ils supposèrent qu'ils n'étaient pas mauvais et ils l'imitèrent. Ils avaient peur de se perdre, mais ils l'étaient déjà; ils ne voyaient ni comment revenir à Ngoubé ni comment tomber sur les Pygmées. En fait, ils espéraient que ces derniers les trouveraient.

Ils marchaient depuis plusieurs heures sans direction précise, de plus en plus perdus et angoissés, lorsque Boroba se mit soudain à pousser des cris. Le singe avait pris l'habitude de s'asseoir sur la tête d'Alexander, la queue enroulée autour de son cou, agrippé à ses oreilles : de là, il voyait mieux le monde que dans les bras de Nadia. Alexander le chassait de son perchoir, mais à la première occasion Boroba revenait s'installer à son poste de prédilection. C'est ainsi perché sur Alexander qu'il vit les empreintes. A seulement un mètre de distance, mais pratiquement invisibles, c'étaient des empreintes gigantesques, qui écrasaient tout sur leur passage et traçaient une sorte de sentier. Les adolescents les reconnurent tout de suite, car ils les avaient vues pendant le safari de Michael Mushaha.

« C'est la piste d'un éléphant, dit Alexander, plein d'espoir. S'il y en a un par ici, les Pygmées ne sont sûrement pas loin. »

*

L'éléphant avait été harcelé pendant des jours. Les Pygmées poursuivaient leur proie, la fatiguant jusqu'à l'affaiblir complètement, puis ils la dirigeaient vers les filets où elle était acculée ; alors ils l'attaquaient. L'animal n'avait connu qu'une seule trêve, lorsque Béyé-Dokou et ses compagnons s'étaient déroutés pour conduire les étrangers au village de Ngoubé. Au cours de cet après-midi-là et durant une partie de la nuit, l'éléphant avait tenté de revenir sur son territoire, mais il était las et désorienté. Les chasseurs l'avaient obligé à pénétrer en terrain inconnu, il n'arrivait pas à retrouver son chemin et tournait en rond. La présence des êtres humains, avec leurs lances et leurs filets, annonçait sa fin ; son instinct l'en avertissait, mais il continuait à avancer, ne se résignant pas encore à mourir.

Pendant des milliers et des milliers d'années, l'éléphant a affronté le chasseur. Dans la mémoire génétique de l'un comme de l'autre est gravée la tragique cérémonie de la chasse, dans laquelle ils sont prêts à tuer ou mourir. Le vertige face au danger est fascinant pour tous deux. Lorsque la chasse s'intensifie, la nature retient sa respiration, la forêt se tait, la brise change de direction et, à la fin, au moment où se décide le sort de l'un d'eux, le cœur de l'homme et celui de l'animal battent au même rythme. L'éléphant est le roi de la forêt, la bête la plus grosse et la plus lourde, la plus respectable, aucune autre ne s'oppose à elle. Son seul ennemi est l'homme, une petite créature vulnérable, sans griffes ni défenses, qu'il peut écraser d'une patte, tel un lézard. Comment cet être insignifiant ose-t-il se dresser devant lui ? Mais une fois le rituel de la chasse commencé, il n'est plus temps d'envisager l'ironie de la situation : le chasseur et sa proie savent que cette danse ne s'achève qu'avec la mort.

Les chasseurs avaient découvert la végétation écrasée et les branches d'arbres déracinés bien avant Nadia et Alexander. Cela faisait de longues heures qu'ils suivaient la trace de l'éléphant, se déplaçant en parfaite coordination pour l'encercler à distance prudente. Il s'agissait d'un vieux mâle solitaire, pourvu de deux énormes défenses. Ils n'étaient qu'une douzaine de Pygmées avec des armes primitives, mais ils n'avaient pas l'intention de le laisser échapper. En temps normal, c'étaient les femmes qui fatiguaient l'animal et le poussaient vers les pièges où les hommes attendaient.

Quelques années plus tôt, avant qu'on leur eût ôté leur liberté, ils faisaient toujours une cérémonie pour invoquer l'aide des ancêtres et remercier l'animal de s'abandonner à la mort, mais depuis que Kosongo avait imposé son règne de terreur, rien n'était plus pareil. Même la chasse, la plus ancienne activité de la tribu et la plus essentielle, avait perdu sa fonction sacrée pour se transformer en massacre.

Alexander et Nadia entendirent de longs barrissements et perçurent la vibration des énormes pattes sur le sol. Le dernier acte avait déjà commencé : les filets immobilisaient l'éléphant et les premières lances se plantaient dans ses flancs.

*

Un cri de Nadia arrêta les chasseurs, lances levées, tandis que l'éléphant se débattait, furieux, utilisant ses dernières forces.

« Ne le tuez pas ! Ne le tuez pas ! », répétait Nadia.

Les bras en l'air, la jeune fille se plaça entre les hommes et l'animal. Les Pygmées se remirent rapidement de leur surprise et tentèrent de l'écarter, mais Alexander, d'un bond, entra en lice.

« Assez, arrêtez ! cria le jeune homme en leur montrant l'amulette.

— Ipemba-Afua ! », s'exclamèrent-ils en tombant prosternés devant le symbole sacré de leur tribu qui, pendant si longtemps, avait été dans les mains de Kosongo.

Alexander comprit que cet os sculpté était plus important que la poudre qu'il contenait ; même s'il avait été vide, la réaction des Pygmées aurait été la même. Cet objet était passé de main en main pendant des générations, ils lui attribuaient des pouvoirs magiques. La dette contractée vis-à-vis d'Alexander et Nadia, qui leur avaient rendu Ipemba-Afua, était immense : ils ne pouvaient rien refuser à ces jeunes étrangers qui leur rapportaient l'âme de la tribu.

Avant de leur remettre l'amulette, Alexander leur expliqua les raisons de ne pas tuer l'animal qui, pris dans les filets, était déjà vaincu.

« Il reste très peu d'éléphants dans la forêt, bientôt ils seront exterminés. Que ferez-vous alors ? Il n'y aura plus d'ivoire pour sauver vos enfants de l'esclavage. La solution, ce n'est pas de trouver de l'ivoire, c'est d'éliminer Kosongo et de libérer vos familles une bonne fois pour toutes », dit-il.

Il ajouta que Kosongo était un homme ordinaire, la terre ne tremblait pas lorsque ses pieds la touchaient, il ne pouvait pas tuer avec son regard ou sa voix. Son seul et unique pouvoir était celui que les autres lui donnaient. Si personne ne le craignait plus, Kosongo se dégonflerait.

« Et Mbembelé ? Et les soldats ? », demandèrent les Pygmées.

Alexander dut admettre qu'ils n'avaient pas vu le commandant, et que les membres de la Fraternité du Léopard semblaient en effet dangereux.

« Mais si vous avez le courage de chasser des éléphants avec des lances, vous pouvez sûrement défier Mbembelé et ses hommes, ajouta-t-il.

« — Allons au village. Avec Ipemba-Afua et nos femmes nous pouvons vaincre le roi et le commandant », proposa Béyé-Dokou.

En qualité de *tuma* – meilleur chasseur – il bénéficiait du respect de ses compagnons, mais d'aucune autorité pour leur imposer quoi que ce soit. Les chasseurs commencèrent à discuter entre eux et, bien que le sujet fût sérieux, tout à coup ils éclatèrent de rire. Alexander jugea que leurs nouveaux amis perdaient un temps précieux.

« Nous libérerons vos femmes pour qu'elles se battent avec nous. Mes amis aussi nous aideront. Ma grand-mère aura certainement une idée, elle est très avisée », promit Alexander.

Béyé-Dokou traduisit ses paroles, mais il ne parvint pas à convaincre ses compagnons. Ils n'avaient pas l'impression que ce pathétique groupe d'étrangers serait d'une grande utilité au moment du combat. La grand-mère ne les impressionnait pas non plus, ce n'était qu'une vieille avec les cheveux en bataille et des yeux de folle. Pour leur part, ils se comptaient sur les doigts de la main et n'avaient que des lances et des filets, alors que leurs ennemis étaient nombreux et puissants.

« Les femmes m'ont dit qu'à l'époque de la reine Nana-Asanté les Pygmées et les Bantous étaient amis, leur rappela Nadia.

— C'est vrai, dit Béyé-Dokou.

— Les Bantous aussi vivent dans la terreur à Ngoubé. Mbembelé les torture et les tue lorsqu'ils désobéissent.

S'ils le pouvaient, ils se débarrasseraient de Kosongo et du commandant. Peut-être se mettront-ils de notre côté, suggéra l'adolescente.

— Même si les Bantous nous aident et que nous battons les soldats, il reste toujours Sombé, le sorcier, allégua Béyé-Dokou.

— Nous pouvons vaincre aussi le sorcier ! », s'exclama Alexander.

Mais les chasseurs rejetèrent catégoriquement l'idée de défier Sombé et ils expliquèrent en quoi consistaient ses terrifiants pouvoirs : il avalait le feu, se déplaçait dans les airs et sur les braises ardentes, se changeait en un crapaud à la salive mortelle. Ils s'embrouillèrent dans les limites qu'imposaient les mimiques, et Alexander comprit que le sorcier se mettait à quatre pattes et vomissait, ce qui ne lui parut en rien extraordinaire.

« Ne vous inquiétez pas, mes amis, nous nous chargerons de Sombé », promit-il dans un excès de confiance.

Il leur remit l'amulette magique, que ses amis reçurent avec beaucoup d'émotion et une grande joie. Ils attendaient ce moment depuis des années.

*

Tandis qu'Alexander discutait avec les Pygmées, Nadia s'était approchée de l'éléphant blessé et elle essayait de l'apaiser dans la langue apprise avec Kobi, l'éléphant du safari. L'énorme animal était exténué ; il y avait du

178

sang sur ses flancs, dans lesquels étaient fichées deux lances, ainsi que sur sa trompe, qui battait le sol. La voix de la jeune fille lui parlant dans sa langue lui parvenait de très loin, comme s'il l'entendait en rêve. C'était la première fois qu'il affrontait des êtres humains et il ne s'attendait pas à ce qu'ils parlent comme lui. A bout de forces, il finit par prêter l'oreille. Lentement, mais sûrement, le son de cette voix traversa l'épaisse barrière du désespoir, de la douleur et de la terreur, et se fraya un chemin jusqu'à son cerveau. Peu à peu il se calma et cessa de se débattre dans les filets. Bientôt il resta tranquille, haletant, les yeux fixés sur Nadia, battant de ses grandes oreilles. Il dégageait une odeur de peur si forte que Nadia la reçut comme une gifle, mais elle continua à lui parler, certaine qu'il la comprenait. Au grand étonnement des hommes, l'éléphant commença à répondre et bientôt ils eurent la certitude que la jeune fille et l'animal communiquaient.

« Nous allons faire un marché, proposa Nadia aux chasseurs. En échange d'Ipemba-Afua, vous laissez la vie sauve à l'éléphant. »

Pour les Pygmées, l'amulette avait bien plus de valeur que l'ivoire, mais ils ne savaient comment dégager l'éléphant du filet sans périr écrasés par ses pattes ou embrochés dans les défenses qu'ils avaient eu l'intention d'apporter à Kosongo. Nadia leur garantit qu'ils pouvaient le faire sans danger. Pendant ce temps, Alexander s'était suffisamment approché pour examiner les blessures laissées par les lances dans la peau épaisse.

« Il a perdu beaucoup de sang. Il est déshydraté et ses plaies peuvent s'infecter. Je crains que ne l'attende une mort lente et douloureuse », annonça-t-il.

Alors Béyé-Dokou prit l'amulette et s'approcha de la bête. Il ôta un petit bouchon à l'extrémité d'Ipemba-Afua, inclina l'os en l'agitant comme une salière, tandis que d'autres chasseurs tendaient leurs mains pour recevoir une poudre verdâtre. Par signes, ils indiquèrent à Nadia de l'appliquer, car aucun d'eux n'osait toucher l'éléphant. Nadia expliqua au blessé qu'elle allait le soigner et, lorsqu'elle devina qu'il avait compris, elle mit de la poudre dans les profondes entailles faites par les lances.

Les blessures ne se refermèrent pas par magie, comme elle s'y attendait, mais au bout de quelques minutes elles cessèrent de saigner. L'éléphant tourna la tête pour tâter ses flancs de sa trompe, mais Nadia l'avertit qu'il ne devait pas les toucher.

Les Pygmées commencèrent à enlever les filets, une tâche bien plus compliquée que celle consistant à les poser, mais le vieil éléphant fut enfin délivré. Il s'était résigné à son sort, peut-être avait-il franchi la frontière qui sépare la vie de la mort, mais voilà que tout à coup il se retrouvait miraculeusement libre. Il essaya de faire quelques pas, puis avança en titubant vers l'épaisse végétation. Au dernier moment, avant de se perdre dans la forêt, il se retourna vers Nadia et, la regardant d'un œil incrédule, leva sa trompe et lança un barrissement.

« Qu'a-t-il dit ? demanda Alexander.

— Que nous l'appelions si nous avons besoin d'aide », traduisit Nadia.

*

Bientôt il ferait nuit. Nadia avait très peu mangé ces derniers jours et Alexander était aussi affamé qu'elle. Les chasseurs découvrirent les empreintes d'un buffle, mais ils ne les suivirent pas, car ces animaux étaient dangereux et se déplaçaient en troupeau. Ils possédaient une langue aussi râpeuse qu'une lime : ils pouvaient lécher un homme jusqu'à le peler et laisser ses os à nu, expliquèrent les Pygmées. Ils ne pouvaient les chasser sans l'aide de leurs femmes. Ils les conduisirent au pas de course jusqu'à un groupe de minuscules huttes, faites de branches et de feuilles. C'était un village si misérable qu'il semblait impossible que des êtres humains y habitent. Ils ne construisaient pas d'habitations plus solides parce qu'ils étaient nomades, qu'ils étaient séparés de leurs familles et devaient se déplacer de plus en plus loin à la recherche des éléphants. La tribu ne possédait rien en dehors de ce que chaque individu pouvait transporter avec lui. Les Pygmées ne fabriquaient que les objets de base pour survivre dans la forêt et chasser, ils obtenaient le reste au moyen du troc. Comme la civilisation ne les intéressait pas, les autres tribus s'imaginaient qu'ils étaient semblables à des singes.

D'un trou dans le sol, les chasseurs sortirent un quartier d'antilope couvert de terre et d'insectes. Ils l'avaient chassée deux jours plus tôt et, après en avoir consommé une partie, avaient enterré le reste pour éviter que des animaux ne le leur prennent. En voyant qu'il était encore là, ils se mirent à chanter et danser. Une fois de plus, Nadia et Alexander constatèrent que malgré leurs souffrances, ces hommes menaient une vie très joyeuse dans la forêt, tout prétexte étant bon pour plaisanter, raconter des histoires et rire aux éclats. La chair exhalait une odeur fétide, elle était à moitié verte, mais grâce au briquet d'Alexander et à l'habileté des Pygmées pour trouver du bois sec, ils firent un petit feu sur lequel ils la rôtirent. Ils mangèrent de tout aussi bon appétit les chenilles, les vers et les fourmis adhérant à la chair, qu'ils considéraient comme un véritable délice, et complétè-rent le repas par des fruits sauvages, des noix, et l'eau de quelques mares.

« Ma grand-mère nous a avertis que l'eau sale nous donnerait le choléra, dit Alexander en puisant le liquide à deux mains, car il mourait de soif.

—A toi peut-être, car tu es très délicat, se moqua Nadia, mais moi j'ai grandi en Amazonie; je suis im-munisée contre les maladies tropicales. »

Ils demandèrent à Béyé-Dokou à quelle distance se trouvait Ngoubé, mais il ne put leur donner de réponse précise; pour eux, la distance se mesurait en heures et dépendait de la vitesse à laquelle ils se déplaçaient. Cinq heures de marche équivalaient à deux au pas de course. Il ne put non plus indiquer la direction, n'ayant jamais eu ni carte ni boussole. Il ne connaissait pas les points cardinaux. Il s'orientait d'après la nature, car il pouvait reconnaître chaque arbre sur un territoire de plusieurs centaines d'hectares. Il expliqua que seuls les Pygmées avaient des noms pour tous les arbres, toutes les plantes et tous les animaux ; les autres pensaient que la forêt n'était qu'un enchevêtrement vert informe et maréca-geux. Les soldats et les Bantous ne s'aventuraient que dans la zone située entre le village et la bifurcation du fleuve, où ils établissaient un contact avec l'extérieur et négociaient avec les contrebandiers.

« Le trafic de l'ivoire est interdit presque partout dans le monde. Comment le sortent-ils de la région ? », demanda Alexander.

Béyé-Dokou l'informa que Mbembelé soudoyait les autorités et disposait de tout un réseau de complices le long du fleuve. Ils attachaient les défenses sous les bateaux, si bien qu'elles restaient sous l'eau, et ils les transportaient ainsi en plein jour. Les diamants voya-geaient dans l'estomac des contrebandiers. Ils les ava-laient avec des cuillères de miel et de pudding de ma-nioc, et deux jours plus tard, lorsqu'ils se trouvaient en lieu sûr, ils les éliminaient par l'autre extrémité, méthode quelque peu rebutante, mais infaillible.

Les chasseurs leur racontèrent les temps d'avant Ko-songo, quand Nana-Asanté gouvernait à Ngoubé. A cette époque, il n'y avait pas d'or, on ne faisait pas de trafic d'ivoire, les Bantous vivaient du café, qu'ils trans-portaient par le fleuve pour le vendre dans les villes, et les Pygmées restaient la plus grande partie de l'année à chasser dans la forêt. Les Bantous cultivaient des légumes et du manioc, qu'ils échangeaient avec les Pygmées contre de la viande. Ils célébraient des fêtes ensemble. Ils connaissaient la même misère, mais du moins étaient-ils libres. Parfois arrivaient des bateaux qui apportaient des choses de la ville, mais les Bantous achetaient peu, car ils étaient très pauvres, et cela n'intéressait pas les Pygmées. Le gouvernement les avait oubliés, mais de temps en temps il envoyait une infirmière avec des vaccins, ou un maître dans l'idée de créer une école, ou un fonctionnaire qui promettait d'installer l'électricité. Tous repartaient très vite ; ils ne supportaient pas l'éloignement de la civilisation, tombaient malades, devenaient fous. Les seuls qui restèrent furent le commandant Mbembelé et ses hommes.

« Et les missionnaires ? demanda Nadia.

— Ils étaient forts et eux aussi sont restés. Lorsqu'ils sont arrivés, Nana-Asanté n'était déjà plus là. Mbembelé les a expulsés, mais ils ne sont pas partis. Ils ont essayé d'aider notre tribu. Puis ils ont disparu, dirent les chasseurs.

— Comme la reine, remarqua Alexander.

— Non, pas comme la reine... », répondirent-ils, mais ils ne voulurent pas donner davantage d'explications.

CHAPITRE 10

Le village des ancêtres

POUR Nadia et Alexander, c'était la première nuit complète qu'ils passaient dans la forêt. La nuit précédente, ils avaient été à la fête de Kosongo, Nadia avait rendu visite aux esclaves pygmées, ils avaient volé l'amulette et mis le feu à la maison royale avant de quitter le village, aussi ne leur avait-elle pas semblé aussi longue ; mais celle-ci leur parut interminable. La lumière s'en allait de bonne heure et ne revenait que tard sous la voûte des arbres. Ils restèrent plus de dix heures blottis dans les pathétiques refuges des chasseurs, supportant l'humidité, les insectes et la proximité des animaux sauvages ; rien de cela n'incommodait les Pygmées, qui ne redoutaient que les fantômes.

Les premières lueurs de l'aube surprirent Nadia, Alexander et Boroba éveillés, affamés. De l'antilope rôtie ne restaient que des os calcinés et ils n'osèrent pas manger plus de fruits, car ils leur donnaient mal au ventre. Ils décidèrent de ne pas penser à la nourriture. Bientôt les Pygmées se réveillèrent aussi et ils se mirent à parler entre eux dans leur langue pendant un long moment. Comme ils n'avaient pas de chef, les décisions nécessitaient des heures de discussion en cercle, mais une fois qu'ils s'étaient mis d'accord, ils agissaient comme un seul homme. Grâce à sa stupéfiante facilité pour les langues, Nadia comprit en gros le sens de leurs paroles, alors qu'Alexander saisissait uniquement les quelques noms qu'il connaissait : Ngoubé, Ipemba-Afua, Nana-Asanté. Enfin cette discussion animée prit fin et les jeunes gens furent mis au courant du plan.

Les contrebandiers arriveraient dans quelques jours pour venir chercher l'ivoire – ou les enfants des Pygmées. Cela signifiait qu'ils devaient attaquer Ngoubé dans un délai maximum de trente-six heures. La première chose, et la plus importante, décidèrent-ils, était d'organiser une cérémonie avec l'amulette sacrée pour demander la protection des ancêtres et d'Ezenji, le grand esprit de la forêt, de la vie et de la mort.

« Est-ce que nous sommes passés près du village des ancêtres lorsque nous sommes arrivés à Ngoubé? », interrogea Nadia.

Béyé-Dokou leur confirma qu'en effet les ancêtres vivaient en un lieu situé entre le fleuve et Ngoubé. Il était à plusieurs heures de marche de l'endroit où ils se trouvaient maintenant. Alexander se souvint que lorsque sa grand-mère Kate était jeune elle avait parcouru le monde sac au dos, et qu'elle avait l'habitude de dormir dans les cimetières, car ils étaient très sûrs : personne ne s'y introduisait la nuit. Le village des spectres était l'endroit parfait pour préparer l'attaque de Ngoubé. Ils y seraient à peu de distance de leur objectif et parfaitement en sécurité, car Mbembelé et ses soldats ne s'en approcheraient jamais.

« C'est un moment très spécial, le plus important dans l'histoire de votre tribu. Je crois que vous devez faire la cérémonie dans le village des ancêtres... », suggéra Alexander.

Les chasseurs s'étonnèrent de la totale ignorance du jeune étranger et ils lui demandèrent si par hasard, dans son pays, on manquait de respect aux ancêtres. Alexander dut admettre qu'aux Etats-Unis les ancêtres occupaient une place insignifiante dans la société. Ils lui expliquèrent que le village des esprits était un endroit interdit et qu'aucun humain ne pouvait y pénétrer sans mourir sur-le-champ. Ils ne s'y rendaient que pour y porter les morts. Lorsque quelqu'un mourait dans la tribu, on faisait une cérémonie qui durait un jour et une nuit, puis les plus vieilles des femmes enveloppaient le corps dans des chiffons et des feuilles, elles l'attachaient avec des cordes en fibre d'écorce, celles-là mêmes qu'ils employaient pour leurs filets, et l'emmenaient se reposer avec les ancêtres. Elles s'approchaient en hâte du village, déposaient leur fardeau et repartaient en courant aussi vite que possible. Cela se faisait toujours le matin, en plein jour, après de nombreux sacrifices. C'était la seule heure sûre, car les fantômes dormaient le jour et vivaient la nuit. Si les ancêtres étaient traités avec le respect qui leur était dû, ils ne dérangeaient pas les humains, mais lorsqu'on les offensait ils se montraient impitoyables. Ils les craignaient plus que les dieux, parce qu'ils étaient plus proches.

Angie Ninderera avait raconté à Nadia et Alexander qu'en Afrique les êtres humains étaient toujours en relation avec le monde des esprits.

« Les dieux africains sont plus complaisants et plus raisonnables que les dieux d'autres peuples, leur avait-elle dit. Ils ne châtient pas comme le dieu chrétien. Ils n'ont pas d'enfer où les âmes souffrent pour l'éternité. Le pire qui puisse advenir à une âme africaine, c'est d'errer perdue, seule. Un dieu africain n'enverrait jamais son fils unique mourir sur la croix pour sauver les hommes de leurs péchés, qu'il peut effacer d'un seul geste. Les dieux africains n'ont pas créé les êtres humains à leur image, pas plus qu'ils ne les aiment, mais du moins leur fichent-ils la paix. Les esprits, en revanche, sont plus dangereux, parce qu'ils ont les mêmes défauts que les humains, ils sont avares, cruels, jaloux. Pour qu'ils se tiennent tranquilles, il faut leur offrir des cadeaux. Ils ne demandent pas grand-chose : un peu d'alcool, un cigare, le sang d'un coq. »

Les Pygmées croyaient avoir gravement offensé leurs ancêtres, raison pour laquelle ils souffraient, à la merci de Kosongo. Ils ne savaient pas quelle était cette offense

188

ni comment la réparer, mais ils supposaient que leur sort changerait s'ils apaisaient la colère des esprits.

« Allons dans leur village et demandons-leur pourquoi ils sont offensés et ce qu'ils veulent de vous, proposa Alexander.

— Ce sont des fantômes! s'exclamèrent les Pygmées, horrifiés.

— Nadia et moi ne les craignons pas. Nous irons leur parler, peut-être nous viendront-ils en aide. Après tout, vous êtes leurs descendants, ils doivent avoir un peu de sympathie pour vous, non? »

Au début, l'idée fut catégoriquement rejetée, mais les jeunes gens insistèrent et, après avoir discuté un long moment, les chasseurs convinrent de se diriger vers les abords du village interdit. Ils resteraient cachés dans la forêt, où ils prépareraient leurs armes et feraient une cérémonie, pendant que les étrangers essaieraient de parlementer avec les ancêtres.

*

Ils marchèrent de longues heures dans la forêt. Nadia et Alexander se laissaient conduire sans poser de questions, bien qu'il leur semblât souvent passer plusieurs fois au même endroit. Confiants, les chasseurs avançaient, toujours au pas de course, sans boire ni manger, insensibles à la fatigue, uniquement soutenus par le tabac noir de leurs pipes de bambou. En dehors des filets, des lances et des pointes, ces pipes étaient leurs seules possessions terrestres. Les deux jeunes gens les suivaient en trébuchant à chaque instant, abrutis de fatigue et de chaleur, jusqu'à ce qu'ils s'écroulent à terre, refusant d'aller plus loin. Ils avaient besoin de se reposer et de manger quelque chose.

L'un des chasseurs tira un dard sur un singe qui tomba comme une pierre à ses pieds. Ils le découpèrent en morceaux, lui arrachèrent la peau et enfoncèrent leurs dents dans la viande crue. Alexander fit un petit feu et grilla les morceaux qui leur étaient destinés, à lui et Nadia, tandis que Boroba cachait son visage dans ses mains en gémissant ; pour lui, c'était un horrible acte de cannibalisme. Nadia lui offrit des pousses de bambou et essaya de lui expliquer qu'étant donné les circonstances ils ne pouvaient refuser la viande ; mais Boroba, épouvanté, lui tourna le dos et refusa qu'elle le touchât.

« C'est comme si un groupe de singes dévoraient une personne devant nous, dit Nadia.

— En fait, c'est une grossièreté de notre part, Aigle, mais si nous ne nous alimentons pas, nous ne pourrons pas continuer », argua Alexander.

Béyé-Dokou leur expliqua ce qu'ils avaient l'intention de faire. Ils se présenteraient à Ngoubé à la tombée de la nuit le lendemain, au moment où Kosongo attendait la livraison de l'ivoire. Sans doute serait-il furieux en les voyant arriver les mains vides. Tandis que quelques-uns le distrairaient avec force excuses et promesses, les autres ouvriraient l'enclos des femmes et apporteraient les armes. Ils allaient se battre pour leur vie et sauver leurs enfants, dirent-ils.

« Ça me paraît une décision très courageuse, mais peu réaliste. Ça finira en massacre, car les soldats ont des fusils, allégua Nadia.

— Ils sont très vieux, fit remarquer Alexander.

— Oui, mais ils tuent quand même de loin. On ne peut lutter avec des lances contre des armes à feu, insista Nadia.

— Dans ce cas, nous devons nous emparer des munitions.

— Impossible. Les armes sont chargées et les soldats ont des cartouchières fixées à leur ceinturon. Comment pouvons-nous rendre les fusils inutilisables ?

— Je n'en sais rien, Aigle, mais ma grand-mère a connu plusieurs guerres et elle a vécu pendant des mois avec des guérilleros en Amérique centrale. Je suis sûr qu'elle saura comment s'y prendre. Nous devons retourner à Ngoubé et préparer le terrain avant l'arrivée des Pygmées, proposa Alexander.

— Comment nous y prendrons-nous pour que les soldats ne nous voient pas ? demanda Nadia.

— Nous irons de nuit. J'ai cru comprendre que la distance entre Ngoubé et le village des ancêtres est courte.

— Pourquoi veux-tu absolument aller au village interdit, Jaguar ?

— Aigle, on dit que la foi déplace les montagnes. Si nous parvenons à convaincre les Pygmées que leurs ancêtres les protègent, ils se sentiront invincibles. En

191

plus, ils ont l'amulette Ipemba-Afua, cela aussi leur donnera du courage.

— Et si les ancêtres ne veulent pas les aider ?

— Les ancêtres n'existent pas, Aigle ! Le village n'est qu'un cimetière. Nous y passerons tranquillement quelques heures, puis nous irons raconter à nos amis que les ancêtres nous ont promis leur aide dans la bataille contre Mbembelé. Voilà mon plan.

— Ça ne me plaît pas. Lorsqu'il y a mensonge, les choses tournent toujours mal..., dit Nadia.

— Si tu préfères, j'y vais seul.

— Tu sais bien que nous ne pouvons nous séparer. J'irai avec toi », décida-t-elle.

*

Il faisait encore clair dans la forêt lorsqu'ils arrivèrent à l'endroit marqué par les poupées vaudou couvertes de sang qu'ils avaient vues deux jours plus tôt. Les Pygmées refusèrent de s'enfoncer dans cette direction, car ils ne pouvaient marcher sur les territoires des esprits affamés.

« Je ne crois pas que les fantômes souffrent de la faim, ils sont supposés ne pas avoir d'estomac », commenta Alexander.

Béyé-Dokou leur montra les tas de déchets qui s'amoncelaient tout autour. Sa tribu faisait des sacrifices d'animaux et apportait des offrandes de fruits, de miel, de noix et d'alcool, qu'elle posait aux pieds des poupées.

192

La nuit, la plus grande partie disparaissait, avalée par les spectres insatiables. Grâce à quoi ils vivaient en paix, car si les fantômes étaient nourris correctement, ils n'attaquaient pas les humains. Le garçon insinua que les rats mangeaient sûrement les offrandes, mais les Pygmées, offensés, rejetèrent énergiquement cette suggestion. Les vieilles femmes chargées de porter les cadavres jusqu'à l'entrée du village pendant les funérailles pouvaient attester que la nourriture était traînée jusque-là. Elles avaient parfois entendu des cris terrifiants, capables de produire un tel effroi que leurs cheveux blanchissaient en quelques heures.

« Nadia, Boroba et moi irons là-bas, mais il faut que quelqu'un nous attende ici pour nous conduire jusqu'à Ngoubé avant le lever du jour », dit Alexander.

Pour les Pygmées, l'idée de passer la nuit dans le cimetière était la preuve la plus évidente que les jeunes étrangers n'avaient pas toute leur tête, mais comme ils ne réussissaient pas à les en dissuader, ils finirent par accepter leur décision. Béyé-Dokou leur indiqua la route, il leur fit ses adieux avec de grandes démonstrations d'affection et de tristesse, car il était persuadé qu'il ne les reverrait pas, mais par politesse il consentit à les attendre à l'autel vaudou jusqu'à ce que le soleil se lève, le lendemain matin. Les autres leur firent également leurs adieux, admiratifs devant le courage des jeunes étrangers.

*

Ce qui attira l'attention de Nadia et d'Alexander, c'est que dans cette jungle vorace, où seuls les éléphants laissaient des pistes visibles, il y avait un sentier qui conduisait au cimetière. Cela signifiait que quelqu'un l'empruntait fréquemment.

« Par ici passent les ancêtres..., murmura Nadia.

— S'ils existaient, Aigle, ils ne laisseraient pas de traces et n'auraient pas besoin d'un chemin, répliqua Alexander.

— Comment le sais-tu ?

— C'est une question de logique !

— Les Pygmées et les Bantous ne s'approchent sous aucun prétexte de cet endroit et les soldats de Mbembelé sont encore plus superstitieux et n'entrent même pas dans la forêt. Explique-moi qui a fait ce sentier, exigea Nadia.

— Je ne sais pas, mais nous allons en avoir le cœur net. »

Au bout d'une demi-heure de marche, ils se retrouvèrent dans une clairière, face à un mur circulaire haut et épais, construit avec des pierres, des troncs, de la paille et de la terre. Accrochés au mur, il y avait des têtes d'animaux desséchées, des têtes de mort ainsi que des os, des masques, des statues taillées dans le bois, des pots en terre et des amulettes. On ne voyait aucune porte, mais ils découvrirent une ouverture ronde, d'environ quatre-vingts centimètres de diamètre, située à une certaine hauteur.

« Je crois que les anciennes qui apportent les cadavres

les jettent par ce trou. De l'autre côté il doit y avoir un tas d'os », dit Alexander.

Nadia n'atteignait pas l'ouverture, mais lui, qui était plus grand, put passer la tête.

« Qu'y a-t-il ? demanda-t-elle.

— Je n'y vois pas bien. Envoyons Boroba en exploration.

— Comment peux-tu avoir une idée pareille ! Boroba n'ira pas tout seul. Nous y allons tous, ou alors personne ! décida Nadia.

— Attends-moi ici, je reviens tout de suite, répondit Alexander.

— Je préfère te suivre. »

Alexander calcula que s'il se glissait à travers le trou il tomberait sur la tête. Il ne savait pas ce qu'il allait trouver de l'autre côté ; mieux valait grimper sur le mur, un jeu d'enfant pour lui, étant donné son expérience de l'escalade. La texture irrégulière du mur facilitait l'ascension, et en moins de deux minutes il était à califourchon au sommet, tandis que Nadia et Boroba attendaient en bas, plutôt nerveux.

« C'est comme un village abandonné, il a l'air vieux, je n'ai jamais rien vu de pareil, dit Alexander.

— Il y a des squelettes ? l'interrogea Nadia.

— Non. Ça paraît propre et vide. Peut-être n'introduisent-ils pas les corps par l'ouverture, comme nous le pensions... »

Avec l'aide de son ami, Nadia sauta elle aussi de

l'autre côté. Boroba hésita, mais la crainte de rester seul l'incita à la suivre ; il ne se séparait jamais de sa maîtresse.

A première vue, le village des ancêtres ressemblait à un ensemble de fours en terre et en pierre, placés en cercles concentriques, dans une symétrie parfaite. Chacune de ces constructions rondes avait un trou, fermé par des morceaux de tissu ou d'écorce, en guise de porte. Il n'y avait ni statues, ni poupées, ni amulettes. La vie semblait s'être arrêtée dans cette enceinte clôturée par le haut mur. La jungle n'y pénétrait pas et même la température était différente. Il y régnait un silence inexplicable, on n'entendait ni le brouhaha des singes et des oiseaux de la forêt, ni le carillonnement de la pluie, ni le murmure de la brise dans les feuilles des arbres. La quiétude était absolue.

« Ce sont des tombes, c'est là qu'ils doivent mettre les défunts. Allons voir », décida Alexander.

En regardant à l'intérieur, ils virent des restes humains bien rangés, qui formaient une pyramide. C'étaient des squelettes secs et brisés, qui étaient peut-être là depuis des centaines d'années. Certaines huttes étaient remplies d'os, d'autres à moitié pleines et quelques-unes restaient vides.

« Quel spectacle macabre ! observa Alexander avec un frisson.

— Je ne comprends pas, Jaguar... Si personne n'entre ici, comment se fait-il que ce soit tellement bien rangé et propre ? demanda Nadia.

— C'est très mystérieux », admit son ami.

CHAPITRE 11

Rencontre avec les esprits

L
A lumière, toujours ténue sous la voûte verte de la jungle, commençait à diminuer. Cela faisait deux jours, depuis qu'ils avaient quitté Ngoubé, que les amis ne voyaient le ciel qu'à travers les trouées qu'il y avait parfois entre les cimes des arbres. Le cimetière se trouvait dans une clairière et ils purent voir un morceau de ciel au-dessus de leur tête, qui commençait à virer au bleu foncé. Ils s'assirent entre deux tombes, s'apprêtant à passer quelques heures de solitude.

Au cours des trois années qui s'étaient écoulées depuis qu'Alexander et Nadia se connaissaient, leur amitié s'était étoffée comme un grand arbre, jusqu'à devenir la chose la plus importante de leur vie. L'affection enfantine du début avait évolué à mesure qu'ils mûrissaient, mais jamais ils n'en parlaient. Ils manquaient de mots pour décrire ce sentiment délicat et craignaient, s'ils le faisaient, qu'il se brise comme du verre. Mettre des mots sur leur relation signifiait la définir, poser des limites, la réduire ; si elle n'était pas mentionnée, elle restait libre et pure. Silencieusement, leur amitié s'était subtilement dilatée, sans qu'eux-mêmes s'en aperçoivent.

Ces derniers temps, Alexander souffrait plus que jamais de l'explosion hormonale propre à l'adolescence, que la plupart des garçons connaissent plus tôt : son corps lui apparaissait comme un ennemi, il ne le laissait pas en paix. Ses notes au lycée avaient baissé, il ne faisait plus de musique, même les excursions en montagne avec son père, autrefois si importantes dans sa vie, l'ennuyaient à présent. Il souffrait d'accès de mauvaise humeur, se querellait avec sa famille et ensuite, plein de remords, ne savait comment faire la paix. Il était devenu maladroit, empêtré dans une confusion de sentiments contradictoires. Il passait de la dépression à l'euphorie en quelques minutes, ses émotions étaient si intenses qu'il lui arrivait de se demander sérieusement s'il valait la peine de vivre. Dans les moments de pessimisme, il pensait que le monde était une calamité, et la plus grande partie de l'humanité, d'une stupidité abyssale. Bien qu'il eût consulté des livres à ce sujet et qu'à l'école on discutât énormément de l'adolescence, il en souffrait comme d'une maladie inavouable. « Ne t'inquiète pas, nous sommes tous passés par là », le consolait son père, comme s'il s'agissait d'un rhume ; mais il allait bientôt avoir dix-huit ans et son état ne s'améliorait pas. C'est à peine si Alexander pouvait parler avec ses parents : ils le rendaient fou, ils étaient d'une autre époque, tout ce qu'ils disaient lui paraissait dépassé. Il savait qu'ils l'aimaient de façon inconditionnelle et il leur en était reconnaissant, mais il pensait qu'ils ne pouvaient pas le comprendre. Il n'y avait qu'avec Nadia qu'il partageait ses problèmes. Dans le langage codé qu'il utilisait avec elle par courrier électronique, il pouvait décrire ce qui lui arrivait sans en avoir honte, mais jamais il ne l'avait fait de vive voix. Elle l'acceptait tel qu'il était, sans le juger. Elle lisait ses messages sans donner son avis, car elle ne savait vraiment pas quoi répondre ; ses inquiétudes à elle étaient différentes.

Alexander pensait que son obsession vis-à-vis des filles était ridicule, mais il ne pouvait s'en débarrasser. Un mot, un geste, un frôlement suffisaient à lui remplir la tête d'images et l'âme de désirs. Le meilleur palliatif était l'exercice : été comme hiver, il faisait du surf sur le Pacifique. Le choc de l'eau glacée et la merveilleuse sensation de voler sur les vagues lui rendaient l'innocence et la joie de l'enfance, mais cet état d'esprit durait peu. Les voyages avec sa grand-mère, en revanche, parvenaient à le distraire pendant des semaines. Devant sa grand-mère, il réussissait à contrôler ses émotions, ce qui lui donnait certains espoirs ; peut-être son père avait-il raison et cette folie serait-elle passagère.

*

Depuis qu'ils s'étaient retrouvés à New York pour entreprendre ce voyage, Alexander regardait Nadia avec des yeux neufs, bien qu'il l'eût complètement exclue de ses rêveries romantiques ou érotiques. Il ne pouvait même pas l'imaginer sur ce plan, il la mettait dans la même catégorie que ses sœurs : une pure et jalouse affection l'unissait à elle. Son rôle était de la protéger de tout individu pouvant lui faire du mal, et en particulier des autres garçons. Nadia était jolie – du moins la voyait-il ainsi – et tôt ou tard un essaim d'amoureux se presserait autour d'elle. Jamais il ne permettrait à ces grands dadais de l'approcher, cette seule idée le mettait hors de lui. Il remarquait les formes du corps de Nadia, la grâce de ses gestes et l'expression concentrée de son visage. Il aimait sa couleur, ses cheveux blond foncé, sa peau hâlée, ses yeux noisette ; il aurait pu peindre son portrait avec une palette réduite de jaunes et de bruns. Elle était différente de lui et cela l'intriguait : sa fragilité physique, qui cachait une grande force de caractère, son attention silencieuse, sa façon d'être en harmonie avec la nature. Elle avait toujours été réservée, mais à présent elle lui paraissait mystérieuse. Il adorait être auprès d'elle, la toucher de temps en temps, mais il lui était bien plus facile de communiquer avec elle à distance ; lorsqu'ils étaient ensemble il se troublait, il ne savait quoi lui dire et commençait à mesurer ses paroles, il lui semblait parfois que ses mains étaient très lourdes, ses pieds très grands, son ton très impérieux.

Là, assis dans l'obscurité, entourés de tombes dans un

ancien cimetière pygmée, Alexander sentait la proximité de son amie avec une intensité presque douloureuse. Il l'aimait plus que personne au monde, plus que ses parents et tous ses amis réunis, il avait peur de la perdre.

« Comment ça se passe à New York ? Tu aimes vivre avec ma grand-mère ? lui demanda-t-il pour dire quelque chose.

— Ta grand-mère me traite comme une princesse, mais mon père me manque.

— Ne retourne pas en Amazonie, Aigle, c'est très loin et on ne peut pas communiquer.

— Viens avec moi, dit-elle.

— J'irai avec toi où tu veux, mais je dois d'abord faire mes études de médecine.

— Ta grand-mère dit que tu écris nos aventures en Amazonie et au Royaume du Dragon d'or. Vas-tu aussi écrire sur les Pygmées ? demanda Nadia.

— Ce ne sont que des notes, Aigle. Je n'ai pas l'intention de devenir écrivain, je veux être médecin. L'idée m'est venue quand ma mère est tombée malade et j'ai décidé de m'y mettre quand le lama Tensing a soigné ton épaule avec des aiguilles et des prières. Je me suis rendu compte que la science et la technologie n'étaient pas suffisantes pour soigner, il y a d'autres choses tout aussi importantes. La médecine holistique, je crois que c'est ce que je veux faire plus tard, expliqua Alexander.

— Te rappelles-tu ce que t'a dit le chaman Walimaï ? Il a dit que tu as le pouvoir de soigner et que tu dois l'utiliser. Je crois que tu seras le meilleur médecin du monde, l'assura Nadia.

— Et toi, que veux-tu faire après le lycée?

— Je veux étudier le langage des animaux.

— Il n'y a pas d'écoles pour étudier le langage des animaux, plaisanta Alexander.

— Eh bien, je fonderai la première!

— Ce serait bien que nous voyagions ensemble, moi comme médecin et toi comme linguiste, proposa Alexander.

— Ça, ce sera quand nous serons mariés », répliqua Nadia.

La phrase resta en suspens dans l'air, aussi visible qu'une bannière. Alexander sentit son sang lui picoter le corps et son cœur faire des embardées dans sa poitrine. Il était tellement surpris qu'il ne put répondre. Comment cette idée ne lui était-elle pas venue à l'esprit? Il était depuis toujours amoureux de Cecilia Burns, avec laquelle il n'avait rien en commun. Cette année, il l'avait poursuivie avec une ténacité invincible, supportant stoïquement ses caprices et ses rebuffades. Alors qu'il agissait encore comme un gamin, Cecilia Burns était devenue une femme qui réunissait toutes les qualités requises, bien qu'elle eût presque le même âge que lui. Elle était très séduisante et Alexander avait perdu l'espoir qu'elle fît un jour attention à lui. Cecilia voulait devenir actrice, elle soupirait après les jeunes premiers du cinéma et projetait d'aller tenter sa chance à Hollywood dès qu'elle aurait dix-huit ans. Le commentaire de Nadia lui révéla un horizon qu'il n'avait pas envisagé jusqu'alors.

« Quel idiot je suis! s'exclama-t-il.

— Qu'est-ce que ça veut dire? Que nous n'allons pas nous marier?

— Je..., balbutia Alexander.

— Ecoute, Jaguar, nous ne savons pas si nous allons sortir vivants de cette forêt. Comme il ne nous reste peut-être que peu de temps, parlons à cœur ouvert, proposa-t-elle avec le plus grand sérieux.

— Bien sûr que nous allons nous marier, Aigle! Il n'y a pas le moindre doute, répliqua-t-il, les oreilles en feu.

— Bon, nous avons encore quelques années devant nous », dit-elle en haussant les épaules.

Pendant un long moment ils ne trouvèrent rien d'autre à se dire. Alexander était secoué par un ouragan de pensées et d'émotions contradictoires, qui oscillaient entre la peur de regarder à nouveau Nadia à la lumière du jour et la tentation de l'embrasser. Il était sûr qu'il n'oserait jamais faire une chose pareille... Le silence lui devint insupportable.

« Tu as peur, Jaguar? », demanda Nadia une demi-heure plus tard.

Alexander ne répondit pas, imaginant qu'elle avait deviné ses pensées et faisait référence à la nouvelle crainte qu'elle avait éveillée en lui et qui le paralysait. A sa seconde question, il comprit qu'elle parlait de quelque chose de beaucoup plus immédiat et concret.

« Demain il faudra affronter Kosongo, Mbembelé et peut-être le sorcier Sombé... Comment allons-nous nous y prendre?

— Nous verrons bien, Aigle. Comme dit ma grand-mère : il ne faut pas avoir peur de la peur. »

Il lui fut reconnaissant d'avoir changé de sujet et décida qu'il ne parlerait plus d'amour, du moins jusqu'à ce qu'il soit à l'abri en Californie, séparé d'elle par la largeur du continent américain. Par courrier électronique, il serait plus facile de parler de senti-ments, car elle ne pourrait pas voir ses oreilles toutes rouges.

« J'espère que l'aigle et le jaguar nous viendront en aide, dit Alexander.

— Cette fois, nous aurons besoin de plus que cela », conclut Nadia.

*

Comme si elle répondait à un appel, à cet instant ils sentirent une présence silencieuse à quelques pas de l'endroit où ils se trouvaient. Alexander mit la main sur son couteau et alluma la lampe de poche; alors, dans le faisceau de lumière, surgit devant eux un personnage terrifiant.

Paralysés par la frayeur, ils virent à trois mètres d'eux une vieille sorcière couverte de haillons, aussi maigre qu'un squelette, avec une énorme crinière blanche hirsute. Un fantôme, pensèrent-ils en même temps, mais aussitôt Alexander songea qu'il devait y avoir une autre explication.

« Qui va là! », cria-t-il en anglais en se levant d'un bond.

Silence. Le garçon répéta la question et, de nouveau, braqua sa torche sur la femme.

« Vous êtes un esprit? », demanda Nadia dans un mélange de français et de bantou.

L'apparition répondit dans un murmure incompréhensible et recula, éblouie par la lumière.

« C'est une vieille femme! », s'exclama Nadia.

Enfin ils comprirent nettement ce que disait le supposé fantôme : Nana-Asanté.

« Nana-Asanté? La reine de Ngoubé? Vivante ou morte? », interrogea Nadia.

Ils surent bientôt à quoi s'en tenir : c'était l'ancienne reine, corps et âme, celle-là même qui avait disparu, soi-disant assassinée par Kosongo lorsque celui-ci avait usurpé son trône. La femme était restée cachée pendant des années dans le cimetière où elle avait survécu grâce aux offrandes que laissaient les chasseurs pour leurs ancêtres. C'était elle qui gardait l'endroit propre; elle mettait dans les tombes les cadavres qu'ils jetaient par le trou dans le mur. Elle leur dit qu'elle n'était pas seule, mais en très bonne compagnie, celle des esprits, qu'elle espérait rejoindre très bientôt de manière définitive, car elle était fatiguée d'habiter son corps. Elle raconta qu'elle était autrefois une *nganga*, une guérisseuse, qui voyageait dans le monde des esprits lorsqu'elle entrait en transe. Elle les avait vus pendant les cérémonies et en avait une peur panique, mais depuis qu'elle vivait dans le cimetière, elle ne les craignait plus. Maintenant, ils étaient ses amis.

« Pauvre femme, elle a dû devenir folle », murmura Alexander à Nadia.

Nana-Asanté n'était pas folle, bien au contraire; ces années de recueillement lui avaient donné une extraordinaire lucidité. Elle était informée de tout ce qui se passait à Ngoubé, connaissait Kosongo et ses vingt épouses, Mbembelé et ses dix soldats de la Fraternité du Léopard, le sorcier Sombé et ses démons. Elle savait que les Bantous du village n'osaient pas s'opposer à eux, car toute manifestation de rébellion était punie de terribles tourments. Elle savait que les Pygmées étaient réduits en esclavage, que Kosongo leur avait pris l'amulette sacrée et que Mbembelé vendait leurs enfants s'ils n'apportaient pas d'ivoire. Et elle savait aussi qu'un groupe d'étrangers était arrivé à Ngoubé à la recherche des missionnaires, que les deux plus jeunes avaient fui Ngoubé et qu'ils viendraient lui rendre visite. Elle les attendait.

« Comment pouvez-vous savoir cela! s'exclama Alexander.

— Les ancêtres me l'ont raconté. Eux savent bien des choses. Ils ne sortent pas seulement la nuit, comme le croient les humains, ils sortent aussi le jour, vont de-ci de-là avec les autres esprits de la nature, parmi les vivants et les morts. Ils savent que vous allez leur demander de l'aide, dit Nana-Asanté.

206

— Accepteront-ils d'aider leurs descendants ? demanda Nadia.

— Je ne sais pas. C'est à vous de leur parler », décida la reine.

Une énorme lune, jaune et rayonnante, apparut dans la clairière. Tout le temps où la pleine lune brilla, quelque chose de magique eut lieu dans le cimetière, quelque chose qu'au cours des années à venir Alexander et Nadia se rappelleraient comme l'un des moments cruciaux de leur vie.

*

Le premier symptôme annonçant qu'il se passait quelque chose d'extraordinaire fut que les jeunes gens purent voir dans la nuit avec la plus grande netteté, comme si le cimetière était éclairé par les formidables projecteurs d'un stade. Pour la première fois depuis qu'ils étaient en Afrique, Alexander et Nadia eurent froid. Grelottant, ils s'étreignirent pour se donner courage et chaleur. Un murmure d'abeilles grandissant envahit l'espace et, devant les yeux émerveillés des jeunes gens, l'endroit se remplit d'êtres translucides. Ils étaient entourés d'esprits. Impossible de les décrire, car ils n'avaient pas de forme définie. Ils semblaient vaguement humains, mais changeaient, comme des dessins de fumée ; ni nus ni habillés, ils n'avaient pas de couleur, ils étaient lumineux.

L'intense bourdonnement musical des insectes qui vibrait à leurs oreilles avait une signification, c'était un langage universel qu'ils comprenaient, comparable à la télépathie. Ils n'avaient rien à expliquer aux fantômes, rien à leur raconter, rien à leur demander par des mots. Ces êtres éthérés savaient ce qu'il s'était passé, et aussi ce qui arriverait dans l'avenir, car dans leur dimension le temps n'existait pas. Là étaient les âmes des ancêtres morts, mais également de ceux qui n'étaient pas encore nés, des âmes qui restaient indéfiniment à l'état spirituel, d'autres prêtes à acquérir une forme physique sur cette planète ou sur d'autres, ici ou là.

Les amis apprirent que les esprits interviennent rarement dans les événements du monde matériel, bien qu'ils aident parfois les animaux grâce à l'intuition, et les personnes grâce à l'imagination, aux rêves, à la créativité et à la révélation mystique ou spirituelle. La plupart des gens vivent déconnectés du divin et ne perçoivent pas les signes, les coïncidences, les prémonitions et les minuscules miracles quotidiens par lesquels se manifeste le surnaturel. Ils comprirent que les esprits ne provoquent pas de maladies, de malheurs ou de morts, comme ils l'avaient entendu dire; la souffrance est causée par la méchanceté et l'ignorance des vivants. Ils ne détruisent pas non plus ceux qui violent leurs territoires ou les offensent, car ils ne possèdent pas de territoires, et il est impossible de les offenser. Les sacrifices, les présents et les prières n'arrivent pas jusqu'à eux, leur seule utilité étant de rassurer les personnes qui apportent les offrandes.

Ce dialogue silencieux avec les fantômes dura un temps impossible à calculer. Peu à peu, la lumière s'accrut, et l'espace s'ouvrit alors à une dimension plus vaste. Le mur qu'ils avaient franchi pour s'introduire dans le cimetière disparut et ils se retrouvèrent au milieu de la forêt, bien qu'elle ne semblât pas la même que celle où ils étaient un peu plus tôt. Rien n'était pareil, il s'en dégageait une énergie rayonnante. Les arbres ne formaient plus une masse de végétation compacte : chacun avait à présent son propre caractère, son nom, ses souvenirs. Les plus hauts, dont les graines avaient donné naissance à de plus jeunes, leur racontèrent leur histoire. Les plantes les plus anciennes manifestèrent leur intention de mourir bientôt pour nourrir la terre ; les plus jeunes étendaient leurs tendres rejets, s'accrochant à la vie. Il y avait un murmure continu de la nature, des formes subtiles de communication entre les espèces.

Des centaines d'animaux entourèrent les jeunes gens, certains dont ils ignoraient l'existence : d'étranges okapis au long cou qui ressemblaient à de petites girafes ; des chevrotins porte-musc, des civettes, des mangoustes, des écureuils volants, des chats dorés et des antilopes à rayures de zèbre ; des fourmiliers couverts d'écailles et une multitude de singes grimpés dans les arbres, bavardant comme des enfants dans la lumière magique de cette nuit. Devant eux défilèrent des léopards, des crocodiles, des rhinocéros et autres fauves, en toute harmonie. Des oiseaux extraordinaires emplirent l'espace de leurs voix et illuminèrent la nuit de leurs audacieux plumages. Des milliers d'insectes dansèrent dans la brise : des papillons multicolores, des scarabées phosphorescents, de bruyants grillons, de délicates lucioles. Le sol grouillait de reptiles : vipères, tortues et gros lézards, descendants des dinosaures, qui observaient les adolescents avec des yeux à trois paupières.

Ils se retrouvèrent au cœur de la forêt spirituelle, entourés de milliers et de milliers d'âmes végétales et animales. Les esprits d'Alexander et de Nadia se dilatèrent encore et ils perçurent les liens qui unissaient les êtres, l'univers entier parcouru de courants d'énergie, enveloppé dans un filet exquis, aussi fin que la soie, aussi solide que l'acier. Ils comprirent que rien n'existe isolément ; chaque événement, qu'il s'agisse d'une pensée ou d'un ouragan, affecte tout le reste. Ils sentirent la terre palpitante et vivante, un grand organisme berçant dans son giron la flore et la faune, les collines, les fleuves, le vent des plaines, la lave des volcans, les neiges éternelles des plus hautes montagnes. Et cette planète mère fait partie d'autres organismes plus vastes, unie aux astres infinis de l'immense firmament.

Les jeunes gens virent les cycles inévitables de vie, de mort, de transformation et de renaissance comme un merveilleux dessin dans lequel tout survient simultanément, sans passé, sans présent ni futur, maintenant, depuis toujours et pour toujours.

Et enfin, lors de l'ultime étape de leur fantastique odyssée, ils comprirent que les âmes innombrables, comme tout ce qui existe dans l'univers, sont les particules d'un esprit unique, telles les gouttes d'eau d'un océan. Une seule essence spirituelle anime tout ce qui existe. Il n'y a pas de séparation entre les êtres, pas de frontière entre la vie et la mort.

*

A aucun moment, au cours de cet incroyable voyage, Nadia et Alexander n'eurent peur. Au début, il leur sembla qu'ils flottaient dans la nébuleuse d'un rêve et ils ressentirent un calme profond, mais à mesure que le pèlerinage immatériel ouvrait leurs sens et leur imagination, la tranquillité fit place à la joie, à un bonheur irrépressible, à une sensation d'extraordinaire énergie et de force.

La lune poursuivit sa promenade dans le firmament, puis elle disparut dans la forêt. Pendant quelques minutes la lumière des fantômes persista dans l'atmosphère, tandis que le bourdonnement des abeilles et le froid diminuaient peu à peu. Les deux amis s'éveillèrent de leur transe et se retrouvèrent au milieu des tombes, Boroba pendu à la taille de Nadia. Pendant un moment ils ne parlèrent ni ne bougèrent, afin de ne pas rompre le charme. Enfin ils se regardèrent, déconcertés, doutant de ce qu'ils avaient vécu, c'est alors que surgit devant eux la silhouette de la reine Nana-Asanté, qui leur confirma que ce n'était pas une simple hallucination.

La reine rayonnait d'un immense et intense éclat. Les

211

jeunes gens la virent telle qu'elle était et non telle qu'elle leur était apparue au début, comme une vieille misérable, n'ayant que la peau sur les os, couverte de haillons. C'était en réalité une présence formidable, une amazone, une déesse antique de la forêt. Nana-Asanté avait grandi en sagesse pendant ces années de méditation et de solitude au milieu des morts ; elle avait nettoyé son cœur de la haine et de la cupidité, elle ne désirait rien, rien ne l'inquiétait, elle n'avait peur de rien. Elle était courageuse parce qu'elle ne s'accrochait pas à la vie ; elle était forte parce qu'elle était animée par la compassion ; elle était juste parce qu'elle pressentait la vérité ; elle était invincible parce que la soutenait une armée d'esprits.

« Il y a beaucoup de souffrance à Ngoubé. Lorsque vous régniez, il y avait la paix, les Bantous et les Pygmées se souviennent de ce temps-là. Venez avec nous, Nana-Asanté, aidez-nous, supplia Nadia.

— Allons-y », répliqua la reine sans hésiter, comme si elle s'était préparée pendant des années à ce moment.

CHAPITRE 12

Le règne de la terreur

ENDANT les deux jours que Nadia et Alexander passèrent dans la forêt, une série d'événements dramatiques déferla sur le village de Ngoubé. Kate, Angie, le frère Fernando et Joel González ne revirent pas Kosongo et ils durent s'entendre avec Mbembelé, qui de toute évidence était beaucoup plus redoutable que le roi. En apprenant la disparition de deux de ses prisonniers, le commandant se préoccupa davantage de punir les gardes qui les avaient laissés filer que du sort des jeunes absents. Il ne fit pas le moindre effort pour les retrouver et, lorsque Kate Cold lui demanda son aide pour partir à leur recherche, il la lui refusa.

« Ils sont déjà morts, je ne vais pas perdre mon temps pour eux. Personne ne survit la nuit dans la forêt, sauf les Pygmées, qui ne sont pas des humains, lui dit Mbembelé.

— Dans ce cas, ordonnez à quelques Pygmées de m'accompagner pour aller les chercher », lui dit Kate.

Mbembelé avait pour habitude de ne pas répondre aux questions, et encore moins aux requêtes, raison pour laquelle personne n'osait lui en présenter. L'attitude impudente de cette vieille étrangère produisit sur lui plus de désarroi que de colère, il ne pouvait croire à une telle insolence. Il garda le silence, l'observant à travers ses sinistres lunettes noires, tandis que des gouttes de sueur coulaient sur son crâne rasé et ses bras nus marqués des cicatrices rituelles. Ils étaient dans son « bureau », où il avait fait conduire la journaliste.

Le « bureau » de Mbembelé était un cachot avec, dans un coin, une table métallique déglinguée et deux chaises. Horrifiée, Kate vit des instruments de torture et des taches sombres, qui paraissaient être du sang, sur les murs en pisé peints à la chaux. Sans doute l'intention du commandant, en la recevant là, était-elle de l'intimider et il y réussit, mais Kate n'avait pas l'intention de montrer de la faiblesse. Elle n'avait que son passeport américain et sa carte de journaliste pour la protéger, mais ils seraient inutiles si Mbembelé s'apercevait qu'elle avait peur.

Il lui sembla que le militaire, à la différence de Kosongo, n'avait pas gobé l'histoire selon laquelle ils étaient venus interviewer le roi; le militaire soupçonnait sans doute que la véritable cause de leur présence à Ngoubé

214

était de découvrir le sort des missionnaires disparus. Ils se trouvaient entre les mains de cet homme, mais Mbembelé devait calculer les risques avant de se laisser emporter par un accès de cruauté, il ne pouvait maltraiter des étrangers, déduisit Kate avec un peu trop d'optimisme. Une chose était de maltraiter les pauvres diables qu'il avait à sa merci à Ngoubé, et une autre de le faire avec des étrangers, surtout s'ils étaient blancs. Il n'avait pas intérêt à ce que les autorités fassent une enquête. Le commandant devait se débarrasser d'eux au plus tôt; s'ils apprenaient trop de choses, il n'aurait d'autre alternative que de les tuer. Il savait qu'ils ne partiraient pas sans Nadia et Alexander, et cela compliquait la situation. Kate en conclut qu'ils devaient faire preuve de la plus grande prudence, car la meilleure issue, pour le commandant, était que ses hôtes fussent victimes d'un accident opportun. Il ne vint pas à l'idée de la journaliste qu'au moins l'un d'entre eux était vu d'un bon œil à Ngoubé.

« Comment s'appelle l'autre femme de votre groupe, demanda Mbembelé après une longue pause.

— Angie, Angie Ninderera. Elle nous a amenés dans son avion, mais...

— Sa Majesté, le roi Kosongo, est prêt à l'accepter au nombre de ses femmes. »

Kate Cold sentit ses jambes flageoler. Ce qui, la veille, était une plaisanterie devenait maintenant une désagréable – peut-être même dangereuse – réalité. Que dirait Angie des intentions de Kosongo? Nadia et

Alexander feraient sans doute bientôt leur apparition, comme l'indiquait la note de son petit-fils. Au cours des précédents voyages, elle avait également connu des moments de désespoir à cause des adolescents, mais les deux fois ils étaient revenus sains et saufs. Elle devait leur faire confiance. Il s'agissait avant tout de réunir son groupe, puis elle penserait à la manière de regagner la civilisation. L'idée lui vint que l'intérêt subit du roi pour Angie pouvait au moins leur être utile pour gagner du temps.

« Voulez-vous que je communique à Angie la requête du roi ? demanda Kate lorsqu'elle retrouva sa voix.

— Ce n'est pas une requête, c'est un ordre. Parlez-lui. Je la verrai au cours du tournoi qui aura lieu demain. D'ici là, vous avez l'autorisation de circuler dans le village, mais je vous interdis de vous approcher de l'enceinte royale, des enclos et du puits.

Le commandant fit un geste, et aussitôt le soldat qui montait la garde à la porte saisit Kate par le bras et l'emmena. L'espace d'un instant, la lumière du jour aveugla la vieille journaliste.

*

Kate rejoignit ses amis et transmit le message d'amour à Angie, qui le prit plutôt mal, comme il fallait s'y attendre.

« Jamais je ne ferai partie du troupeau des femmes de Kosongo ! s'exclama-t-elle furieuse.

216

— Bien sûr que non, Angie, mais tu pourrais être aimable avec lui pendant deux jours et...

— Pas même une minute! Bien sûr, si au lieu de Kosongo, c'était le commandant..., soupira Angie.

— Mbembelé est une brute! l'interrompit Kate.

— C'est une blague, Kate. Je ne veux être aimable ni avec Kosongo, ni avec Mbembelé, ni avec personne. Je veux sortir de cet enfer le plus tôt possible, récupérer mon avion et m'enfuir là où ces criminels ne pourront me rattraper.

— Si vous distrayez le roi, comme le propose Mme Cold, nous pourrons gagner du temps, argua le frère Fernando.

— Comment voulez-vous que je m'y prenne? Regardez-moi! Mes vêtements sont sales et mouillés, j'ai perdu mon rouge à lèvres, ma coiffure est un désastre. J'ai l'air d'un porc-épic! répliqua Angie en montrant ses cheveux pleins de boue qui pointaient en tous sens.

— Les gens du village ont peur, l'interrompit le missionnaire en changeant de sujet. Personne ne veut répondre à mes questions, mais j'ai mené l'enquête. Je sais que mes compagnons ont séjourné ici et qu'ils ont disparu voilà plusieurs mois. Ils n'ont pu aller nulle part. Ils ont dû connaître le sort réservé aux martyrs.

— Vous voulez dire qu'on les a tués? demanda Kate.

— Oui. Je crois qu'ils ont donné leur vie pour le Christ. Je prie pour qu'au moins ils n'aient pas trop souffert...

— Je regrette vraiment, frère Fernando, dit Angie,

soudain sérieuse et émue. Pardonnez ma frivolité et ma mauvaise humeur. Comptez sur moi, je ferai tout mon possible pour vous aider. Je ferai la danse des sept voiles pour distraire Kosongo si vous voulez.

— Je ne vous en demande pas tant, mademoiselle Ninderera, répliqua tristement le missionnaire.

— Appelez-moi Angie », dit-elle.

Le reste de la journée se passa à attendre le retour de Nadia et d'Alexander, à errer dans le village à la recherche d'informations et à échafauder des plans de fuite. Les deux gardes qui avaient fait preuve de négligence la nuit précédente furent arrêtés par les soldats, mais non remplacés, si bien que personne ne les surveillait. Ils vérifièrent que les Frères du Léopard, qui avaient déserté l'armée régulière pour venir à Ngoubé avec le commandant, étaient les seuls ayant accès aux armes à feu entreposées à la caserne. Les gardes bantous étaient recrutés de force à l'adolescence. Médiocrement armés, surtout de machettes et de couteaux, ils obéissaient plus par peur que par loyauté. Sous les ordres de la poignée de soldats de Mbembelé, les gardes devaient réprimer le reste de la population bantoue, c'est-à-dire leurs propres familles et amis. La cruelle discipline ne laissait aucune échappatoire; les rebelles et les déserteurs étaient exécutés sans jugement.

Les femmes de Ngoubé, qui autrefois étaient indépendantes et prenaient part aux décisions de la communauté, avaient perdu tous leurs droits : elles devaient travailler dans les plantations de Kosongo et obéir aux exigences des hommes, les plus belles jeunes filles étant destinées au harem du roi. Le système d'espionnage du commandant utilisait même les enfants, qui apprenaient à surveiller les membres de leur famille. Il suffisait d'être accusé de trahison, même sans preuve, pour perdre la vie. Au début, ils en avaient assassiné beaucoup, mais la population de la région était peu nombreuse et, en voyant qu'ils allaient se retrouver sans sujets, le roi et le commandant avaient dû mettre un frein à leur enthousiasme.

Ils comptaient également sur l'aide de Sombé, le sorcier, qu'ils convoquaient lorsqu'ils avaient besoin de ses services. Les gens étaient habitués aux guérisseurs, aux sorciers, qui avaient pour mission de servir de lien avec le monde des esprits, de guérir les maladies, de dire des incantations et de fabriquer des amulettes de protection. On supposait que, la plupart du temps, le décès d'un individu était causé par la magie. Lorsque quelqu'un mourait, il revenait au sorcier de vérifier qui avait provoqué la mort, de dénouer le maléfice et de punir le coupable ou de l'obliger à verser une rétribution à la famille du défunt. Cela lui donnait du pouvoir au sein de la communauté. A Ngoubé, comme dans beaucoup d'autres régions d'Afrique, il y avait toujours eu des sorciers, certains plus respectés que d'autres, mais aucun comme Sombé.

On ne savait pas où vivait le macabre ensorceleur. Il se matérialisait dans le village, tel un démon, et une fois sa mission accomplie il s'évaporait sans laisser de trace;

219

on ne le revoyait plus pendant des semaines, voire des mois. Il était à ce point redouté que même Kosongo et Mbembelé évitaient sa présence, et que tous deux restaient enfermés dans leur maison dès que Sombé arrivait. Son aspect imposait la terreur. Il était immense – aussi grand que le commandant Mbembelé – et lorsqu'il entrait en transe, il acquérait une force démesurée : il était capable de soulever de gros troncs d'arbre que six hommes ne pouvaient déplacer. Il avait une tête de léopard et un collier de doigts dont, d'après ce que l'on disait, il avait amputé ses victimes d'un seul regard, de même qu'il décapitait les coqs sans les toucher au cours de ses démonstrations de sorcellerie.

« J'aimerais connaître ce fameux Sombé, opina Kate quand les amis se retrouvèrent pour se raconter ce que chacun avait glané.

— Et moi j'aimerais photographier ses tours d'illusionnisme, ajouta Joel González.

— Il est possible que ce ne soient pas des tours. La magie vaudou peut être très dangereuse », dit Angie en frissonnant.

*

Pendant leur deuxième nuit dans la case – qui leur parut interminable –, les membres de l'expédition gardèrent les torches allumées, malgré l'odeur de résine brûlée et la fumée noire, car au moins ils pouvaient voir les blattes et les rats. Kate passa des heures à veiller, tendant l'oreille, attendant qu'Alexander et Nadia reviennent. Comme il n'y avait pas de gardes devant l'entrée, elle put sortir prendre l'air lorsque l'atmosphère devint irrespirable à l'intérieur. Angie la rejoignit dehors et elles s'assirent par terre, côte à côte.

« Je meurs d'envie de fumer un cigare, marmonna Angie.

— Tu as là une chance d'abandonner ce vice, comme je l'ai fait. Il donne le cancer du poumon, l'avertit Kate. Veux-tu une gorgée de vodka ?

— Et l'alcool, ce n'est pas un vice, Kate ? se moqua Angie.

— Tu insinues que je suis alcoolique ? Un peu de respect s'il te plaît ! Je bois quelques gorgées de temps en temps pour calmer les douleurs de mes os, rien de plus.

— Il faut partir d'ici, Kate.

— Nous ne pouvons nous en aller sans mon petit-fils et Nadia, répliqua la journaliste.

— Combien de temps as-tu l'intention de les attendre ? Les bateaux viendront nous chercher après-demain.

— A ce moment-là, les enfants seront de retour.

— Et s'ils ne sont pas là ?

— Dans ce cas vous partirez, moi je resterai, dit Kate.

— Je ne te laisserai pas seule ici, Kate.

— Tu partiras avec les autres chercher de l'aide. Il faudra que tu entres en contact avec la revue *International Geographic* et l'ambassade américaine. Personne ne sait où nous sommes.

« — Le seul espoir, c'est que Michael Mushaha ait capté l'un des messages que j'ai envoyés par radio, mais je ne compterais pas trop là-dessus », dit Angie.

Les deux femmes restèrent silencieuses un long moment. Malgré les circonstances dans lesquelles elles se trouvaient, elles appréciaient la beauté de la nuit sous la lune. A cette heure, il y avait peu de torches allumées dans le village, hormis celles qui éclairaient l'enceinte royale et la caserne des soldats. La rumeur continuelle de la forêt et le parfum pénétrant de la terre humide arrivaient jusqu'à elles. A quelques pas de là existait tout un monde parallèle de créatures qui ne voyaient jamais la lumière du soleil et qui maintenant les guettaient dans l'ombre.

« Sais-tu ce qu'est le puits, Angie? demanda Kate.

— Celui que les missionnaires mentionnaient dans leurs lettres?

— Ce n'est pas ce que nous imaginions. Il ne s'agit pas d'un puits d'eau, dit Kate.

— Non? Et qu'est-ce que c'est alors?

— C'est le lieu des exécutions.

— Qu'est-ce que tu dis! s'exclama Angie.

— Tu as bien entendu, Angie. Il est derrière la résidence royale, entouré d'une palissade. Il est interdit de s'en approcher.

— C'est un cimetière?

— Non. C'est une sorte de mare ou de bassin avec des crocodiles... »

Angie se leva d'un bond, incapable de respirer, avec la

222

sensation d'avoir une locomotive sur la poitrine. Les paroles de Kate confirmaient la terreur qu'elle ressentait depuis que son avion avait atterri sur la plage et qu'elle était prisonnière dans cette région barbare. Heure après heure, jour après jour, s'était affirmée en elle la conviction qu'elle marchait inexorablement vers sa fin. Elle avait toujours cru qu'elle mourrait jeune dans un accident d'avion, jusqu'à ce que Ma Bangesé, la devineresse du marché, lui eût parlé des crocodiles. Au début, elle n'avait pas pris la prédiction très au sérieux, mais après deux rencontres presque fatales avec ces animaux, l'idée avait pris racine dans son esprit pour devenir une obsession. Kate devina ce que son amie pensait.

« Ne sois pas superstitieuse, Angie. Le fait que Kosongo élève des crocodiles ne veut pas dire que tu leur serviras de dîner.

— C'est mon destin, Kate, je ne peux y échapper.

— Nous sortirons vivants d'ici, Angie, je te le promets.

— Tu ne peux pas me promettre cela, parce que tu ne peux pas le réaliser. Que sais-tu de plus ?

— Ils jettent dans le puits ceux qui se révoltent contre l'autorité de Kosongo et de Mbembelé, lui expliqua Kate. Ce sont les femmes pygmées qui me l'ont dit. Leurs maris doivent chasser pour nourrir les crocodiles. Elles savent tout ce qui se passe dans le village. Ce sont les esclaves des Bantous, elles font le travail le plus pénible, entrent dans les cases, écoutent les conversations, observent. Elles sont libres le jour, ils ne les enferment que la nuit. Personne ne fait attention à elles, parce qu'on pense qu'elles n'ont pas d'intelligence humaine.

— Tu crois que c'est ainsi qu'ils ont tué les missionnaires et que c'est pour cette raison qu'il ne reste aucune trace d'eux ? demanda Angie en frissonnant.

— Oui, mais je n'en suis pas sûre, c'est pourquoi je ne l'ai pas encore dit au frère Fernando. Demain j'essaierai de connaître la vérité et, si c'est possible, je jetterai un coup d'œil au puits. Nous devons le prendre en photo, c'est une partie essentielle de l'histoire que j'ai l'intention d'écrire pour la revue », décida Kate.

*

Le lendemain, Kate se présenta de nouveau devant le commandant Mbembelé pour lui faire savoir qu'Angie Ninderera était très honorée de l'attention que le roi lui portait, et qu'elle était disposée à considérer sa proposition, mais qu'elle avait besoin d'au moins quelques jours pour se décider, car elle avait promis sa main à un sorcier très puissant au Botswana et, comme tout le monde le savait, il était très dangereux de trahir un sorcier, même à distance.

« Dans ce cas, le roi Kosongo n'est pas intéressé par la femme », décida le commandant.

Kate fit rapidement marche arrière. Elle ne s'attendait pas à ce que Mbembelé la prît au sérieux.

« Ne croyez-vous pas que vous devriez consulter Sa Majesté ?

— Non.

— En réalité, Angie Ninderera n'a pas donné sa parole au sorcier, disons qu'elle n'a pas d'engagement formel, vous comprenez ? On m'a dit que par ici vivait Sombé, le sorcier le plus puissant d'Afrique, peut-être pourrait-il libérer Angie de la magie de l'autre prétendant..., proposa Kate.

— Peut-être.

— Quand le fameux Sombé viendra-t-il à Ngoubé ?

— Tu poses beaucoup de questions, vieille femme, tu es aussi agaçante que les *mopani*, répliqua le commandant en faisant le geste de chasser une abeille. Je parlerai au roi Kosongo. Nous verrons comment libérer la femme.

— Une dernière chose, commandant Mbembelé, dit Kate depuis la porte.

— Que veux-tu encore ?

— Les appartements où vous nous avez logés sont très agréables, mais pas très propres, il y a des excréments de rats et de chauves-souris...

— Et alors ?

— Angie Ninderera est très délicate, les mauvaises odeurs l'incommodent. Pouvez-vous envoyer une esclave pour nettoyer et nous préparer à manger ? Si ce n'est pas trop demander.

— Entendu », répliqua le commandant.

La servante qu'on leur assigna avait l'air d'une fillette ;

simplement vêtue d'une jupe de raphia, elle mesurait à peine un mètre quarante et était mince, mais forte. Elle vint armée d'un balai de branchages et entreprit de balayer le sol avec une rapidité époustouflante. Mais plus elle soulevait de poussière, pires étaient l'odeur et la crasse. Kate l'interrompit, parce qu'en réalité elle l'avait fait venir dans un autre but : elle avait besoin d'une alliée. Au début, la femme ne parut pas comprendre les intentions et les gestes de Kate, elle prenait une expression stupide, comme celle d'une brebis, mais lorsque la journaliste mentionna Béyé-Dokou, son visage s'éclaira. Kate comprit que la stupidité était feinte, elle lui servait de protection.

Avec des mimiques et quelques mots de bantou et de français, la petite femme expliqua qu'elle s'appelait Jena et était l'épouse de Béyé-Dokou. Ils avaient deux enfants, qu'ils voyaient rarement, parce qu'ils étaient enfermés dans un enclos, mais pour le moment les grand-mères s'occupaient bien des enfants. Béyé-Dokou et les autres chasseurs n'avaient que jusqu'au lendemain pour se présenter avec l'ivoire ; s'ils échouaient, ils perdraient leurs enfants, dit Jena en pleurant. Kate ne sut que faire devant ces larmes, mais Angie et le frère Fernando tentèrent de la consoler en lui expliquant que Kosongo n'oserait pas vendre les enfants avec un groupe de journalistes pour témoins. Jena fut d'avis que rien ni personne ne pouvait dissuader Kosongo.

*

Le sinistre battement des tambours emplissait la nuit africaine, faisant frémir la forêt et terrorisant les étrangers, qui écoutaient depuis leur case, le cœur plein de sombres pressentiments.

« Que signifient ces tambours ? demanda Joel González en tremblant.

— Je ne sais pas, mais ils ne peuvent annoncer rien de bon, répliqua le frère Fernando.

— J'en ai assez d'avoir peur tout le temps ! Voilà des jours que l'angoisse m'étouffe, je ne peux pas respirer ! Je veux partir d'ici ! s'exclama Angie.

— Prions, mes amis », suggéra le missionnaire.

A cet instant un soldat apparut et, s'adressant uniquement à Angie, annonça qu'un « tournoi » allait avoir lieu et que le commandant Mbembelé exigeait sa présence.

« J'irai avec mes compagnons, dit-elle.

— Comme vous voulez, répliqua l'émissaire.

— Pourquoi les tambours résonnent-ils ? demanda Angie.

— Ezenji, fut la réponse succincte du soldat.

— La danse de la mort ? »

L'homme ne répondit pas, il tourna les talons et s'en fut. Les membres du groupe se consultèrent. Joel González était d'avis qu'il s'agissait sûrement de leur propre mort : ils seraient les principaux acteurs du spectacle. Kate le fit taire.

« Tu me rends nerveuse, Joel. S'ils veulent nous tuer, ils ne le feront pas en public. Ils n'ont pas intérêt à provoquer un scandale international en nous assassinant.

— Qui le saurait, Kate ? Nous sommes à la merci de ces fous. Que leur importe l'opinion du reste du monde ? Ils font ce qu'ils veulent », gémit Joel.

La population du village, à l'exception des Pygmées, se rassembla sur la place. On avait tracé par terre un quadrilatère à la chaux, comme un ring de boxe, éclairé par des torches. Sous l'Arbre à Palabres se trouvait le commandant accompagné de ses « officiers » — les dix soldats de la Fraternité du Léopard —, debout derrière le siège qu'il occupait. Comme d'habitude, il était vêtu d'un pantalon et de bottes militaires, portait ses lunettes noires, bien qu'il fît nuit. Angie Ninderera fut conduite jusqu'à l'autre siège, placé à quelques pas du commandant, tandis que ses amis étaient ignorés. Le roi Kosongo brillait par son absence, mais ses épouses s'entassaient à l'endroit habituel, derrière l'arbre, surveillées par le vieux sadique à la badine de bambou.

L'« armée » était présente : les Frères du Léopard avec leurs fusils, les gardes bantous munis de machettes, de couteaux et de bâtons. Les gardes, très jeunes, donnaient l'impression d'avoir aussi peur que le reste des habitants du village. Les étrangers comprirent bientôt pourquoi.

Les trois musiciens, vêtus de la veste d'uniforme militaire mais sans pantalon, qui le soir de l'arrivée de Kate et de son groupe frappaient les bâtons, avaient maintenant des tambours. Ils produisaient un son monotone, lugubre, menaçant, bien différent de la musique des Pygmées. Le tam-tam continua un long moment, jusqu'à ce que la lune ajoutât sa clarté à celles des torches. Entre-temps, on avait apporté des bidons en plastique et des calebasses contenant du vin de palme, qui passaient de main en main. Cette fois on en offrit aux femmes, aux enfants et aux visiteurs. Le commandant avait du whisky américain, probablement de contrebande. Il but deux gorgées et passa la bouteille à Angie, qui la refusa dignement ; elle ne voulait établir aucun type de familiarité avec cet homme. Mais lorsqu'il lui offrit une cigarette, elle ne put résister, cela faisait une éternité qu'elle n'avait pas fumé.

Sur un geste de Mbembelé, les musiciens firent entendre un roulement de tambours annonçant le début du spectacle. De l'autre bout de la place ils amenèrent les deux gardes chargés de surveiller la case des étrangers, et qui avaient laissé s'enfuir Nadia et Alexander. On les poussa dans le quadrilatère, où ils restèrent agenouillés, tête basse, tremblants. Ils étaient très jeunes, Kate estima qu'ils devaient avoir l'âge de son petit-fils, dix-sept ou dix-huit ans. Une femme, sans doute la mère de l'un d'eux, poussa un cri et s'élança vers le ring, mais aussitôt elle fut retenue par d'autres femmes qui l'emmenèrent, serrée dans leurs bras, essayant de la consoler.

Mbembelé se mit debout, jambes écartées, les poings sur les hanches, la mâchoire proéminente, la sueur brillant sur son crâne rasé et son torse nu d'athlète. Dans cette attitude et avec les lunettes de soleil qui cachaient ses yeux, il était l'image même du méchant dans les films d'action. Il aboya quelques phrases dans sa langue, que les visiteurs ne comprirent pas, et tout de suite après revint s'asseoir, s'installant confortablement contre le dossier de son siège. Un soldat donna un couteau à chacun des hommes dans le quadrilatère.

Kate et ses amis ne tardèrent pas à comprendre les règles du jeu. Les deux gardes étaient condamnés à se battre pour leur vie, et leurs compagnons, de même que leur famille et leurs amis, étaient condamnés à assister à cette cruelle forme de discipline. Ezenji, la danse sacrée que les Pygmées exécutaient autrefois avant de partir à la chasse pour invoquer le grand esprit de la forêt, avait dégénéré à Ngoubé, devenant un tournoi à mort.

*

La lutte entre les deux gardes punis fut brève. Pendant quelques minutes ils parurent danser en rond, le poignard à la main, cherchant un moment d'inattention de leur adversaire pour porter un coup. Mbembelé et ses soldats les excitaient par des cris et des moqueries, mais le reste des spectateurs gardait un silence funeste. Les autres gardes bantous étaient terrifiés, car ils supputaient que n'importe lequel d'entre eux pourrait être le prochain condamné. La population de Ngoubé, impuissante et furieuse, faisait ses adieux aux jeunes gens ; seules la peur de Mbembelé et la nausée provoquée par le vin de palme empêchaient qu'une révolte éclate. Les familles étaient unies par de nombreux liens du sang ; ceux qui observaient cet effroyable combat étaient des parents des garçons armés de poignards.

Lorsque enfin les lutteurs décidèrent de passer à l'attaque, les lames des couteaux brillèrent un instant dans la lumière des torches avant de s'abattre sur les corps. Deux cris simultanés déchirèrent la nuit et les deux garçons tombèrent, l'un se roulant à terre, l'autre à quatre pattes, l'arme toujours à la main. La lune parut s'arrêter dans le ciel, tandis que la population de Ngoubé retenait son souffle. Pendant de longues minutes, celui qui gisait à terre fut secoué de spasmes, puis il s'immobilisa. Alors, l'autre lâcha le couteau et se prosterna, le front à terre, les bras sur la tête, convulsé de sanglots.

Mbembelé se leva, il s'approcha avec une lenteur étudiée et, de la pointe de sa botte, retourna le corps inerte du premier, puis il dégaina le revolver qu'il portait dans son ceinturon et visa la tête du second. A cet instant, Angie Ninderera se jeta au centre de la place et s'accrocha au commandant avec une telle rapidité et une telle force qu'elle le prit par surprise. La balle toucha le sol à quelques centimètres de la tête du condamné. Une exclamation d'horreur parcourut le village : il était absolument interdit de toucher le commandant. Jamais auparavant quelqu'un n'avait osé l'affronter de la sorte. L'acte d'Angie produisit une telle incrédulité chez le militaire qu'il mit quelques secondes à se remettre de sa stupeur, ce qui donna à Angie le temps de se placer devant le revolver, protégeant la victime.

« Dites au roi Kosongo que j'accepte d'être son épouse et que je veux la vie de ces garçons en cadeau de mariage », dit-elle d'une voix ferme.

Mbembelé et Angie se regardèrent dans les yeux, se jaugeant avec férocité, tels deux boxeurs avant le combat. Le commandant avait une demi-tête de plus qu'elle, il était beaucoup plus fort, et surtout il avait un revolver, mais Angie faisait partie de ces personnes qui ont une inébranlable confiance en elles. Elle se jugeait belle, intelligente, irrésistible, et avait une arrogance qui lui permettait d'obtenir tout ce qu'elle voulait. Elle posa ses deux mains sur la poitrine nue du militaire honni – le touchant pour la deuxième fois – et elle le poussa doucement, l'obligeant à reculer. Elle le foudroya ensuite d'un sourire capable de désarmer le plus brave.

« Allons, commandant, maintenant oui, j'accepte une gorgée de votre whisky », dit-elle joyeusement, comme s'ils venaient d'assister non pas à un duel à mort, mais à un numéro de cirque.

Alors, le frère Fernando, Kate et Joel González s'approchèrent aussi et se mirent en devoir de relever les deux jeunes gens. L'un titubait, couvert de sang, l'autre était inconscient. Ils les soutinrent sous les bras et les emmenèrent en les traînant presque jusqu'à la case où ils étaient logés, tandis que la population de Ngoubé, les gardes bantous et les Frères du Léopard observaient la scène, plongés dans la stupéfaction la plus absolue.

CHAPITRE 13

David et Goliath

LA reine Nana-Asanté accompagna Nadia et Alexander sur l'étroite piste de la forêt qui reliait le village des ancêtres à l'autel où attendait Béyé-Dokou. Le soleil n'était pas encore levé et la lune avait disparu, c'était l'heure la plus noire de la nuit, mais Alexander avait sa lampe de poche et Nana-Asanté connaissait le sentier par cœur, car elle le parcourait souvent pour prendre les offrandes de nourriture que laissaient les Pygmées.

Alexander et Nadia étaient transformés par l'expérience qu'ils avaient vécue dans le monde des esprits. Pendant quelques heures ils cessèrent d'être des individus et se fondirent dans la totalité de ce qui existe. Ils se sentaient forts, sûrs d'eux, lucides ; la réalité leur apparaissait sous un jour plus riche et plus lumineux. La peur les aban-

235

donna, y compris la peur de la mort, parce qu'ils avaient compris que, quoi qu'il arrive, ils ne disparaîtraient pas engloutis par l'obscurité. Ils ne seraient jamais séparés, ils faisaient partie d'un esprit unique.

Il était difficile d'imaginer sur le plan métaphysique que les méchants comme Mauro Carías en Amazonie, le Spécialiste au Royaume interdit et Kosongo à Ngoubé avaient des âmes semblables aux leurs. Comment se pouvait-il qu'il n'y eût pas de différence entre méchants et héros, entre saints et criminels ; entre ceux qui font le bien et ceux qui passent leur temps à répandre la destruction et la souffance dans le monde ? Ils ne connaissaient pas la réponse à ce mystère, mais supposèrent que chaque être contribue par son expérience à l'immense réserve spirituelle de l'univers. Les uns le font à travers la souffrance causée par la méchanceté, les autres à travers la lumière acquise par la compassion.

En revenant à la réalité présente, les jeunes gens pensèrent aux épreuves qui les attendaient. Dans l'immédiat, ils avaient une mission à accomplir : ils devaient aider à libérer les esclaves et à renverser Kosongo. Pour cela, il fallait secouer l'indifférence des Bantous, qui se rendaient complices de la tyrannie en ne s'y opposant pas ; dans certaines circonstances, on ne peut rester neutre. Cependant, le dénouement ne dépendait pas d'eux, les véritables protagonistes et héros de l'histoire étaient les Pygmées. Cela leur enleva un terrible poids des épaules.

Béyé-Dokou s'était endormi et il ne les entendit pas

arriver. Nadia le réveilla doucement. Lorsqu'il vit Nana-Asanté dans la lumière de la torche, il crut être en présence d'un fantôme, ses yeux s'exorbitèrent et il prit la couleur de la cendre, mais la reine se mit à rire et elle lui caressa la tête, pour lui prouver qu'elle était aussi vivante que lui ; puis elle lui raconta que pendant toutes ces années elle était restée cachée dans le cimetière, sans oser sortir par peur de Kosongo. Elle ajouta qu'elle était fatiguée d'attendre que les choses se règlent d'elles-mêmes, que le moment était venu de retourner à Ngoubé, d'affronter l'usurpateur et de libérer son peuple de l'oppression.

« Nadia et moi irons à Ngoubé préparer le terrain, annonça Alexander. Nous nous arrangerons pour trouver de l'aide. Quand les gens sauront que Nana-Asanté est vivante, je crois qu'ils auront le courage de se révolter.

— Nous, les chasseurs, nous irons dans l'après-midi. C'est à cette heure que nous attend Kosongo », dit Béyé-Dokou.

Ils décidèrent que Nana-Asanté ne se présenterait pas au village avant d'avoir la certitude que la population l'appuierait, sinon Kosongo la tuerait en toute impunité. Elle était le seul atout sur lequel ils pouvaient tabler dans ce jeu dangereux, ils devaient le garder pour la fin. S'ils parvenaient à dépouiller Kosongo de ses prétendus attributs divins, peut-être les Bantous cesseraient-ils d'avoir peur et se soulèveraient-ils contre lui. Bien sûr, il restait Mbembelé et ses soldats, mais Alexander et Nadia proposèrent un plan, qui fut approuvé par Nana-Asanté et Béyé-Dokou. Alexander remit sa montre à la reine, car les Pygmées ne savaient pas s'en servir, et ils se mirent d'accord sur l'heure et la manière d'agir.

Le reste des chasseurs les rejoignit. Ils avaient passé une bonne partie de la nuit à danser lors d'une cérémonie au cours de laquelle ils avaient demandé son aide à Ezenji, ainsi qu'à d'autres divinités du monde animal et végétal. Lorsqu'ils virent la reine, ils eurent une réaction bien plus exagérée que celle de Béyé-Dokou. Ils crurent d'abord que c'était un fantôme et s'enfuirent épouvantés, suivis de Béyé-Dokou qui essayait de leur expliquer en criant qu'il ne s'agissait pas d'une âme en peine. Enfin ils revinrent un à un, prudemment, et osèrent toucher la femme du bout de leurs doigts tremblants. Après avoir vérifié qu'elle n'était pas morte, ils l'accueillirent avec respect, pleins d'espoir.

*

L'idée d'injecter au roi Kosongo le tranquillisant de Michael Mushaha était de Nadia. La veille, elle avait vu l'un des chasseurs abattre un singe en utilisant une sarbacane et un dard semblables à ceux des Indiens d'Amazonie. Elle pensa qu'on pouvait lancer l'anesthésiant de la même façon. Elle ne savait pas quel effet il aurait sur un être humain. S'il pouvait faire tomber un rhinocéros en quelques minutes, peut-être tuerait-il une personne, mais elle supposa que, vu son imposante stature, Kosongo résisterait. Ses vêtements constituaient un obstacle quasi infranchissable. Avec une arme adéquate on pouvait traverser le cuir d'un éléphant, mais avec une sarbacane il fallait atteindre la peau nue du roi.

Lorsque Nadia exposa son projet, les Pygmées montrèrent le chasseur qui avait les meilleurs poumons; c'était en outre un excellent tireur. L'homme gonfla la poitrine et sourit devant la distinction qu'on lui accordait, mais l'orgueil ne dura pas longtemps, car aussitôt les autres se mirent à rire et à se moquer, comme ils le faisaient toujours lorsqu'une personne se vantait. Une fois que la fierté qui lui était montée à la tête fut redescendue, ils lui remirent l'ampoule qui contenait l'anesthésiant. Le chasseur humilié la rangea sans dire un mot dans un petit sac qu'il portait à la taille.

« Le roi dormira comme une souche pendant plusieurs heures. Cela nous donnera le temps de soulever les Bantous, et ensuite la reine Nana-Asanté fera son apparition, proposa Nadia.

— Et que ferons-nous du commandant et des soldats? demandèrent les chasseurs.

— Je défierai Mbembelé en duel », dit Alexander.

Il ne savait pourquoi il avait dit cela ni comment il avait l'intention de mener à bien un projet aussi téméraire. C'était simplement la première chose qui lui était venue à l'esprit et il l'avait exprimée sans réfléchir. Mais dès qu'il l'eut dit, l'idée prit corps et il comprit qu'il n'y avait pas d'autre solution. De même qu'ils devaient dépouiller Kosongo de ses attributs divins, afin que les gens n'en aient plus peur, ce qui, en fin de compte, était le précaire fondement de son pouvoir, il fallait vaincre Mbembelé sur son propre terrain, celui de la force brute.

« Tu ne peux pas gagner, Jaguar, tu n'es pas comme lui, tu es un garçon pacifique. De plus, il a des armes et toi tu n'as jamais tiré, argua Nadia.

— Ce sera un combat sans armes à feu, à mains nues ou avec des lances.

— Tu es fou ! »

Alexander expliqua aux chasseurs qu'il avait une amulette très puissante ; il leur montra le fossile qu'il portait au cou et leur raconta qu'il provenait d'un animal mythique, un dragon qui avait vécu dans les hautes montagnes de l'Himalaya avant que les êtres humains n'existent sur Terre. Cette amulette, dit-il, le protégeait des objets tranchants et, pour le prouver, il leur ordonna d'aller se placer à dix mètres de distance et de l'attaquer avec leurs lances.

Les Pygmées formèrent un cercle serré, comme des joueurs de football américain, en parlant très vite et en riant. De temps à autre, ils jetaient des regards de pitié au jeune étranger qui sollicitait une telle folie. Alexander perdit patience, il se glissa au milieu d'eux et insista pour qu'ils le mettent à l'épreuve.

Les hommes s'alignèrent entre les arbres, peu convaincus, pliés de rire. Alexander mesura dix pas, ce qui n'était pas simple au milieu de cette végétation, il se plaça face à eux, les poings sur les hanches, et leur cria qu'il était prêt. Un à un les Pygmées lancèrent leurs javelots. Le garçon ne bougea pas un muscle tandis que les armes passaient, frôlant sa peau à un millimètre. Déconcertés, les chasseurs récupérèrent leurs lances et essayèrent à nouveau, cette fois sans rire et avec plus d'énergie, mais ils ne réussirent pas non plus à l'atteindre.

« Maintenant, attaquez avec les machettes », leur ordonna Alexander.

Deux d'entre eux, les seuls qui avaient des machettes, lui tombèrent dessus en criant à pleins poumons, mais le garçon déroba son corps sans aucune difficulté et les lames s'enfoncèrent dans le sol.

« Tu es un sorcier très puissant, conclurent-ils émerveillés.

— Non, mais mon amulette est presque aussi puissante qu'Ipemba-Afua, répliqua Alexander.

— Tu veux dire qu'avec cette amulette n'importe qui peut faire la même chose ? demanda l'un des chasseurs.

— Exactement. »

Une fois de plus, les Pygmées firent cercle, chuchotant avec passion un long moment, jusqu'à ce qu'ils tombent d'accord.

« Dans ce cas, l'un de nous se battra avec Mbembelé, conclurent-ils.

— Pourquoi ? Je peux le faire, répliqua Alexander.

— Parce que tu n'es pas aussi fort que nous. Tu es grand, mais tu ne sais pas chasser et tu te fatigues quand tu cours. N'importe laquelle de nos femmes est plus habile que toi, dit l'un des chasseurs.

— Eh bien ! Merci...

— C'est la vérité, acquiesça Nadia en dissimulant un sourire.

— Le *tuma* se battra avec Mbembelé », décidèrent les Pygmées.

Tous montrèrent le meilleur chasseur, Béyé-Dokou, qui rejeta l'honneur avec humilité, en signe de bonne éducation, bien qu'il fût aisé de deviner combien il se sentait heureux. Après s'être fait prier plusieurs fois, il accepta d'accrocher l'excrément de dragon à son cou et de se placer devant les lances de ses compagnons. La scène précédente se répéta et ils furent ainsi convaincus que le fossile était un bouclier impénétrable. Alexander imagina Béyé-Dokou, ce petit homme de la taille d'un enfant, face au formidable Mbembelé.

« Vous connaissez l'histoire de David et Goliath ? demanda-t-il.

— Non, répliquèrent les Pygmées.

— Il y a longtemps, loin de cette forêt, deux tribus étaient en guerre. L'une avait un champion du nom de Goliath, un géant aussi grand qu'un arbre et aussi fort qu'un éléphant, qui brandissait une épée aussi lourde que dix machettes. Tous en avaient très peur. David, un garçon de la tribu adverse, osa le défier. Il était armé d'une fronde et d'une pierre. Les deux tribus se rassemblèrent pour assister au combat. David lança une pierre qui atteignit Goliath au milieu du front et le renversa, puis il lui prit son épée et le tua. »

Les auditeurs se tordirent de rire, l'histoire leur parut d'un comique irrésistible, mais ils ne perçurent le parallèle que lorsque Alexander leur dit que Goliath était Mbembelé et David, Béyé-Dokou. Dommage qu'on n'ait pas de fronde, dirent-ils. Ils n'avaient aucune idée de ce que c'était, mais imaginaient une arme formidable. Finalement, ils se mirent en chemin pour conduire leurs nouveaux amis jusqu'à proximité de Ngoubé. Ils prirent congé avec de fortes tapes sur les bras et disparurent dans la forêt.

*

Alexander et Nadia entrèrent dans le village alors que le jour commençait à poindre. Seuls quelques chiens remarquèrent leur présence ; la population dormait et personne ne surveillait l'ancienne mission. Ils se présentèrent prudemment à l'entrée de la case, pour éviter de faire sursauter leurs amis, et furent reçus par Kate, qui avait très peu et très mal dormi. En voyant son petit-fils, l'écrivain éprouva un mélange de profond soulagement et d'envie de lui flanquer une bonne raclée. Elle n'eut que la force de le prendre par une oreille et de le secouer, tandis qu'elle le couvrait d'insultes.

« Où étiez-vous, morveux du diable ? leur cria-t-elle.

243

— Moi aussi je t'aime, grand-mère, dit Alexander en riant et en la serrant très fort dans ses bras.

— Cette fois je parle sérieusement, Alexander, jamais plus je ne partirai en voyage avec toi! Et vous, mademoiselle, vous avez beaucoup d'explications à me donner! ajouta-t-elle en s'adressant à Nadia.

— Nous n'avons pas le temps de faire du sentiment, Kate, il y a beaucoup à faire », l'interrompit son petit-fils.

A ce moment, les autres s'étaient réveillés et entouraient les jeunes gens, les pressant de questions. Kate se lassa de marmotter des récriminations que personne n'écoutait et proposa plutôt de la nourriture aux nouveaux venus. Elle leur montra les tas d'ananas, de mangues et de bananes, les récipients contenant du poulet frit dans l'huile de palme, du pudding de manioc et des légumes qu'on leur avait apportés en cadeau et que les adolescents dévorèrent, reconnaissants, car ils avaient très peu mangé ces deux derniers jours. En dessert, Kate leur offrit la dernière boîte de pêches au sirop qu'il lui restait.

« N'avais-je pas dit que les gosses reviendraient? Dieu soit loué! », s'exclama le frère Fernando à maintes reprises.

Dans un coin de la baraque, ils avaient installé les gardes sauvés par Angie. L'un d'eux, prénommé Adrien, était moribond, ayant reçu un coup de couteau dans le ventre. L'autre, appelé Nzé, était blessé à la poitrine, mais d'après le missionnaire – qui avait vu de nombreuses blessures pendant la guerre au Rwanda – aucun organe vital n'était atteint et il pouvait être sauvé, si aucune infection ne se déclarait. Il avait perdu beaucoup de sang, mais il était jeune et fort. Le frère Fernando le soignait de son mieux et il lui administrait les antibiotiques qu'Angie conservait dans la trousse d'urgence.

« Heureusement que vous êtes revenus, jeunes gens. Nous devons nous enfuir d'ici avant que Kosongo me réclame comme épouse, leur dit Angie.

— Nous le ferons avec l'aide des Pygmées, mais avant nous devons les aider, répliqua Alexander. Les chasseurs arriveront dans l'après-midi. Le plan est de démasquer Kosongo et ensuite de défier Mbembelé.

— Ça a l'air simple comme bonjour. Puis-je savoir comment vous pensez vous y prendre ? », demanda Kate d'un ton ironique.

Alexander et Nadia exposèrent la stratégie qui consistait, entre autres, à soulever les Bantous en leur annonçant que la reine Nana-Asanté était vivante, et à libérer les femmes esclaves afin qu'elles se battent aux côtés de leurs hommes.

« Quelqu'un parmi vous sait-il comment nous pourrions mettre les fusils des soldats hors d'usage ? demanda Alexander.

— Il faudrait bloquer le mécanisme... », suggéra Kate.

La journaliste pensa qu'ils pouvaient utiliser pour cela la résine qui servait à allumer les torches, une substance épaisse et collante, entreposée dans des barils en fer-blanc dans chaque habitation. Les seules ayant libre accès à la caserne étaient les esclaves pygmées, chargées de nettoyer, d'apporter l'eau et de faire la cuisine. Nadia proposa de diriger l'opération, étant donné qu'elle avait déjà établi un contact avec elles quand elle leur avait rendu visite dans l'enclos. Kate se servit de la carabine d'Angie pour lui expliquer où mettre la résine.

Le frère Fernando annonça que Nzé, l'un des jeunes blessés, pouvait les aider lui aussi. Sa mère, de même que la mère d'Adrien et d'autres parentes, avait fait irruption dans la nuit avec des présents de fruits, de nourriture, de vin de palme et même de tabac pour Angie, devenue l'héroïne du village pour avoir été, dans l'histoire, la seule capable d'affronter le commandant. Et pas seulement par la parole, car elle l'avait touché. Elles ne savaient comment la remercier d'avoir sauvé les garçons d'une mort certaine entre les mains de Mbembelé.

Ils s'attendaient à la mort d'Adrien d'un instant à l'autre, mais Nzé était lucide, bien que très faible. Le terrible combat avait chassé la terreur qui avait paralysé le jeune homme pendant des années. Il se considérait comme ressuscité, le destin lui offrait quelques jours de vie supplémentaires. Il n'avait rien à perdre, puisqu'il était quasiment mort; dès que les étrangers partiraient, Mbembelé le jetterait aux crocodiles. En acceptant la possibilité de sa mort immédiate, il acquit le courage qui lui faisait défaut. Ce courage redoubla lorsqu'il apprit que la reine Nana-Asanté était sur le point de revenir pour réclamer le trône usurpé par Kosongo. Il accepta le plan des étrangers consistant à inciter les Bantous de

Ngoubé à se soulever, mais il leur demanda, si le plan ne tournait pas comme ils l'espéraient, de leur donner, à lui et Adrien, une mort miséricordieuse. Il ne voulait pas tomber vivant aux mains de Mbembelé.

*

Dans le courant de la matinée, Kate se présenta devant le commandant pour l'informer que Nadia et Alexander avaient miraculeusement échappé à la mort dans la forêt et étaient revenus au village. Par conséquent, elle et le reste du groupe s'en iraient dès que les pirogues reviendraient les chercher le lendemain. Elle ajouta qu'elle était très déçue de n'avoir pu réaliser le reportage sur Sa Sérénissime Majesté, le roi Kosongo, pour la revue.

Le commandant parut soulagé à l'idée que ces étrangers encombrants allaient quitter son territoire et il se dit prêt à faciliter leur départ, à condition qu'Angie tînt sa promesse de faire partie du harem de Kosongo. Craignant cette éventualité, Kate avait préparé une histoire. Elle demanda où était le roi, car elle ne l'avait pas vu, était-il souffrant? Le sorcier qui voulait épouser Angie Ninderera ne lui avait-il pas jeté un sort à distance? Tout le monde sait que la promise ou l'épouse d'un sorcier est intouchable; dans ce cas, il s'agissait d'un sorcier particulièrement vindicatif, dit-elle. Déjà auparavant, un homme politique important, qui avait fait une cour pressante à Angie, avait perdu son poste au gouvernement, sa santé et sa fortune. L'homme, désespéré, avait payé des truands pour qu'ils assassinent le sorcier, mais ils n'avaient pu le faire, car leurs machettes avaient fondu comme du beurre entre leurs mains, ajouta-t-elle.

Peut-être Mbembelé fut-il impressionné par cette histoire, mais Kate ne put s'en rendre compte, car son expression restait impénétrable derrière ses lunettes de soleil.

« Dans l'après-midi, Sa Majesté le roi Kosongo donnera une fête en l'honneur de cette femme et de l'ivoire que vont apporter les Pygmées, annonça le militaire.

— Excusez-moi, commandant... le trafic de l'ivoire n'est-il pas interdit? demanda Kate.

— L'ivoire et tout ce qu'on trouve ici appartient au roi, compris, vieille femme?

— Compris, commandant. »

*

Pendant ce temps, Nadia, Alexander et les autres menaient à bien les préparatifs pour l'après-midi. Angie ne put y participer comme elle le voulait, car quatre jeunes épouses du roi vinrent la chercher pour la conduire au fleuve, où elles l'accompagnèrent pour se baigner longuement, surveillées par le vieux à la canne de bambou. Lorsqu'il fit mine d'administrer préventivement quelques coups de badine à la future épouse de son maître,

Angie lui envoya son poing dans la mâchoire et le laissa étendu dans la boue. Après quoi elle brisa la canne sur son épais genou et lui jeta les débris au visage en l'avertissant que la prochaine fois qu'il lèverait la main sur elle, elle l'enverrait rejoindre ses ancêtres. Les quatre jeunes femmes furent prises d'un tel fou rire qu'elles durent s'asseoir, car leurs jambes ne les portaient plus. Admiratives, elles tâtèrent les muscles d'Angie et comprirent que si cette robuste dame entrait au harem leurs vies prendraient probablement un tour positif. Peut-être Kosongo avait-il enfin trouvé une adversaire à sa mesure.

Nadia montra à Jena, l'épouse de Béyé-Dokou, la manière d'utiliser la résine pour rendre les fusils inutilisables. Dès que la femme eut compris ce qu'on attendait d'elle, elle partit de ses petits pas de fillette en direction de la caserne des soldats, sans poser de questions ni faire de commentaires. Elle était tellement minuscule et insignifiante, tellement silencieuse et discrète, que personne ne perçut la féroce lueur de vengeance qui brillait dans ses yeux noisette.

*

Le frère Fernando apprit le sort des missionnaires disparus de la bouche de Nzé. Bien qu'il en eût déjà le soupçon, le choc qu'il reçut en voyant ses craintes confirmées fut violent. Les missionnaires étaient arrivés à Ngoubé dans l'intention de propager leur foi et rien n'avait pu les en dissuader : ni les menaces, ni le climat infernal, ni la solitude dans laquelle ils vivaient. Kosongo les avait tenus à l'écart, mais peu à peu ils avaient gagné la confiance de quelques personnes, ce qui avait fini par leur attirer les foudres du roi et de Mbembelé. Lorsqu'ils avaient commencé à s'opposer ouvertement aux abus dont souffrait la population et à intercéder en faveur des esclaves pygmées, le commandant les avait mis avec leurs frusques dans une pirogue et expédiés en aval, mais une semaine plus tard les frères étaient revenus, plus déterminés que jamais. Quelques jours après leur retour, ils avaient disparu. La version officielle était qu'on ne les avait jamais vus à Ngoubé. Les soldats avaient brûlé le peu qu'ils possédaient et il fut interdit de prononcer leurs noms. Mais ce n'était un mystère pour personne : les missionnaires étaient morts assassinés et leurs corps avaient été jetés dans le puits aux crocodiles. Il n'était rien resté d'eux.

« Ce sont des martyrs, de véritables saints, jamais on ne les oubliera », promit le frère Fernando en séchant les larmes qui coulaient sur ses joues maigres.

Vers trois heures de l'après-midi, Angie Ninderera revint. C'est à peine s'ils la reconnurent. Elle était coiffée d'une tour de tresses et de perles d'or et de verre qui frôlait le toit de la case, elle avait la peau brillante d'huile, elle était enveloppée dans une ample tunique aux couleurs vives, portait des bracelets en or des coudes jusqu'aux poignets, et aux pieds des sandales en peau de serpent. Son apparition remplit la case.

250

« On dirait la statue de la Liberté ! commenta Nadia, ravie.

— Jésus ! Qu'ont-ils fait de vous ! s'exclama le missionnaire, horrifié.

— Rien qui ne puisse s'enlever, frère Fernando, répliqua-t-elle, et elle ajouta, en faisant tinter les bracelets en or : Avec ça, j'ai l'intention de m'acheter une flottille d'avions.

— Si vous pouvez échapper à Kosongo.

— Nous lui échapperons tous, sourit-elle, très sûre d'elle.

— Pas tous. Je resterai pour remplacer les frères qui ont été assassinés », répliqua le missionnaire.

CHAPITRE 14

La dernière nuit

LES festivités commencèrent vers cinq heures de l'après-midi, quand la chaleur diminua un peu. Parmi la population de Ngoubé régnait un climat de grande tension. La mère de Nzé avait fait courir parmi les Bantous la nouvelle que Nana-Asanté, la reine légitime, tant pleurée par son peuple, était vivante, ajoutant que les étrangers avaient l'intention d'aider la reine à récupérer son trône, et que ce serait leur seule chance de se débarrasser de Kosongo et de Mbembelé. Combien de temps encore allaient-ils supporter qu'ils recrutent leurs fils pour en faire des assassins ? Ils vivaient espionnés, n'ayant aucune liberté de se déplacer ou de penser, de plus en plus pauvres. Kosongo prenait tout ce qu'ils produisaient ; tandis qu'il accumulait or, diamants et ivoire, le reste de la population n'avait même pas accès aux vaccins. La femme parla discrètement à ses filles, celles-ci à leurs amies, et en moins d'une heure la plus grande partie des adultes partageaient la même agitation. Ils n'osèrent pas en faire part aux gardes, bien qu'ils fussent des membres de leurs familles, car ils ne savaient pas comment ils réagiraient ; Mbembelé leur avait fait subir un lavage de cerveau et les tenait à sa merci.

L'angoisse était plus grande parmi les femmes pygmées, car cet après-midi-là expirait le délai pour sauver leurs enfants. Leurs maris réussissaient toujours à revenir à temps avec des défenses d'éléphant, mais à présent quelque chose avait changé. Nadia avait fait part à Jena de la fantastique nouvelle : ils avaient récupéré l'amulette sacrée, Ipemba-Afua, et les hommes ne viendraient pas avec l'ivoire, mais avec la décision d'affronter Kosongo. Elles aussi devraient combattre. Pendant des années elles avaient supporté l'esclavage en pensant que, si elles obéissaient, leurs familles survivraient ; mais la mansuétude ne leur avait servi à rien, leurs conditions de vie étaient de plus en plus dures. Plus elles supportaient, pires étaient les abus qu'elles subissaient. Comme l'avait expliqué Jena à ses compagnes, lorsqu'il n'y aurait plus d'éléphants dans la forêt, ils vendraient de toute façon leurs enfants. Mieux valait mourir dans la rébellion que vivre en esclavage.

Le harem de Kosongo était aussi en pleine effervescence, car on savait déjà que la future épouse n'avait peur de rien et qu'elle était presque aussi forte que

Mbembelé; elle se moquait du roi et avait estourbi le vieux d'une seule claque. Les femmes qui n'avaient pas eu la chance d'assister à la scène refusaient d'y croire. Elles avaient une peur bleue de Kosongo, qui les avait obligées à se marier avec lui, et un respect révérencieux pour le vieux grincheux chargé de les surveiller. Certaines pensaient qu'en moins de trois jours l'arrogante Angie Ninderera serait domptée et convertie en épouse soumise, comme cela s'était passé pour chacune d'elles; mais les quatre plus jeunes, qui l'avaient accompagnée au fleuve et avaient vu sa musculature et son comportement, étaient convaincues qu'il n'en serait rien.

Les seuls à ne pas se rendre compte qu'il se passait quelque chose étaient justement ceux qui auraient dû être les mieux informés : Mbembelé et son « armée ». L'autorité leur était montée à la tête, ils se sentaient invincibles. Ils avaient créé leur propre enfer, où ils se sentaient parfaitement à l'aise, et comme on ne les avait jamais défiés, ils ne s'inquiétèrent pas.

Sur ordre de Mbembelé, les femmes du village furent chargées des préparatifs du mariage du roi. Elles décorèrent la place d'une centaine de torches et d'arcs faits avec des branches de palmier, entassèrent des pyramides de fruits et cuisinèrent un banquet avec ce qu'elles avaient sous la main : poules, rats, lézards, antilopes, manioc et maïs. Les bidons de vin de palme commencèrent à circuler de bonne heure entre les mains des gardes, mais la population civile s'abstint de boire, comme en avait donné l'ordre la mère de Nzé.

*

Tout était prêt pour la double cérémonie de la noce royale et de la livraison de l'ivoire. La nuit n'était pas encore tombée, mais déjà les torches brûlaient et l'odeur de la viande grillée imprégnait l'air. Sous l'Arbre à Palabres étaient alignés les soldats de Mbembelé et les personnages de sa pathétique cour. La population de Ngoubé était rassemblée des deux côtés de la petite place et les gardes bantous se tenaient à leur poste, armés de leurs machettes et de leurs gourdins. On avait prévu de petits bancs en bois pour les visiteurs étrangers. Joel González avait préparé ses appareils photo et les autres étaient en alerte, prêts à agir le moment venu. La seule absente du groupe était Nadia.

Assise à la place d'honneur sous l'arbre, Angie Ninde-rera attendait, impressionnante dans sa tunique neuve et ses bijoux en or. Elle ne semblait pas le moins du monde inquiète, malgré le fait que, ce soir-là, bien des choses pouvaient tourner mal. Lorsque Kate lui avait exprimé ses craintes, dans la matinée, Angie avait répliqué que l'homme qui pourrait l'effrayer n'était pas encore né, et elle avait ajouté que Kosongo allait voir à qui il avait affaire.

« Bientôt le roi m'offrira tout l'or qu'il possède pour que je m'en aille le plus loin possible, dit-elle en riant.

— A moins qu'il ne te jette en pâture aux crocodiles », marmotta Kate, très nerveuse.

Quand les chasseurs arrivèrent au village avec leurs filets et leurs lances, mais sans les défenses d'éléphants, les habitants comprirent que la tragédie avait commencé et que rien ne pourrait l'arrêter. Un long soupir sortit de toutes les poitrines et parcourut la place ; d'une certaine façon, tout le monde se sentit soulagé, tout valait mieux que continuer à supporter l'horrible tension de cette journée. Déconcertés, les gardes bantous entourèrent les Pygmées en attendant les instructions de leur chef, mais le commandant était absent.

Une demi-heure s'écoula, au cours de laquelle l'angoisse de l'assistance augmenta jusqu'à atteindre un niveau insoutenable. Les bidons d'alcool circulaient entre les jeunes gardes, qui avaient les yeux injectés de sang ; ils devenaient loquaces, et même turbulents. L'un des Frères du Léopard leur aboya dessus et aussitôt ils laissèrent les récipients de vin à terre, se mettant au garde-à-vous pendant quelques minutes, mais la discipline ne dura pas longtemps.

Un roulement de tambour martial annonça enfin l'arrivée du roi. La Bouche royale ouvrait la marche, accompagnée d'un garde qui portait une lourde corbeille de bijoux en or, présent destiné à la fiancée. Kosongo pouvait se montrer généreux en public, car dès qu'Angie ferait partie de son harem les bijoux retourneraient dans ses coffres. Suivaient les épouses couvertes d'or et le vieux qui les surveillait, le visage enflé, n'ayant plus que quatre dents branlantes dans la bouche. On remarquait un changement évident dans l'attitude des femmes, elles ne se comportaient plus comme des moutons, mais comme un troupeau de zèbres agités. Angie leur fit un signe de la main et elles répondirent avec de larges sourires de complicité.

Derrière le harem venaient les portefaix avec sur leurs épaules la plate-forme sur laquelle trônait Kosongo, assis dans son fauteuil Louis XV. Il arborait la même tenue que la première fois, avec son impressionnant couvre-chef et le rideau de perles dissimulant son visage. La cape paraissait roussie en certains endroits, mais en bon état. La seule chose qui manquait, c'était l'amulette des Pygmées accrochée au sceptre ; à sa place pendait un os semblable, qui de loin pouvait passer pour Ipemba-Afua. Le roi n'avait pas intérêt à admettre qu'on l'avait spolié de l'objet sacré. Il était d'ailleurs persuadé de ne pas avoir besoin de l'amulette pour contrôler les Pygmées, qu'il considérait comme des créatures misérables.

Le cortège royal s'arrêta au centre de la place, afin que tout le monde pût admirer le souverain. Avant que les porteurs n'emportent la plate-forme à l'endroit habituel, sous l'Arbre à Palabres, la Bouche royale demanda aux Pygmées où était l'ivoire. Les chasseurs s'avancèrent et la population tout entière put constater que l'un d'eux portait l'amulette sacrée, Ipemba-Afua.

« Il n'y a plus d'éléphants. Nous ne pouvons plus apporter de défenses. Maintenant, nous voulons nos femmes et nos enfants. Nous allons retourner dans la forêt », annonça Béyé-Dokou d'une voix ferme.

Un silence sépulcral reçut ce bref discours. L'éventualité d'une révolte des esclaves n'était encore venue à l'idée de personne. La première réaction des Frères du Léopard fut de tuer par balles le groupe des petits hommes, mais Mbembelé n'était pas parmi eux pour leur en donner l'ordre et le roi ne réagissait pas. La population était déconcertée, car la mère de Nzé n'avait rien dit concernant les Pygmées. Pendant des années les Bantous avaient profité du travail des esclaves et ils n'avaient aucune envie de les perdre, mais ils comprirent que l'équilibre d'autrefois était rompu. Pour la première fois ils éprouvèrent du respect pour ces êtres, les plus pauvres, les plus démunis et les plus vulnérables, qui montraient un courage exemplaire.

D'un geste, Kosongo appela son messager et lui murmura quelque chose à l'oreille. La Bouche royale donna l'ordre d'amener les enfants. Six gardes se dirigèrent vers l'un des enclos et ils réapparurent peu après, conduisant un groupe misérable : deux vieilles femmes vêtues de jupes de raphia, chacune portant un bébé dans les bras, entourées de plusieurs enfants d'âges différents, minuscules et terrorisés. Lorsqu'ils virent leurs parents, certains voulurent courir vers eux, mais ils furent arrêtés par les gardes.

« Le roi doit faire du commerce, c'est son devoir. Vous savez ce qui se passe si vous n'apportez pas l'ivoire », annonça la Bouche royale.

Kate Cold ne put en supporter davantage et, bien qu'elle eût promis à Alexander de ne pas intervenir, elle se précipita au centre de la place et se planta devant la plate-forme royale, qui se trouvait encore sur les épaules des porteurs. Oubliant le protocole, qui l'obligeait à se prosterner, elle interpella Kosongo par des cris, lui rappelant qu'ils étaient des journalistes internationaux, qu'ils informeraient le monde sur les crimes contre l'humanité qui se commettaient dans ce village. Elle ne put terminer, car deux soldats armés de fusils la soulevèrent à bout de bras. La vieille journaliste continua à exposer ses arguments tandis qu'ils l'emmenaient, gigotant en l'air, vers la fosse aux crocodiles.

*

Le plan élaboré avec tant de soin par Nadia et Alexander s'écroula en quelques secondes. Ils avaient assigné une mission à chacun des membres du groupe, mais l'intervention à contretemps de Kate sema le chaos parmi les amis. Par chance, les gardes et le reste de la population étaient eux aussi confondus.

Le Pygmée désigné pour tirer l'ampoule d'anesthésiant sur le roi, qui était resté caché entre les cases, ne put attendre le moment idéal pour le faire. Pressé par les circonstances, il porta la sarbacane à ses lèvres et souffla, mais la piqûre destinée à Kosongo atteignit la poitrine de l'un des hommes qui soutenaient la plate-forme.

L'homme sentit une piqûre d'abeille, or il n'avait pas de main libre pour chasser l'insecte supposé. Pendant quelques instants il resta debout, mais soudain ses genoux fléchirent et il s'écroula, inconscient. Ses compagnons, n'y étant pas préparés, ne purent supporter le poids ; la plate-forme s'inclina et le fauteuil Louis XV roula à terre. Kosongo poussa un cri, essayant de retrouver son équilibre, et pendant une fraction de seconde il resta suspendu en l'air avant d'atterrir, empêtré dans sa cape, le chapeau de travers et bramant de rage.

Angie Ninderera décida que le moment était venu d'improviser, vu que le plan original était anéanti. En quatre enjambées elle arriva près du roi déchu, de deux bourrades elle écarta les gardes qui tentaient de l'arrêter et, avec l'un de ses longs cris de guerre comanches, saisit le chapeau et l'arracha de la tête royale.

Le geste d'Angie fut si inattendu et si audacieux que les spectateurs restèrent figés, comme sur une photographie. La terre ne trembla pas lorsque les pieds du roi s'y posèrent. Ses cris de rage ne rendirent personne sourd, aucun oiseau ne tomba mort du ciel et la forêt ne se convulsa pas dans des râles d'agonie. En voyant le visage de Kosongo pour la première fois, personne ne fut aveugle, simplement surpris. Quand le chapeau et le rideau tombèrent, tous purent voir la tête, impossible à confondre, du commandant Maurice Mbembelé.

« Kate disait bien que vous vous ressembliez beaucoup ! », s'exclama Angie.

A ce moment les soldats réagirent et ils se précipitèrent pour entourer le commandant, mais aucun ne prit le risque de le toucher. Même les hommes qui conduisaient Kate à la mort lâchèrent l'écrivain et revinrent en courant auprès de leur chef, mais eux non plus n'osèrent pas l'aider. Cela permit à Kate de se faufiler au milieu de la foule et de parler à Nadia. Mbembelé réussit enfin à se défaire de la cape et d'un bond se mit debout. Il était l'image même de la fureur, couvert de sueur, les yeux exorbités, la bouche écumante, rugissant comme un fauve. Il leva son poing puissant dans l'intention de l'assener sur Angie, mais celle-ci était déjà hors d'atteinte.

Béyé-Dokou choisit ce moment pour s'avancer. Il fallait un sacré courage pour défier le commandant en temps normal ; le faire à présent, alors qu'il se trouvait sous le coup de la colère, était d'une témérité suicidaire. Le petit chasseur avait l'air insignifiant face à l'énorme Mbembelé, qui se dressait devant lui telle une tour. Le regardant d'en bas, le Pygmée invita le géant à se battre en combat singulier.

Un murmure de surprise parcourut le village. Personne n'arrivait à croire ce qui était en train de se passer. La population s'avança, se regroupant derrière les Pygmées, sans que les gardes, aussi stupéfaits que le reste de la population, interviennent.

Mbembelé hésita, déconcerté, tandis que les paroles de l'esclave pénétraient dans son cerveau. Lorsqu'il comprit enfin l'immense audace qu'un tel défi impliquait, il éclata d'un rire retentissant, qui se prolongea en grosses vagues pendant plusieurs minutes. Les soldats du

Léopard l'imitèrent, supposant que c'était ce qu'on attendait d'eux, mais leur rire semblait plutôt forcé; l'affaire avait pris un tour grotesque et ils ne savaient comment agir. Ils pouvaient palper l'hostilité de la population et pressentaient que les gardes bantous étaient confondus, prêts à se soulever.

« Dégagez la place! », ordonna Mbembelé.

L'idée d'Ezenji, le duel à mains nues, n'était nouvelle pour personne à Ngoubé, car c'est ainsi qu'on punissait les prisonniers, créant en même temps un divertissement que le commandant appréciait tout particulièrement. La seule différence, dans le cas présent, était que Mbembelé ne serait ni juge ni spectateur, mais qu'il y participerait. A l'évidence, se battre contre un Pygmée ne lui causait pas la moindre inquiétude, il pensait l'écraser comme un ver, mais auparavant il le ferait souffrir un peu.

Le frère Fernando, qui s'était tenu à une certaine distance, s'avançait maintenant, revêtu d'une autorité toute neuve. L'annonce de la mort de ses compagnons avait renforcé sa foi et son courage. Il ne craignait pas Mbembelé, convaincu que les êtres mauvais paient tôt ou tard leurs fautes, et ce commandant avait amplement rempli son quota de crimes; l'heure était venue pour lui de rendre des comptes.

« Je serai l'arbitre. Vous ne pouvez utiliser d'armes à feu. Quelle arme choisissez-vous : lance, couteau, machette? annonça-t-il.

— Aucune de ces armes. Nous lutterons à mains nues, répliqua le commandant avec une grimace cruelle.

263

— Très bien », accepta Béyé-Dokou sans hésiter.

Alexander prit conscience que son ami se croyait protégé par le fossile ; il ne savait pas qu'il ne servait de bouclier que contre les armes tranchantes, et qu'il ne le sauverait pas de la force surhumaine du commandant, qui pouvait le dépecer de ses seules mains. Il emmena le frère Fernando à l'écart pour le supplier de ne pas accepter ces conditions, mais le missionnaire répliqua que Dieu veillait sur la cause des justes.

« Béyé-Dokou est perdu dans une lutte corps à corps ! Le commandant est beaucoup plus fort ! s'exclama Alexander.

— Le taureau aussi est plus fort que le torero. La ruse consiste à fatiguer la bête », indiqua le missionnaire.

Alexander ouvrit la bouche pour répliquer, mais à l'instant il comprit ce que le frère Fernando tentait de lui expliquer. Il partit en courant préparer son ami à la terrible épreuve qu'il devait affronter.

*

A l'autre bout du village, Nadia avait enlevé la barre et ouvert le portail de l'enclos où les femmes pygmées étaient enfermées. Deux chasseurs, qui ne s'étaient pas présentés à Ngoubé avec les autres, s'approchèrent, apportant des lances qu'ils leur distribuèrent. Les femmes se glissèrent tels des fantômes entre les cases et se postèrent autour de la place, cachées par les ombres de la nuit, prêtes à agir le moment venu. Nadia rejoignit Alexander, qui donnait des conseils à Béyé-Dokou, tandis que les soldats marquaient le ring à l'endroit habituel.

« Pas la peine de s'inquiéter pour les fusils, Jaguar, juste pour le revolver que Mbembelé a dans son ceinturon, c'est la seule arme que nous n'avons pas pu mettre hors d'usage, dit Nadia.

— Et les gardes bantous?

— On ne sait pas comment ils vont réagir, mais Kate a eu une idée, répliqua-t-elle.

— Crois-tu que je doive dire à Béyé-Dokou que l'amulette ne peut pas le protéger de Mbembelé?

— Pourquoi? Cela va entamer sa confiance », répondit-elle.

Alexander remarqua que son amie avait la voix cassée, elle ne semblait pas tout à fait humaine, on aurait presque dit un croassement. Nadia avait les yeux vitreux, elle était très pâle et avait une respiration agitée.

« Que t'arrive-t-il, Aigle? demanda-t-il.

— Rien. Fais bien attention à toi, Jaguar. Je dois m'en aller.

— Où vas-tu?

— Chercher de l'aide contre le monstre à trois têtes, Jaguar.

— Souviens-toi de la prédiction de Ma Bangesé, il ne faut pas nous séparer! »

Nadia posa un baiser léger sur son front et partit en courant. Vu l'excitation qui régnait dans le village, personne, sauf Alexander, ne vit l'aigle blanc qui s'élevait au-dessus des cases et se perdait en direction de la forêt.

*

Le commandant Mbembelé attendait dans un coin du carré. Il était pieds nus et ne portait que le short qu'il avait sous la cape royale, ainsi qu'un large ceinturon en cuir où il avait glissé son revolver. Il s'était enduit le corps d'huile de palme, ses muscles prodigieux parais-saient sculptés dans de la roche vivante et sa peau luisait comme de l'obsidienne à la lumière vacillante des cent torches. Les cicatrices rituelles sur ses bras et ses joues accentuaient son aspect extraordinaire. Sur son cou de taureau, sa tête rasée semblait petite. Les traits classiques de son visage auraient été beaux s'ils n'avaient été défigu-rés par une expression bestiale. Malgré la haine que cet homme soulevait, on ne laissait pas d'admirer son physique formidable.

Par contraste, le petit homme qui se trouvait à l'angle opposé était un nain qui arrivait à peine à la taille du gigantesque Mbembelé. Il n'y avait rien de séduisant dans sa silhouette disproportionnée et son visage aplati, au nez épaté et au front court, hormis le courage et l'intelligence qui brillaient dans ses yeux. Il avait enlevé sa chemisette jaune crasseuse et lui aussi était pratique-ment nu, couvert d'huile. Il portait au cou un morceau de roche pendu à un cordon : l'excrément de dragon magique d'Alexander.

« Un ami à moi, appelé Tensing, qui connaît mieux que personne l'art de la lutte corps à corps, m'a dit que la force de l'ennemi est aussi sa faiblesse, avait expliqué Alexander à Béyé-Dokou.

— Qu'est-ce que cela veut dire ? demanda le Pygmée.

— La force de Mbembelé réside dans sa taille et son poids. Il est comme un buffle, ce n'est que du muscle. Comme il pèse lourd, il n'a pas de souplesse et se fatigue vite. De plus il est arrogant, il n'a pas l'habitude qu'on le défie. Il y a longtemps qu'il n'a plus besoin de chasser ou de se battre. Tu es en meilleure forme.

— Et j'ai ceci, ajouta Béyé-Dokou en caressant l'amulette.

— Plus important que cela, mon ami, tu te bats pour ta vie et celle de ta famille. Mbembelé le fait par plaisir. C'est un dur, et comme tous les durs, il est lâche », répliqua Alexander.

Jena, l'épouse de Béyé-Dokou, s'était approchée de son mari, et l'avait serré brièvement dans ses bras en lui disant quelques mots à l'oreille. A cet instant, les tambours avaient annoncé le début du combat.

*

Autour du ring éclairé par les torches et la lune, se tenaient les soldats de la Fraternité du Léopard avec leurs fusils; derrière eux les gardes bantous et, en troisième ligne, la population de Ngoubé, tous dans un dangereux état d'agitation. Sur l'ordre de Kate, qui ne pouvait laisser passer l'occasion d'écrire un fantastique reportage pour la revue, Joel González s'apprêtait à photographier l'événement.

Le frère Fernando nettoya ses lunettes et enleva sa chemise. Son corps ascétique, très mince et noueux, était d'une pâleur maladive. Vêtu seulement de son pantalon et de ses bottes, il se préparait à servir d'arbitre, bien qu'il eût peu d'espoir de faire respecter les règles élémentaires d'un quelconque sport. Il s'agissait d'une lutte à mort, et il le savait; son espoir consistait à éviter qu'elle le fût. Il baisa le scapulaire qu'il portait au cou et se recommanda à Dieu.

Mbembelé lança un rugissement viscéral et avança en faisant trembler le sol sous ses pas. Béyé-Dokou l'attendit immobile, en silence, dans la même attitude en alerte, mais calme, qu'il utilisait pendant la chasse. Le géant propulsa son poing, tel un coup de canon, dans le visage du Pygmée, qui l'esquiva de quelques millimètres. Le commandant partit en avant, mais il retrouva aussitôt l'équilibre. Lorsqu'il assena le deuxième coup, son adversaire avait disparu, il était derrière lui. Furieux, il se jeta sur lui comme une bête féroce; cependant, aucun de ses coups de poing ne parvenait à toucher Béyé-Dokou, qui dansait sur les bords du ring. Chaque fois qu'il l'attaquait, l'autre s'esquivait.

Etant donné la petite stature de son opposant,

Mbembelé devait boxer penché vers le bas, dans une position peu confortable qui enlevait de la force à ses coups. S'il avait réussi à en placer un seul, il aurait défoncé la tête de Béyé-Dokou, mais il ne pouvait le toucher, l'autre était rapide comme une gazelle et glissant comme un poisson. Bientôt le commandant fut haletant, la sueur lui coulait dans les yeux, l'aveuglant. Il calcula qu'il devait mesurer ses forces : il ne battrait pas l'autre en un seul round, comme il l'avait supposé. Le frère Fernando ordonna une pause et le robuste Mbembelé obéit sur-le-champ, se retirant dans son coin, où l'attendait un seau d'eau pour boire et laver sa sueur.

Alexander reçut dans le sien Béyé-Dokou, qui arriva en souriant et en faisant des petits pas de danse, comme s'il s'agissait d'une fête. Cela augmenta la rage du commandant, qui l'observait en essayant de reprendre son souffle. Béyé-Dokou ne semblait pas avoir soif, mais il accepta qu'on lui jette de l'eau sur la tête.

« Ton amulette est très magique, c'est ce qui existe de plus magique après Ipemba-Afua, dit-il très satisfait.

— Mbembelé est comme un tronc d'arbre, il a beaucoup de mal à se pencher, c'est pourquoi il ne peut frapper vers le bas, lui expliqua Alexander. C'est très bien, Béyé-Dokou, mais tu dois le fatiguer encore.

— Je sais. C'est comme l'éléphant. Comment peux-tu chasser l'éléphant si tu ne commences pas par le fatiguer ? »

*

Alexander trouva la pause trop brève, mais Béyé-Dokou sautillait d'impatience et, dès que le frère Fernando donna le signal, il partit au centre du ring en bondissant comme un gosse. Aux yeux de Mbembelé, cette attitude était une provocation qu'il ne pouvait laisser passer. Il oublia sa résolution de se contenir et fonça, tel un camion à pleins gaz. Bien sûr, il ne trouva pas le Pygmée devant lui et son élan le fit sortir du ring.

Le frère Fernando lui enjoignit avec fermeté de revenir dans les limites marquées à la chaux. Mbembelé se tourna vers lui pour lui faire payer l'audace de lui donner un ordre, mais les huées fournies de la population de Ngoubé l'arrêtèrent. Il ne pouvait en croire ses oreilles! Jamais, même dans ses pires cauchemars, la possibilité que quelqu'un osât le contrarier n'avait traversé son cerveau. Il ne put se distraire en pensant aux façons de punir les insolents, car Béyé-Dokou l'invita à revenir sur le ring en lui donnant par-derrière un coup de pied à la jambe. C'était le premier contact entre eux. Ce singe l'avait touché! Lui! Le commandant Maurice Mbembelé! Il jura de le mettre en pièces puis de le manger, afin de donner une leçon à ces Pygmées rebelles.

Toute prétention de suivre les règles d'un jeu honnête disparut à cet instant et Mbembelé sortit complètement

270

de ses gonds. D'une poussée il projeta le frère Fernando à plusieurs mètres de là et se jeta sur Béyé-Dokou, qui brusquement se jeta à terre. Se ramassant sur lui-même, juste posé sur ses fesses, le Pygmée se mit à donner des coups de pied courts, qui atteignaient le géant aux jambes. A son tour le commandant essayait de le frapper d'en haut, mais Béyé-Dokou tournait comme une toupie, roulait sur les côtés et il était impossible de l'atteindre. Le Pygmée guetta le moment où Mbembelé se préparait à lui assener un féroce coup de pied et il frappa la jambe qui le soutenait. L'immense tour humaine du commandant tomba en arrière et se retrouva sur le dos, telle une blatte, sans pouvoir se relever.

Le frère Fernando, ayant récupéré du coup reçu et nettoyé une fois de plus ses grosses lunettes, était de nouveau au-dessus des lutteurs. Au milieu des cris terribles des spectateurs, il réussit à se faire entendre pour proclamer le vainqueur. Alexander fit un bond en avant et leva le bras de Béyé-Dokou en poussant des cris de joie, repris en chœur par tous les autres, sauf les Frères du Léopard qui ne se remettaient pas de leur surprise.

*

Jamais la population de Ngoubé n'avait assisté à un spectacle aussi magnifique. Franchement, peu se souvenaient de l'origine du combat, ils étaient trop excités par le fait inconcevable que le Pygmée ait vaincu le géant. L'histoire faisait déjà partie de la légende de la forêt, ils ne se lasseraient pas de la raconter pendant des générations et des générations. Comme cela arrive toujours quand un arbre tombe, en une seconde tous étaient prêts à faire du petit bois de Mbembelé, qu'ils voyaient encore, quelques minutes plus tôt, comme un demi-dieu. L'occasion se prêtait à faire la fête. Les tambours commencèrent à résonner avec un vif enthousiasme et les Bantous se mirent à danser et chanter, sans considérer qu'à cet instant ils avaient perdu leurs esclaves et que l'avenir s'annonçait plutôt incertain.

Les Pygmées se glissèrent entre les jambes des gardes et des soldats, ils envahirent le ring et portèrent Béyé-Dokou sur leurs épaules. Pendant cette explosion de joie collective, le commandant Mbembelé parvint à se mettre debout, il arracha la machette des mains de l'un des gardes et se jeta sur le groupe en train de promener triomphalement Béyé-Dokou, qui installé sur les épaules de ses compagnons se trouvait enfin à sa hauteur.

Personne ne vit nettement ce qu'il se passa ensuite. Quelques-uns affirmèrent que la machette avait glissé des doigts moites et huilés du commandant, d'autres juraient que par magie la lame s'était arrêtée à un centimètre du cou de Béyé-Dokou, puis avait volé dans les airs comme emportée par un ouragan. Quoi qu'il en soit, le fait est que la foule s'immobilisa et que Mbembelé, pris d'une terreur superstitieuse, arracha le couteau d'un autre garde et le lança. Il ne put viser, car Joel

González s'était approché pour prendre une photo et l'aveuglait avec son flash.

Alors le commandant Mbembelé ordonna à ses soldats de tirer sur les Pygmées. La population se dispersa en criant. Les femmes traînaient leurs enfants, les vieux trébuchaient, les chiens couraient, les poules battaient des ailes, si bien qu'à la fin ne restèrent que les Pygmées, les soldats et les gardes, incapables de se décider pour un camp ou pour l'autre. Kate et Angie coururent protéger les enfants pygmées qui criaient, serrés comme des chiots autour des deux grand-mères. Joel chercha refuge sous la table, sur laquelle se trouvait la nourriture du banquet nuptial, et de là il photographiait sans prendre le temps de faire la mise au point. Le frère Fernando et Alexander se placèrent bras en croix devant les Pygmées, les protégeant de leurs corps.

Peut-être quelques soldats essayèrent-ils de tirer et découvrirent-ils que leurs armes ne fonctionnaient pas. Peut-être d'autres, écœurés par la lâcheté du chef qu'ils avaient jusqu'alors respecté, refusèrent-ils de lui obéir. En tout cas, aucun coup de feu ne résonna sur la place, et un instant plus tard les dix soldats de la Fraternité du Léopard avaient la pointe d'une lance sur la gorge : les discrètes femmes pygmées étaient entrées en action.

Aveuglé par la rage, Mbembelé ne perçut rien de cela. Il comprit seulement que ses ordres avaient été bafoués. Il tira son pistolet de son ceinturon, visa Béyé-Dokou et tira. Il ne sut pas que la balle, déviée par le pouvoir magique de l'amulette, n'avait pas atteint sa cible, car avant qu'il appuie pour la deuxième fois sur la détente, un animal inconnu lui tomba dessus, un énorme chat noir ayant la rapidité et la férocité d'un léopard, et les yeux jaunes d'une panthère.

CHAPITRE 15

Le monstre à trois têtes

CEUX qui virent le jeune étranger se transformer en un félin noir comprirent que cette nuit était la plus fantastique de leur vie. Leur langue manquait de mots pour raconter tant de merveilles ; il n'existait même pas un nom pour cet animal inconnu, un grand chat noir qui se jetait en rugissant sur le commandant. Le souffle brûlant du fauve atteignit Mbembelé en plein visage et ses griffes se plantèrent dans ses épaules. Il aurait pu éliminer le félin d'un coup de feu, mais la terreur le paralysa, parce qu'il prit conscience qu'il était devant un fait surnaturel, un acte de sorcellerie fabuleux. Il se défit de la fatale étreinte du jaguar en le frappant de ses deux poings et, désespéré, se mit à courir vers la forêt, suivi par la bête. Tous deux se perdirent dans l'obscurité, au grand étonnement de ceux qui avaient assisté à la scène.

La population de Ngoubé vivait tout autant que les Pygmées dans une réalité magique, entourée d'esprits, ayant toujours la crainte de violer un tabou ou de commettre une offense qui pouvait déchaîner des forces occultes. Ils croyaient que les maladies étaient provoquées par la sorcellerie et se soignaient donc de la même façon, pensaient qu'on ne pouvait partir à la chasse ou en voyage sans une cérémonie pour apaiser les dieux, que la nuit était peuplée de démons et le jour de fantômes, que les défunts se changeaient en êtres carnivores. Pour eux, le monde physique était très mystérieux et la vie, un sortilège. Ils avaient vu – ou croyaient avoir vu – de nombreuses manifestations de sorcellerie, raison pour laquelle ils ne considéraient pas impossible qu'une personne se transformât en fauve. Il pouvait y avoir deux explications : Alexander était un sorcier très puissant, ou alors, un esprit animal avait provisoirement pris la forme du garçon.

La situation était bien différente pour le frère Fernando, qui se trouvait à côté d'Alexander lorsqu'il avait incarné son animal totémique. Le missionnaire, qui se vantait d'être un Européen rationnel, une personne éduquée et cultivée, vit ce qu'il se passait, mais son esprit ne put l'accepter. Il enleva ses lunettes et les nettoya sur son pantalon. « Il faut vraiment que je les change », marmonna-t-il en s'essuyant les yeux. Le fait qu'Alexander eût disparu à l'instant même où cet énorme chat était sorti du néant pouvait avoir de nombreuses causes : il faisait nuit, sur la place régnait une confusion épouvantable, la lumière des torches était vacillante et lui-même se trouvait dans un état émotionnel altéré. Il n'avait pas de temps à perdre en conjectures inutiles, il y avait beaucoup à faire, décida-t-il. Les Pygmées – hommes et femmes – tenaient les soldats en respect à la pointe de leurs lances, immobilisés par les filets ; les gardes bantous hésitaient entre jeter leurs armes à terre et intervenir pour aider leurs chefs ; la population du village s'était mutinée ; il régnait un climat d'hystérie qui pouvait dégénérer en massacre si les gardes aidaient les soldats de Mbembelé.

Alexander revint quelques minutes plus tard. Seule l'étrange expression de son visage, avec ses yeux incandescents et ses dents visibles, indiquait ce qu'il s'était passé. Kate vint à sa rencontre, très excitée.

« Tu ne vas pas le croire, fiston ! Une panthère noire a sauté sur Mbembelé ! J'espère qu'elle l'a dévoré, c'est tout ce qu'il mérite.

— Ce n'était pas une panthère mais un jaguar, Kate. Il ne l'a pas dévoré, il lui a donné une bonne frayeur.

— Comment le sais-tu ?

— Combien de fois dois-je te dire que mon animal totémique est le jaguar, Kate ?

— Toujours avec cette obsession, Alexander ! Il faudra que tu voies un psychiatre quand nous retrouverons la civilisation. Où est Nadia ?

— Elle va bientôt revenir. »

*

Dans la demi-heure qui suivit, le fragile équilibre des forces se précisa peu à peu dans le village, en grande partie grâce au frère Fernando, à Kate et à Angie. Le premier parvint à convaincre les soldats de la Fraternité du Léopard de se rendre, s'ils voulaient sortir vivants de Ngoubé, car leurs armes étaient inutilisables, ils n'avaient plus de commandant et une population hostile les entourait.

Pendant ce temps, Kate et Angie étaient allées chercher Nzé à la case et, avec l'aide de quelques parents du blessé, elles l'avaient transporté sur un brancard improvisé. Le pauvre garçon était brûlant de fièvre, mais il se dit prêt à collaborer lorsque sa mère lui eut expliqué les événements de la soirée. Ils le mirent dans un endroit visible et, d'une voix faible mais claire, il harangua ses compagnons, les incitant à se soulever. Il n'y avait rien à craindre, Mbembelé n'était plus là.

Les gardes voulaient revenir à une vie normale au sein de leurs familles, mais ils avaient une terreur atavique du commandant et ils étaient habitués à lui obéir. Où était-il? Le spectre du félin noir l'avait-il dévoré? S'ils écoutaient Nzé et que le militaire revenait, ils finiraient dans la fosse aux crocodiles. Ils ne croyaient pas que la reine Nana-Asanté était vivante et, même si elle l'était, son pouvoir ne pouvait se comparer à celui de Mbembelé.

Une fois réunis avec leurs familles, les Pygmées considérèrent que le moment était venu de retourner dans la forêt, d'où ils n'avaient plus l'intention de sortir. Béyé-Dokou enfila sa chemise jaune, il prit sa lance et s'approcha d'Alexander pour lui rendre le fossile qui, croyait-il, lui avait évité d'être réduit en bouillie par Mbembelé. Les autres chasseurs aussi vinrent prendre congé, tout émus, sachant qu'ils ne reverraient plus ce prodigieux ami qui avait l'esprit d'un léopard. Alexander les arrêta. Ils ne pouvaient partir encore, leur dit-il. Il expliqua qu'ils ne seraient pas à l'abri, même s'ils s'enfonçaient au plus profond de la forêt, là où aucun autre être humain ne pouvait survivre. Fuir n'était pas la solution, car tôt ou tard ils seraient rejoints ou auraient besoin d'un contact avec le reste du monde. Ils devaient en finir avec l'esclavage et rétablir des relations cordiales avec les gens de Ngoubé, comme autrefois ; pour cela ils devaient dépouiller Mbembelé de son pouvoir et le chasser pour toujours de la région avec ses soldats.

De leur côté, les épouses de Kosongo, qui avaient vécu prisonnières dans le harem dès l'âge de quatorze ou quinze ans, s'étaient mutinées et pour la première fois elles prenaient plaisir à leur jeunesse. Sans faire le moindre cas des affaires sérieuses qui bouleversaient le reste de la population, elles avaient organisé leur propre carnaval, jouant du tambour, chantant et dansant ; elles arrachaient les bijoux en or qui ornaient leurs bras, leur cou, leurs oreilles, et elles les jetaient en l'air, folles de liberté.

Les habitants du village en étaient là, chaque groupe

occupé à ce qui l'intéressait, mais tous sur la place, lorsque Sombé fit une apparition spectaculaire, appelé par les forces occultes pour imposer ordre, châtiment et terreur.

*

Une pluie d'étincelles, comme un feu d'artifice, annonça l'arrivée du terrible sorcier. Un cri collectif accueillit l'apparition redoutée. Sombé ne s'était pas matérialisé depuis de nombreux mois et certains nourrissaient l'espoir qu'il était définitivement parti dans le monde des démons ; mais le messager de l'enfer était là, plus impressionnant et plus furieux que jamais. Horrifiés, tous reculèrent et il occupa le centre de la place.

La réputation de Sombé dépassait la région et s'était répandue de village en village dans une bonne partie de l'Afrique. On disait qu'il était capable de tuer par la seule pensée, de guérir d'un souffle, de deviner l'avenir, de contrôler la nature, de modifier les rêves, de plonger les mortels dans un sommeil sans retour et de communiquer avec les dieux. On proclamait aussi qu'il était invisible et immortel, qu'il pouvait se transformer en n'importe quelle créature de l'eau, du ciel ou de la terre, et qu'il s'introduisait dans le corps de ses ennemis pour les dévorer de l'intérieur et boire leur sang, réduisant leurs os en poussière et ne laissant que la peau, qu'il remplissait ensuite de cendres. C'est ainsi qu'il fabriquait des zombies, ou morts-vivants, dont l'horrible sort était de lui servir d'esclaves.

Le sorcier était gigantesque et sa stature paraissait double à cause de l'incroyable accoutrement qu'il portait. Il se couvrait le visage d'un masque de léopard, sur lequel se dressait, tel un chapeau, le crâne d'un buffle avec de grandes cornes, lequel était à son tour couronné d'un panache de branches, comme si un arbre jaillissait de sa tête. Sur les bras et les jambes, il arborait des parures de dents et de griffes de fauves; au cou, des colliers de doigts humains, et à la ceinture, une collection de fétiches ainsi que des calebasses contenant des potions magiques. Il était couvert de lanières de peau de différents animaux, raides de sang séché.

Sombé arriva dans l'attitude d'un diable vengeur, décidé à imposer sa propre forme d'injustice. La population bantoue, les Pygmées et même les soldats de Mbembelé se rendirent sans un semblant de résistance; ils se firent tout petits, essayant de disparaître, prêts à obéir aux ordres de Sombé. Le groupe d'étrangers, figé par la surprise, vit de quelle manière l'apparition du sorcier détruisait la fragile harmonie qui commençait à naître à Ngoubé.

Le sorcier, accroupi comme un gorille, s'appuyant sur les mains et rugissant, se mit à tourner de plus en plus vite. Il s'arrêtait brusquement, d'un doigt montrait quelqu'un, et à l'instant la personne tombait à terre, dans une transe profonde, prise de terribles râles d'épileptique. D'autres se raidissaient, telles des statues de granit, d'autres encore saignaient du nez, de la bouche et des oreilles. Sombé recommençait à tourner comme une toupie, s'arrêtait et foudroyait quelqu'un par le seul pouvoir d'un geste. En quelques minutes, une douzaine d'hommes et de femmes se tordaient sur le sol, tandis que les autres criaient, à genoux, avalaient de la terre, demandaient pardon et juraient obéissance.

Un vent inexplicable passa comme un typhon sur le village, emportant d'un souffle le chaume des toitures, tout ce qu'il y avait sur la table du banquet, les tambours, les arcs de palmes et la moitié des poules. La nuit fut illuminée par les éclairs d'un orage subit, et de la forêt monta un chœur de lamentations horribles. Des centaines de rats se dispersèrent comme un fléau sur la place et disparurent aussitôt, laissant dans l'air une puanteur mortelle.

Soudain, Sombé sauta dans l'un des feux qui avaient servi à rôtir la viande pour le festin, et il se mit à danser sur les braises ardentes, les prenant à pleines mains pour les jeter sur la foule épouvantée. Au milieu des flammes et de la fumée surgirent des centaines de personnages démoniaques, les armées du mal, qui accompagnèrent le sorcier dans sa sinistre danse. De la tête du léopard couronnée de cornes émergea une grosse voix caverneuse criant les noms du roi déposé et du commandant vaincu, que la foule hystérique, hypnotisée, reprit longuement en chœur : « Kosongo, Mbembelé, Kosongo, Mbembelé, Kosongo, Mbembelé... »

*

Mais alors que le sorcier tenait la population du village sous sa coupe et jaillissait triomphant du brasier, les flammes lui léchant les jambes sans le brûler, un grand oiseau blanc apparut, venant du sud, et vola en cercle au-dessus de la place. Alexander poussa un cri de soulagement en reconnaissant Nadia.

Des quatre points cardinaux arrivèrent à Ngoubé les forces convoquées par l'aigle. Noirs et magnifiques, les gorilles de la forêt ouvraient le défilé, les grands mâles devant, suivis des femelles avec leurs bébés. Puis venait la reine Nana-Asanté, superbe dans sa nudité et ses rares haillons, ses cheveux blanc hérissés tel un halo d'argent, montée sur un énorme éléphant aussi vieux qu'elle, marqué au flanc des cicatrices de plusieurs coups de lance. L'accompagnait Tensing, le lama de l'Himalaya, qui était accouru à l'appel de Nadia sous sa forme astrale, amenant sa bande d'affreux yétis en tenue de guerre. Venaient aussi le chaman Walimaï et le délicat esprit de son épouse, à la tête de treize prodigieuses bêtes mythologiques d'Amazonie. L'Indien avait retrouvé sa jeunesse et s'était changé en un beau guerrier au corps peint et paré de plumes. Enfin entra dans le village l'immense foule lumineuse de la forêt : les ancêtres, les esprits des animaux et des végétaux, des milliers et des milliers d'âmes qui éclairèrent le village comme un soleil de midi et rafraîchirent l'air d'une brise pure et froide.

Dans cette lumière fantastique, les armées démoniaques disparurent et le sorcier fut réduit à sa véritable dimension. Ses hardes de peaux ensanglantées, ses colliers de doigts, ses fétiches, ses griffes et ses défenses cessèrent d'être terrifiants pour ne plus avoir l'air que d'un déguisement ridicule. Le grand éléphant que montait la reine Nana-Asanté lui assena un coup de trompe qui fit voler le masque de léopard avec les cornes de buffle, faisant apparaître le visage du sorcier. Tous le reconnurent : Kosongo, Mbembelé et Sombé étaient le même homme, les trois têtes du même ogre.

La réaction des gens fut aussi inattendue que tout ce qu'il s'était passé au cours de cette étrange nuit. Un long barrissement rauque secoua la masse humaine. Ceux qui étaient pris de convulsions, ceux qui s'étaient changés en statues et ceux qui saignaient sortirent de leur transe, ceux qui étaient prostrés se redressèrent et la foule se dirigea avec une effroyable détermination vers l'homme qui l'avait tyrannisée. Kosongo-Mbembelé-Sombé recula, mais en moins d'une minute il fut encerclé. Une centaine de mains le saisirent, le soulevèrent et l'emportèrent à bout de bras en direction du puits aux supplices. Un hurlement terrifiant ébranla la forêt lorsque le corps pesant du monstre à trois têtes tomba entre les mâchoires des crocodiles.

*

Il serait bien difficile à Alexander de se rappeler les détails de cette nuit, il ne pourrait les décrire avec la même facilité que ses précédentes aventures. Avait-il rêvé? Avait-il été en proie à la même hystérie collective que les autres? Ou avait-il effectivement vu de ses propres yeux les êtres convoqués par Nadia? Il n'avait aucune réponse à ces questions. Plus tard, lorsqu'il lui exposa sa version des faits, la jeune fille l'écouta en silence, puis lui donna un baiser léger sur la joue en lui disant que chacun a sa vérité et que toutes sont valables.

Les paroles de Nadia se révélèrent prophétiques, car lorsqu'il voulut vérifier ce qui était arrivé auprès des autres membres du groupe, chacun lui raconta une histoire différente. Le frère Fernando, par exemple, ne se souvenait que des gorilles et de l'éléphant monté par une vieille femme. Kate Cold avait eu l'impression de percevoir dans l'air une multitude d'êtres fulgurants, parmi lesquels elle avait reconnu le lama Tensing, bien que cela fût impossible. Joel González décida d'attendre d'avoir tiré ses rouleaux de pellicule avant d'émettre une opinion : ce qui n'apparaîtrait pas sur les photos n'aurait pas existé. Les Pygmées et les Bantous décrivirent à peu près ce qu'il avait vu, du sorcier dansant au milieu des flammes aux ancêtres volant autour de Nana-Asanté.

Angie Ninderera perçut bien plus de choses

qu'Alexander : elle vit des anges aux ailes translucides et des bandes d'oiseaux multicolores, elle entendit battre des tambours, sentit le parfum d'une pluie de fleurs et fut témoin de plusieurs autres miracles. C'est ce qu'elle raconta à Michael Mushaha lorsque celui-ci arriva le lendemain à leur recherche, dans une embarcation à moteur.

L'un des messages radio d'Angie avait été capté à son campement et, sur-le-champ, Michael avait remué ciel et terre pour les retrouver. Il avait cherché en vain un pilote assez audacieux pour l'emmener dans la forêt marécageuse où ses amis s'étaient perdus ; il avait dû prendre un vol commercial jusqu'à la capitale, louer une embarcation et remonter le fleuve pour retrouver leur trace sans autre guide que son instinct. Un fonctionnaire gouvernemental et quatre gendarmes l'accompagnaient, qui avaient pour mission d'enquêter sur la contrebande de l'ivoire, des diamants et des esclaves.

En quelques heures, Nana-Asanté fit revenir l'ordre dans le village, sans que personne remît son autorité en question. Elle commença par réconcilier la population bantoue avec les Pygmées, leur rappelant l'importance de la collaboration. Les premiers avaient besoin de la viande que leur fournissaient les chasseurs, les seconds ne pouvaient vivre sans les produits qu'ils obtenaient à Ngoubé. Elle devrait obliger les Bantous à respecter les Pygmées ; et aussi obtenir des Pygmées qu'ils pardonnent aux Bantous les mauvais traitements qu'ils leur avaient infligés.

« Comment ferez-vous pour leur apprendre à vivre en paix ? s'informa Kate.

— Je commencerai par les femmes, elles ont beaucoup de bonté dans le cœur », répliqua la reine.

*

Enfin le moment de partir arriva. Les amis étaient exténués, car ils avaient peu dormi et tous, sauf Nadia et Boroba, souffraient de l'estomac. De plus, au cours des dernières heures, Joel González avait été piqué par les moustiques des pieds à la tête ; il enflait, brûlant de fièvre, et se grattait tellement que sa chair était à vif. Discrètement, pour ne pas avoir l'air de se vanter, Béyé-Dokou lui proposa de la poudre de l'amulette sacrée. En moins de deux heures le photographe retrouva son aspect normal. Très impressionné, il demanda qu'on lui en donnât une pincée pour soigner son ami Timothy Bruce de la morsure du mandrill, mais Mushaha l'informa que celui-ci était complètement remis et qu'il attendait le reste de l'équipe à Nairobi. Les Pygmées utilisèrent la même poudre miraculeuse pour soigner Adrien et Nzé, qui se remirent instantanément de leurs blessures. En constatant les pouvoirs du mystérieux produit, Alexander osa en demander un peu pour l'apporter à sa mère. D'après les médecins, Lisa Cold avait complètement vaincu le cancer, mais son fils supposa que quelques grammes de la merveilleuse poudre verte d'Ipemba-Afua lui assureraient une longue vie.

Angie Ninderera décida de se débarrasser de sa peur des crocodiles au moyen de la négociation. Elle se pencha avec Nadia au-dessus de la palissade qui protégeait le puits et proposa un marché aux grands lézards, que Nadia traduisit du mieux qu'elle put, bien que sa connaissance de la langue des sauriens fût très réduite. Angie leur expliqua qu'elle pouvait les tuer d'un coup de revolver si elle en avait envie, mais qu'au lieu de cela elle allait les faire amener au fleuve, où ils seraient remis en liberté. En échange, elle exigeait qu'ils respectent sa vie. Nadia n'était pas sûre qu'ils aient compris, ni qu'ils tiennent parole, ni même qu'ils soient capables de transmettre le marché au reste des crocodiles africains, mais elle choisit de dire à Angie qu'elle n'avait plus rien à craindre désormais : elle ne mourrait pas dévorée par des sauriens ; avec un peu de chance, son désir de mourir dans un accident d'avion se réaliserait, lui affirma-t-elle.

Les épouses de Kosongo, à présent veuves joyeuses, voulurent offrir leurs bijoux en or à Angie, mais le frère Fernando intervint. Il étala une couverture par terre et obligea les femmes à y déposer leurs joyaux ; il noua ensuite les quatre coins et traîna le paquet jusqu'à l'endroit où se tenait la reine Nana-Asanté.

« Cet or et une paire de défenses d'éléphant, c'est tout ce que nous avons à Ngoubé. Vous saurez disposer de ce capital », lui expliqua-t-il.

« Ce que m'a donné Kosongo est à moi! », allégua Angie, cramponnée à ses bracelets.

Le frère Fernando la foudroya de l'un de ses regards apocalyptiques et tendit les mains. A contrecœur, Angie ôta ses bijoux et les lui remit. Elle dut en outre lui promettre qu'elle laisserait la radio de l'avion et sa batterie, afin qu'ils puissent rester en contact, et qu'elle ferait au moins un vol tous les quinze jours, à ses frais, pour approvisionner le village en produits indispensables. Au début, elle devrait les larguer des airs, jusqu'à ce qu'ils puissent dégager une parcelle de forêt pour une piste d'atterrissage. Etant donné les conditions du terrain, ce ne serait pas chose facile.

Nana-Asanté accepta que le frère Fernando reste à Ngoubé pour y fonder sa mission et son école, à condition qu'ils parviennent à un accord idéologique. Les gens devaient apprendre à vivre en paix, mais les divinités devaient faire de même. Il n'y avait aucune raison que les différents dieux et esprits ne partagent pas le même espace dans le cœur des humains.

Deux ans plus tard

ALEXANDER Cold se présenta à l'appartement de sa grand-mère à New York avec une bouteille de vodka pour elle et un bouquet de tulipes pour Nadia. Son amie lui avait dit qu'elle ne porterait pas de fleurs à son poignet ou son décolleté pour la remise des diplômes, comme toutes les filles. Ces petits bouquets épinglés au corsage lui paraissaient horribles. A New York soufflait une brise légère qui allégeait la chaleur de mai, mais malgré cela les tulipes étaient flétries. Il pensa qu'il ne s'habituerait jamais au climat de cette ville et se réjouit de ne pas avoir à le faire. Il allait à l'université de Berkeley et, si ses projets aboutissaient, il obtiendrait son diplôme de médecine en Californie. Nadia l'accusait de prendre ses aises. « Je me demande comment tu pourras pratiquer la médecine dans les endroits les plus pauvres de la terre si tu ne peux pas vivre sans les tagliatelles de ta maman et ta planche de surf », se moquait-elle. Alexander avait passé des mois à la convaincre des avantages de faire leurs études dans la même université et il y était enfin parvenu. En septembre, elle vivrait en Californie et il ne serait plus obligé de traverser le continent pour la voir.

Nadia ouvrit la porte et il resta avec ses tulipes fanées à la main, les oreilles empourprées, ne sachant quoi dire. Ils ne s'étaient pas vus depuis six mois et la jeune fille apparue sur le seuil était une inconnue. L'espace d'une seconde, il pensa s'être trompé de porte, mais ses doutes se dissipèrent lorsque Boroba lui sauta dessus pour le saluer avec une effusion d'embrassades et de mordillements. La voix de sa grand-mère l'appelant par son nom lui arriva du fond de l'appartement.

« C'est moi, Kate ! », répondit-il, encore décontenancé.

Alors Nadia lui sourit, et à l'instant elle redevint la fille de toujours, celle qu'il connaissait et aimait, sauvage et dorée. Ils s'embrassèrent, les tulipes tombèrent à terre, il la prit d'un bras par la taille et la souleva avec un cri de joie, tandis que de l'autre main il essayait de se débarrasser du singe. Sur ce, Kate Cold apparut en traînant les pieds, elle lui arracha la bouteille de vodka qu'il avait apportée, et ferma la porte d'un coup de pied.

« Tu as vu comme Nadia est affreuse ? On dirait la femme d'un mafioso, dit Kate.

— Dis-nous ce que tu penses vraiment, grand-mère, dit Alexander en riant.

— Ne m'appelle pas grand-mère! Elle a acheté ces vêtements dans mon dos, sans me consulter! s'exclama-t-elle.

— Je ne savais pas que tu t'intéressais à la mode, Kate », commenta Alexander en jetant un coup d'œil au pantalon déformé et au tee-shirt orné de perroquets que revêtait sa grand-mère.

Nadia portait des talons hauts et elle était gainée dans un fourreau de satin noir, court et sans bretelles. Il faut dire en sa faveur que l'opinion de Kate ne semblait pas l'affecter le moins du monde. Elle fit un tour complet sur elle-même pour qu'Alexander pût l'admirer. Elle était bien différente de la gamine en short et parée de plumes dont il gardait le souvenir. Il lui faudrait s'habituer au changement, pensa-t-il, mais il espérait qu'il ne serait pas permanent; il aimait beaucoup son ancienne Aigle. Il ne savait comment réagir devant cette nouvelle version de son amie.

« Tu vas devoir ravaler ta honte pour aller à la remise des diplômes avec cet épouvantail, Alexander, dit sa grand-mère en lui montrant Nadia. Venez, j'ai quelque chose à vous montrer... »

Elle conduisit les deux jeunes gens vers le minuscule et poussiéreux bureau, bourré de livres et de documents, où elle écrivait. Les murs étaient tapissés de photos que la journaliste avait rassemblées au cours des dernières années. Alexander reconnut les Indiens d'Amazonie posant pour la Fondation Diamant, Dil Bahadur, Pema et leur bébé au Royaume du Dragon d'or, le frère Fernando dans sa mission de Ngoubé, Angie Ninderera avec Michael Mushaha sur un éléphant, et d'autres encore. Kate avait encadré une couverture de la revue *International Geographic* de l'année 2002, qui avait obtenu un prix prestigieux. La photographie, prise par Joel González sur un marché d'Afrique, les montrait, lui, Nadia et Boroba, en train d'affronter une autruche furibonde.

« Regarde, fiston, les trois livres sont publiés, dit Kate. Quand j'ai lu tes notes, j'ai compris que tu ne serais jamais un écrivain, tu n'as pas l'œil pour les détails. Peut-être cela n'est-il pas un obstacle pour la médecine, tu vois bien que le monde est plein de médecins maladroits, mais pour la littérature, c'est fatal, assura Kate.

— Je n'ai pas l'œil et je n'ai pas la patience, Kate, c'est pourquoi je t'ai donné mes notes. Tu pouvais écrire ces livres bien mieux que moi.

— Je peux presque tout faire mieux que toi, fiston », se moqua-t-elle en lui passant la main dans les cheveux pour les ébouriffer.

Nadia et Alexander examinèrent les livres avec une étrange tristesse ; ils contenaient ce qui leur était arrivé au cours de trois années extraordinaires de voyages et d'aventures. Peut-être dans l'avenir n'y aurait-il rien de comparable à ce qu'ils avaient vécu, rien d'aussi intense et d'aussi magique. Au moins était-ce une consolation de savoir que dans ces pages se trouvaient préservés les personnages, les histoires et les leçons qu'ils avaient apprises. Grâce à l'écriture de la grand-mère, jamais ils n'oublieraient. Les mémoires de l'Aigle et du Jaguar étaient là, dans *La Cité des dieux sauvages*, *Le Royaume du Dragon d'or* et *La Forêt des Pygmées*...

TABLE

Cet ouvrage a été imprimé sur un papier fabriqué
par les Papeteries des Alpes certifiées PEFC,
chaîne de contrôle prenant en compte les spécificités
et la gestion durable des forêts européennes
ainsi que le respect de l'environnement.

Cet ouvrage a été imprimé par

FIRMIN DIDOT

GROUPE CPI

Mesnil-sur-l'Estrée

pour le compte des Éditions Grasset
en avril 2006

Imprimé en France

Dépôt légal : avril 2006
N° d'édition : 14344 – N° d'impression : 79328
ISBN : 2-246-67181-7